孔雀菩提

焦典 著

新 星 出 版 社　NEW STAR PRESS

新经典文化股份有限公司
www.readinglife.com
出　品

根植沃土，仰望星空

——读焦典小说杂感

焦典的小说具有一种与众不同的魅力，这是我阅读她的第一篇小说《黄牛皮卡》时得到的印象。这篇小说得到过小说行家毕飞宇的指导，我想他的指导应该主要是在情节的合理性与人物的行为与性格塑造之间的关系方面，而对形成了她的小说风格的方方面面，则给予了保护与激扬。

后来陆续读了她的《木兰舟》《野更那》《孔雀菩提》，感觉到这些小说总体上保持在一个相当高的水准上，但反映的生活面似乎略显狭窄了些。

后来她考了我的博士，严格地说，其实我们更是文友的关系。一个老作家的经验，也许就是他的局限，而一个年轻作家的弱点，也许可能发展成她自己的特点。这几年我们谈小说的机会并不多，三年疫情，让网下上课成为奢侈，因此我见到他们的机会很少。但正所谓"响鼓不用重锤"，焦典在小说的修改方面表现出来的领悟力，是让我既欣慰又羡慕的。在繁重的博士课程学习之余，她又连续写出了《六脚马》《从五楼一跃而下的牧童》《昆虫坟场》

《鳄鱼慈悲》等小说，我读后，明显地感觉到了她的小说在塑造人物、拓展生活面、贴近现实等方面有了明显的进步。

我认为焦典小说的魅力来自她的独特性，而她的独特性主要表现在以下几个方面：

第一，她使用的语言是地方性的语言与普通话的融合。这种语言具有陌生化效果，但它同时又能让大多数读者读懂。这样的语言融合，或曰语言试验，是具有积极意义的，是对汉语的丰富，不仅仅是词汇上的丰富，而且也有可能导致语法上的一些变化。因此她的实践与探索，就超越了小说的叙事性，而获得了修辞学方面的意义。

第二，她小说中人物生活与故事展开的空间是带有鲜明的边疆特色的。尽管她本人并不是少数民族，也没有在山寨密林中生活过，但毫无疑问，她对自己描写的一切是十分熟悉的。这样的独特的环境，给读者留下的印象，是带着童话与神话色彩的。她小说中的动物与植物，营造出了某种神秘的象征性，这是她小说中人物活动的舞台与隐身的灵境，当然也是她小说中的人物性格生成的部分元素。而且我也相信这些并不完全是依靠实地考察与研究所能获得的，她小说中的物质性场景，是充满了主观色彩的想象的产物。

第三，人物，或曰具有鲜明性格的人物，是一部小说成立的根本保证。而人物，又是环境与时代的产物。焦典小说中的大部分人物，是与我们惯常读到的小说中的人物有区别的。我觉得她小说中的人物，尤其是女性，是带有几分巫性的。这不是迷信，也不仅仅是类似巫医的职业所致，这是一种有别于汉文化的少数族裔文化的产物。当然，她笔下的人物的情感模式与情感内核，是能够被我们接受、理解并感同身受的，因为这些是由人类的普遍性所决定的。所以，我也希望她在今后的写作中，处理好普遍性与特殊性的关系。

焦典写小说的时间不长，作品的数量也不太多，但已经露出了峥嵘头角。这部小说集展示了作者的个性和才华，如果让我来用文学的语言简介这部作品，那我要说：这部作品像孔雀一样华丽，又像鸵鸟一样朴素；像小猴一样活泼，又像大象一样笨重。在密林，在边城，在山寨，在现代化与传统民族文化混合生长的地方，人物在其中如鱼得水般地生活着，有痛苦，有欢乐，有爱情，有仇恨，有难解之题，有希望之光。我希望并相信读者会比我读出还要深刻还要丰富的东西。

拉杂写了这些，权充序，最后送焦典两句话：根植沃土，仰望星空。

莫言

2022 年 11 月 30 日

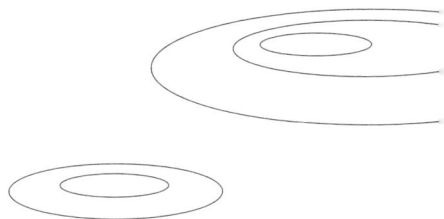

目录

木兰舟

王叫星坐在五菱宏光上,歪歪扭扭地往外开。路越走越敞亮,林子越伸越疏了。不像来时那个下午,雨说来就来,也不跟人打招呼,劈头盖脸,浇一身湿。泥水四溢,还以为就要翻在河谷里了。滑几次轮子,头上磕了个包,最后什么也没发生。

忽然又想起玉恩奶奶来了。

玉恩奶奶爱喝酒,王叫星是都知道的。

玉恩奶奶有条小木船,四尺多宽,一丈多长,像个巨大的皂荚,从中剖开,这王叫星也是知道的。

但玉恩奶奶坐着船去哪里了呢?穿着白色筒裙,银腰带垂到脚踝。手指一叉,闭着眼,半瓶米酒下肚。桨也不备,就这么红着一张脸,赶着雨大,顺河往远漂。

也不知道以后是否还能再见了。

王叫星回寨子的时候,玉恩奶奶已经是七十多岁的老咪涛了,在她心里恐怕还觉得自己是一天能做两三件衣服的少多丽呢。喝酒,每天喝三次,每次二两,跟别人吃饭似的，规律又认真。别人喝酒，东倒西歪，玉恩奶奶不，越喝越有精神。雨季来了，寨子的路淹起来，酒瓶空空，没处买去。玉恩奶奶就趴在缝纫机上，脚一踏一踏，踩出七扭八歪的线。有人在竹楼下喊："玉恩，那裙子你做好了没？"也不理人，依旧踩她那不规整的线。被喊得烦了，伸出身子，骂一句："催命呐！再催我也在你后头呢！"

要在别个，一定免不了被回两句嘴："老不死的东西！"然而玉恩奶奶，谁也不敢这样。倒不是敬重地位或者年纪，只是玉恩奶奶年轻时，还是寨子里唯一的巫医哩。当然，也不是敬重她的修为。寨子里的人早已信了南来的佛教，所有猫多力①一到岁数就进庙里了。念几年经再出来，才有了成家立业的资格。若论救死扶伤一类，也是每个月按例来寨子里的汉医道行高。然而还是得敬重，毕竟听说巫医会"放罗"一类的奇异巫术，喜欢的人若有家室，一"放罗"，两人也就散了。谁也不愿意得罪，这敬重里带着怕。

来人被训了一顿，也不多说，在心里骂骂咧咧地走了。玉恩奶奶哑着嗓子唱起来：

"伞下金银色光亮，赞你又怕得罪人。金银光彩照伞下，真想成你恋中人。

---

① 傣族四十岁以上的女性被称为"老咪涛"，男性叫"老波涛"；年轻的女性叫"少多丽"，男性叫"猫多力"。——作者注（以下若无特殊说明，均为作者注）

"不会唱歌白出门，胸无半句空喜欢。没有山歌伴白云，如何引来妹欢心。"

这样唱着，王叫星就进门来了。火塘里添把火，衣服裤子脱下来烤，烧一壶开水，洗了脸，把背包里的东西卸出来——鸡仔饼、珠江啤酒、烧鸭全滴滴答答，落着水珠。从露台到前廊，从前廊到厨房，听得玉恩奶奶脑壳疼，声音焦闷着：

"莫弄了。"

"这破天气，车子路上打滑，我都差点没回来！"

"当了几年老广，都认不得云南的天了？"

"是深圳，深圳！"

"是啦，寨子里就数你走得最远，你小时候我就告诉你了。"

王叫星没应声，自顾自地收拾，心里起一层毛毛的忧虑。小的时候生病，嗓子和眼睛都冒火，玉恩奶奶煮一碗蒲公英水让喝下去，苦得眼睛一下子闭上了。"你会远走他乡的，"那时玉恩奶奶似乎是这么说，"像蒲公英一样，飞到很多地方去。"声音慢慢地渡来，预言似的，让人担心，担心自己的一切早就已经被人看了去。上大学，寨里都高兴，吃一整天的流水席。去深圳，喜欢个人，被人家母亲打出门来。心里怕着，全是蒲公英的样子，飘飘忽忽，扎不了根。

转个身的工夫，听见清脆的一声响。果然，刚带回来的珠江啤酒已经见了底了。伸手夺过来："别喝了，多大岁数自己心里没谱吗？"一面说，一面把剩下的几口倒进肚子。玉恩奶奶咂咂嘴，叹一口气。

"我也不知道还能活多久了，让我能喝就多喝点吧！"

说完很困似的，侧身倚靠在垫子上，呼呼地睡着了。

果然还是老了，王叫星心里叹气。玉恩奶奶一生没结婚生子，听寨子里叫自己回来的干部说，近来常犯迷糊，睁着眼睛看人，叫不出名字。还得了什么病，连汉医也说治不了，疼起来就抓心敲骨，摘着木瓜疼晕过去扎土里，吓得旁边人也跌在地上。费力背回床上，心想这次一定要问出她那个弟弟住哪里。万一真有个好歹，再往下，就不敢想了，虽然自己是八丈远外的亲戚，但心里总还连着点温情。

晚上月亮好大，低低地坠着，跟云南的云似的。月光穿云透叶，直挺挺地洒在脸上。

玉恩奶奶突然说："闻到了吗？有野象来了。"抬起鼻子使劲闻，哪有味道？

"您喝了太多酒，脑子糊涂了。"

玉恩奶奶却笑："喝了酒才是清醒呢，我哪有骗人的？你不喝酒才净说骗人的鬼话。"

王叫星想辩解，话到了舌头上又卷回去了，算了，有啥好争的，一个快痴呆了还酗酒的老太太！

王叫星不相信人能闻着野象味儿，如果真能闻到，现在早就被消灭得一干二净了。那象牙，又白又亮，轻轻一顶，菠萝蜜金黄色的果肉就露出来。小时候曾经看人训过野象，坐背上，手拿一把长长的钩子。要行要住，或左或右，想快想慢，都用钩子示意；偶然遇到象发了倔脾气，不肯听指挥，就用钩子在象耳朵上一钩，据说象的耳朵最娇嫩，被钩着吃痛，只得老实听话。那挺差劲的，王叫星知道，那象眼里汪着一大颗泪呢。后来野象渐渐少了，几十个山谷看不见一个脚印。王叫星想，这也好，象跟人一样的，多了就不值钱了。

"我知道你回寨里是干吗的。我那弟弟，他老爱去河里电鱼，骑一辆凤凰自行车，挂个上海牌，铃儿都哑了，直往河里冲。就是年头久了，不知人现在飘哪里去了。"

王叫星睡不着了。

"明儿个你跟我去找。"

五月中，正是雨季，林子里潮湿闷热，好似全云南的虫子都躲这里来。多足虫、四脚蛇、蝎子、兰花、鹿蛾……走几步路就从头上掉一个。蝉声吵得震耳朵，吱唔吱唔的，密得和树叶子一样，把人都要埋起来。

王叫星好多年没穿过雨林子了，手里捏一根粗树枝，边走边挥，怕有东西落身上，得吓得叫出来，到时候再把老虎招来。玉恩奶奶走前头，穿一双胶皮雨鞋，裤腿扎得紧紧的，一步一探地走，仿佛不停地看着什么。不，没有看，是闻，是在用鼻子闻着走。

太阳斜到树叶子尖尖上，玉恩奶奶催一声快，一股强烈的味道刺进了鼻子。不像老虎的味道那么臊，是带着点青草味，还甜丝丝地杂着点血腥。扒开树枝，眼前出现一个灰褐色的巨大身形。那不就是野象吗？皮肤褶皱里全是红泥巴，苍蝇不停地往上落。张着嘴，躺在地上，鼻子呼哧呼哧地喷厚厚的气。肚子鼓鼓囊囊的，好像吃了十几个大木瓜。

腿蹬两下，没爬起来，压出个泥坑，一滴滴的血渗到里头。玉恩奶奶摸出个酒壶："来喽，喝一口就生出来啦！"野象听得懂似的，抬起头，一壶酒全奔象嘴里去。两只袖子一卷，玉恩奶奶的胳膊就伸进大象阴道里去了。

王叫星不敢看，坐在地上，闭着眼睛，脑壳弯到膝头。仿佛又听见姐姐生产那天的哭叫，一声大过一声，充满了整个寨子，把寺庙里的佛爷都给惊动了。父亲拿出酒杯，请大驾光临的佛爷喝酒，佛爷问，还没生出来吗？父亲很恼怒似的说，还没有呢，都怪我平时太娇惯她了，打开腿一用力的事儿，还惊扰了您。佛爷走后，姐姐的气息也渐渐走不见了，跟佛爷鞋子上的泥巴似的。

一顿忙活，王叫星扶起小象崽，赶忙把嘴巴里糊着的膜掏出来——要再迟些，小象就得憋死。用两下劲，母象从血泥巴里站起来，柱子似的腿，抬起来就要往小象身上踹，吓得王叫星拖着小象要跑，脚一滑，摔一脸泥。

"莫气,莫气。"玉恩奶奶伸手摸母象,"都好着呢。"

后足一弯,前足再跪,母象温顺地跪在玉恩奶奶面前,鼻子高高地往天上扬,这就是欢迎的意思了。

"扶我上去吧,我老了,没力气了。"

该拉袖子拉袖子,该抬腿抬腿,玉恩奶奶是骑到母象背上了。王叫星想上,鼻子一挥,又给打到泥里。想起以前野象把人卷起来摔死的事,再不敢放肆了,乖乖站在野象屁股下面。

跑起来,雨林子地面嘭咚嘭咚地响。幸亏王叫星没跟上,不然心里的嫉妒得多久缓过去。说找人,结果是找野象,给自己摔一身脏。遇着木瓜树,那象鼻一探,一个个木瓜就滚到玉恩奶奶怀里。一棵树卷一个,全是最肥最熟的。

真痛快哩。玉恩奶奶的嘴笑得跟木瓜一样圆了。

到了晚上却是吃不消,腰背酸疼,玉恩奶奶躺在床上,闭着眼睛翻来翻去,咿咿呀呀地叫起来。伸手摸身上:"肿起好高!"脱下裤来,两条腿并在一起比:"右腿足足要高两厘米!"王叫星一面揉,一面撕一块"云南白药膏"贴上。"喝酒!还骑野象!七十岁的老咪涛,白白贴膏药!"

疼得紧,嗞嗞直吸气,玉恩奶奶巴巴地望着道:

"给我拿瓶酒吧。"

"身上难在不能喝。"王叫星歇下手,准备放蚊帐,"不想着好好保养，多活几年。"

"人老了叫活吗？一天天挨过去！不光骨头，肉都在跳，灌点酒下去我才能闭会儿眼睛哪！"

"今天不能，人说吃了木瓜喝酒会中毒。""谁说的？"

"城里汉人医生都这么说。""哦。"

话这样说，王叫星心里小小的一点酸涩了。打眼看看，玉恩奶奶消瘦得多了，整日一个人，疼起来就喝酒挨过去！

"不过今天也真是值当，野象，有神性的东西，佛爷能不能骑上还一说呢。还救出个小的，抵庙里念几年经。我看您肯定会长命百岁。""谁稀罕长命百岁，我就是奔着骑象去的，多痛快，月亮里有人唱歌呢，我就奔着那儿去。"

这便是又糊涂了，叹一口气给被子四角披上，找家里人的事就明儿再说吧。野象鼻子卷下来的木瓜，都一个一个地堆叠在竹廊，跟菩萨桌前的贡果似的。

午后，有人来找，刺耳的宝岛电三轮，轧轧地响近竹楼。没刹住，硬是蹭到楼前的秃木瓜树上。跳下个黢黑的寸头男人，一身沾满泥巴的迷彩工作服。王叫星有些警惕地盯着，问是谁，声音刺刺的。

提下一白色塑料桶，递到跟前，没打开盖儿，酒味儿已经溢出来。是自家谷米酿的糯米酒，闻这味道，起码超过五十度。那人说，堆花酒，特别好，十二版纳① 佳酿。

---

① 即西双版纳。傣语中"西双"是"十二"的意思，"版纳"是"一千亩"的意思，一个版纳为一个征收赋役的单位。

玉恩奶奶哑哑问一声，来干吗的。

"求您帮忙找找，老婆丢了。"咧嘴一笑，露出两排黄牙。

真有意思，老婆丢了，不找警察，来这里扯闲话，想回绝赶他走，玉恩奶奶已经招呼人进去了。起身四处翻找，不知从哪里摸出一颗生鸡蛋。点火起灶，丢进两团干牛粪，让火烧旺些。灶上一口锅，盛浅浅的水，鸡蛋丢进去咕噜咕噜滚动着。

"老婆哪里人？"

"就本地人，"摸摸脑袋又说，"远一点，勐海的。"

忽然又想起什么，玉恩奶奶在裤子上把手一擦，打开篾箱，拿出一本赞词，用与年纪不相称的清亮的声音慢慢往下唱。鸡蛋浮起来，玉恩奶奶缓缓捞出来，也不嫌烫手？

"你在心里想着你老婆的样子吧，仔细想。"

鸡蛋放在地上，用手压着轻轻滚动一圈，鸡蛋壳发出细碎的噼啪声。拿起来一看，上头布满了细细的裂缝，密密麻麻如同蜘蛛网。

玉恩奶奶轻轻叹口气，告诉来人：雨林已经做出了回应，一条裂缝又直又深，一直延伸到两端，说明离开的人心意已决，已经去到了难以追回的地方。中间又有一条横纹插过，表示本不是两相情愿的结合，强力干扰反而会损害自身。

那人呆了一会儿，没听懂似的，随后又恼怒着扯开自己的迷彩服，用头咚咚地撞地，我搬木头搬两年攒的钱啊！这回又得去哪儿再买一个呢？

电三轮又去了，比来时气势小些，不轧轧地响了，闷闷地吐着黑烟。王叫星摸摸那棵被蹭掉一块皮的木瓜树，有些心疼，是棵不结果的公木瓜树，开丛丛白花，细长的花柄里蜜蜂叫着钻进钻出。身上疤痕累累，应该是被阉过好多次：竹片或者骨片削尖，狠狠往中心一钉，被这样一阉，往往就能变为有用的母树。寨子里很少见到公木瓜树，开大朵大朵的花，却不结果，人哪能容忍这个？往往两斧子就砍倒了事。整个寨子就这么一棵，孤零零地立在玉恩奶奶竹楼前。

玉恩奶奶咽一口酒，咂摸咂摸嘴，又念起赞词来。听一会儿，听不懂，王叫星起身拿起那颗鸡蛋，不转眼地对着蛋壳看，慢慢说一句：

"真厉害。"

接着又没有念赞词的声音了。玉恩奶奶的迷糊劲上来，直往脑袋里冒，闭眼前还念一句：

"酒是好酒，人不是好人。"

到再睁眼，太阳已经落了，敢大大地睁着眼睛看，红红的日头，比熟透的红毛丹还艳。

王叫星左手拿一颗鸡蛋，右手提一壶酒，伸在玉恩奶奶面前。

"奶奶，您真有神通，不如您今儿个再算算，您那弟弟是在哪个寨子落脚，我好把您托给他。——这酒，完事儿您随便喝。"

玉恩奶奶的迷糊劲已过了，然而眯着眼，依然不能免："路太远了，走不动了。"

"没让您腿儿着去，您看看他住在哪里，到时我开车载您去嘞。"

手指了指裂了壳的鸡蛋说："那上面的路也是路。""那鸡蛋壳还没巴掌大唎，您走一步就到头了。"

王叫星接二连三地说了许多话，玉恩奶奶听得烦了，盛着气打开篾箱，翻一块大骨头出来，灰白色，看不出是什么动物。

寺庙晚戒的钟声响了。

"去找头羊吧，要黑头的。"

准备齐整，煮肉，切下块精瘦的。羊头也割下，血收了，放在当间。拿出捆草香点上，烟子浓，屋子里云蒸雾绕的。玉恩奶奶扯开嗓子，颂歌一唱，味（味佳）、视（黑首）、嗅（焚香）、听（赞词歌颂），献祭之礼这就一套齐全了。

还是点火起灶，把骨头丢进去，噼啪声一响，又用火钳子夹着翻个面。到时候了，夹着放进装满清水的盆里，水珠咝咝啦啦乱溅。

"我没力气走那么远，要找什么你就自己去找吧。"

递给王叫星半个木瓜，里面肉掏空，盛一半米酒，来回喝三次，王叫星就迷迷瞪瞪地倒下了。

身体渐渐下降，落到地上，瞧见一个沾满泥巴的头，大着胆子走近些，原来是在挖洞。洞里立起四根木桩，刷黑油，架木板，一间房子的雏形就出现了。里面钻进钻出三四个人，其中一人肤白无髯，戴个黑腿眼镜，衬衫的材料也滑滑地反着光。电锯、斧头、发电机一起抬出来，嘎嘎的机器声响彻雨林，白烟到处弥漫，分不清是灰尘还是什么。仿佛割水稻似的，老树一茬一茬地被切掉，散发出悲惨的木头汁液香。那些人仿佛很高兴的样子，大口大口喝汽水、吸烟，讨论国有林古树茶叶的价钱。年轻模样的玉恩奶奶坐树下缝补着衣服，双手交叉这么几下，一颗纽扣就牢牢地钉在了布料上。脸白白的黑腿眼镜接过衣服，扶玉恩坐在自行车后座上，拼命摁着铃往前冲。下车来红着脸，额头上细密的汗珠挂着。正想过去说话，玉恩奶奶和那个脸白白的黑腿眼镜一起钻进新盖的小木屋里去了。

屋前、屋后，哭声、争吵声，一起响起来。刺耳的一声警笛，之后一切都沉寂下来了。再出来却只有玉恩一人，手里捏一颗扣子，望着地上皮卡车压出的车辙印发呆。房子也渐渐消失了，留下一个黑黢黢的大洞。只有光秃秃的雨林地依旧敞着，没有种上什么古树茶叶，荒得连蛇都懒得爬过。

从河滩上拖一条小木船回来，破一大洞，淤泥洗掉，露出漂亮的白漆。用木兰木，坚硬耐腐蚀，切刨到厚度相宜，铆钉嵌合刚好补上。一连几日，趁着太阳大，一遍遍上新漆。推进河里，玉恩跳上去解开麻绳，随着河水一起推好远，让人看着眼睛发酸。

之后却像发梦似的，又回到了深圳，还是平日生活的稀松样子，但好像一切又有些不一样。如同一台修了又修的电脑，外壳还是那个熟悉的样子，但里面的主板、硬盘又都换了一遍。女友在桌子前坐着，涂涂抹抹，在纸上写着什么。王叫星窸窸窣窣地挨到跟前，可不正是那个人吗？王叫星简直不相信是真的，伸手想去摸，又想起女友父亲红通通的眼睛来了，心里顿时好像跌下了深坑，咕咕噜噜地滚个不停。一滴滴的水点打在脸上，冲得王叫星的脑袋嚓嚓作响，玉恩奶奶把人喊醒："回来喽，莫走太远了。"

打眼看看，还是那个竹楼，还是那个爬满皱纹的老咪涛。

"要找的人都找到了？"

揉揉头，脑袋里还嗡嗡作响。"不知道，好像走反了，走到过去似的。但又好像不是真的，也可能只是做了个梦。"

玉恩奶奶把烧裂的骨头收起来，从缝纫机里绕出几根杂色线，一圈一圈地绕在王叫星手上。"你看见了就是走对了，时间不是只会往前流，还会后退，还会重叠，该发生的会没发生，不该发生的事却会提前发生。这地世，谁知道哪里是向前？想往哪迈步就往哪迈步就得了。"

这话让王叫星听了爽快，抬起屁股想直冲回深圳把人夺回来，怎的，是找你女儿又不是找你。两条腿却不听使唤，只好重重地落回床板，紧紧地把眼闭住："真的累人，好像没日没夜连走了好几天的路。"再想问点什么，那个白脸男人是谁？究竟有没有骑自行车的弟弟？是不是胡乱编的谎？还是不想拖累家里人？有好多话想同玉恩奶奶讲呢，但最后又全都咽回去了。管他许多，想怎的就怎的，这就行了。

栗鹀鸟，一直叫，立刻就会钻进竹楼里来似的。故意赛着喊，朱鹮、蓝翡翠、黑喉咙的叶莺，一簇刚低下去，一簇又响起来，初来雨林的人会被吵得闭不上眼，然而对于听惯了的人只是更增添些寂静罢了。

待到后半夜，玉恩奶奶的哀痛声响起，所有的鸟儿就算不再吵。痛得从床上嘭咚一声翻下地，一个手扯胸口，一个手掐大腿，这却喜得王叫星累透透的睡得死，不然看见恐怕得落泪。指甲缝里都刮着肉，鲜血点点的。身上青青紫紫，难见一块好皮。然而玉恩奶奶总还有个法子，一斤酒汤似乎已经渐渐奏了效，又静静躺回床板上去了。

王叫星还在被窝里伸腿，玉恩奶奶已趁着天光起床了。好像难得地精神，坐在缝纫机忙活，一脚踩一道黑线，一脚踩一圈红线，缝纫机踏板噗噜噗噜地起伏，跟划船似的。做完衣服又洒水把大房敞间里里外外擦个清爽，楼中央的火塘添上炭，让一直烧着除除湿气。端一杯米酒，坐在前廊，懒洋洋晒太阳。

坐一会儿，酒还没见底，有人来了。站在公木瓜树下，背个背篓。

"家里老人趁着魂了，请您去看看吧。"

似乎早知道有人要来似的，玉恩奶奶让王叫星拿篾箱，跟着一起去。提起篾箱，还挺沉，打开看看，里面钢刀、筷子、瓷碗、香线书笔，一样不少，整整齐齐地码着。王叫星跟在后面走出门，这才看见来人脚上穿着的是双草鞋，许是自己编的，路没有走两步，草线头飞起来了。这年头还有人这么穿，王叫星还觉得有些新鲜。

等走到天已经快黑了，天边的云阴沉沉地压着，那户人家的竹楼也如同乌云一般黑，竹栏青苔阴阴地绿，应当从上个雨季结束后房子就没有修护过。

家里人出来接，小孩打一个手电筒，照在玉恩奶奶脸上："你们怎么才来啊？爷爷都快不行了。"

大人往他脑袋上用力呼一巴掌："狗×倒灶呢，敢这么说话？"穿草鞋的人呼哧呼哧喘气："已经死命走了，肺都要走炸了。河里乌龟尽往外爬，路上还踩着一个壳都踩碎了。"那户人家就说："真晦气。"

这时，天上的乌云又隐隐约约地响了起来，玉恩奶奶说："这就是要下大暴雨了。"

进屋，一个老头躺在临时架起的行军床上，散着一股子怪味，就像用完的雨衣没擦干就捂起来。咳嗽，止不住地咳，咳完就捂着胸口，发出像动物临死前的哀号。那声音听得人憋得慌，吱吱呜呜的，卡在嗓子里，像一口浓痰。

"你家老人怎么了？"

"就是咳，喊心里疼，快一年了。"

王叫星抢话："寨子里每月来汉医，咋不喊人来看。"

说来看了，开点汉药，死贵死贵的，吃一次管不了好多天，又犯病，渐渐就不管用了。

老人扶起坐着，一股死鱼臭味又泛上来。解开衣服一看，后背长满了褥疮。王叫星埋怨一句，咋不好好照顾自家亲爹。说咋不照顾，洗脸梳头、擦背按摩，一天贡三次饭。每天擦背咋还长褥疮？愤愤一句，谁能天天干？不是你家老人得病，不是你来伺候，你懂得什么？

王叫星还想说什么，玉恩奶奶拦住了，这样说下去絮絮叨叨没个头，反而叫床上的老人听着难受。这个好，那个不好，到了这时候有什么区别？给王叫星一个眼色，转头对家里人说："你们尽心了。"

先是放血，数出五根筷子，蘸着水在胳肢窝拍打，很多乌黑的小黑点就渐渐地浮出来。玉恩奶奶拿一根针，毫不犹豫地扎进去，乌黑的血顺着针口一滴滴流出来，滴滴答答十几滴还不变红，依旧是黑血。玉恩奶奶又给包上，从箱子里拿出钢刀，蘸水，继续在身上拍打。"赶快跑吧，杀人刀子来了，再不跑就跑不脱了。"

做完，让王叫星帮忙，依旧是点香煮肉，这回却没有羊头，玉恩奶奶唱的颂歌声音也变得凶恶起来。

那户人家问："是趟着什么魂了？"

玉恩奶奶说："连成一片中间红，是父母；圆圆一块像粑粑，是平辈；周边一片比中间淡，这是娃娃魂。你家老人就是趟着娃娃魂了。"娃娃魂？自家就一个孩子，在门口好好地逗青蛙，怎么会趟着呢？再问玉恩奶奶就不回答了，慢慢说一句："好好送走吧，别让他遭罪了。"

那户人家说："就知道城里汉医是骗人的，还说要动刀子，得收万把块！治不好的病，还要骗人治。那钱得留着娃上学的，有那么好挣？"

于是又哀号起来，咳得更猛，要把心肝脏肺都咳出来。王叫星看那老人的脸，却平静得很，脸上干巴巴的肉，只是因为咳嗽太剧烈，才忍不住颤动。但眼睛却亮，不是因为眼白清澈眼珠明亮，而是积满了泪水了。暂时平静点，就扯起嘴角，想笑，笑着眼睛一闭，眼泪水就往下掉。王叫星又记起小时候在寨子里也见过一老太太，临终前得了笑病，心里着急也笑，伤心也笑，唯独真高兴的时候笑不出来。笑着被儿子赶下了饭桌，笑着住进了猪圈，又笑着躺地上板板地死了。王叫星才明白，其实哭和笑都是反过来的。也难怪人出生的时候都嗷嗷大哭，到走的时候又望望露着笑了。老人安静下来，只呼气不吸气，若有若无地。

喂一碗汤下去，草香袅袅，玉恩奶奶口唇翕动，叩头作揖，老头长长地呼一口浊气，去了。说也奇怪，刚才眼里还汪汪的泪，现在也都收拢了，眼睛眯着笑，好像不曾遭过这一世的罪。那户人家落下泪来，如释重负的样子。

悲凉，实在是免不了的。想起自家的老人，也想起自己未来的景象。

恹恹地回到自家竹楼，公木瓜树在风中立着，花落得差不多了。王叫星说："人真是没意思的东西，老了更没意思。"

玉恩奶奶不接茬，自顾自地说："走了好。"随便拣一个干净凳子坐下，对着镜子梳头。王叫星说："您不怕？"

"有什么好怕的？世间固然是一个好地方，有山有水，竹楼背面还有菠萝蜜、芭蕉、榴莲、山竹一众果子，饿了渴了，都不会使你活不下去。只是和云一样，流过也就过了。想赖着不走，努力地发怒、降雨，不过也白白消磨了自身的气力。还有一片新林子，隔在对岸等着，也未可知呢。"

"奶奶，我会管您的。"

虽常戏弄，听了王叫星这一句话，玉恩奶奶倒笑了："你莫以为我真是一普通老奶哟，我告诉你，啥子都困不住、管不了我的。"

半夜里大暴雨果然来了，厚厚的云对着大地把雨水灌下来。仿佛住在了瀑布底下，整个世界全是哗哗的水声。雨猛烈地浇了一整天不见小，虽然正值雨季，但也有些让人心惊。林子把水吸饱，再也吸不下了，地上水越积越高，那棵公木瓜树仿佛浮在一个大池子里，篱墙以下都淹没了。黄水不断地从竹楼架空的下面涌过，还好竹篾墙空隙留得大，否则必定被冲垮了漂在水里，人得和壁虎、蛇一样，在水里拼命地游着，碰到个浮木或者树干就缠上去。

王叫星趴在窗边看，一只手撑着窗板，木瓜树大而肥的树叶在雨中哗啦哗啦地翻动，弹起来又被雨水摁下去，弹起来又被摁下去。雨林子外不像再有天，天就是这些浓绿的叶子。这棵不结果的公木瓜树，到明年依旧是这么结实吧。从被劈头砍下的刀口处，继续伸展它的身子，开大朵大朵的花，多好啊。只是不知道如果玉恩奶奶走了，它还能不能继续躲过斧子和钢锯。

"真可怜啊。"看着公木瓜树忍不住地叹气了。

玉恩奶奶眼也不抬的。"真好啊，这世上谁也没有爱一棵公树的义务。"

"等天放晴我也该回深圳了，在这里天天衣服都没干过。""该走了。"

……

雨停了以后，树干上留下一层泥巴，漂流过来的断木和碎石头都还在地上，林子中布满大大小小的水坑，汪着水，有命不好的鱼在里面扑腾。

玉恩奶奶烧一壶水，全身上下擦洗一遍，套一条白色的长筒裙，筒裙是自己用丝绸做的，在阳光下微微地反着光，走线不太规整，惹得王叫星笑。

玉恩奶奶一面穿，一面说："你知道为啥人都要找我这个老咪涛做衣服？不是因为我比人机器做得整齐，机器走线死板得很，我想往哪缝就往哪缝。"接着又说："你们城里那些厂的衣服，看着五花八门，其实都一个样。不是我说你年轻没见识，你看看我这裙。"前摆拖到脚踝，后摆不及腰部，腰身细小，下摆宽大，袖管又长又细，紧紧套着胳膊，还衬得有几分俏丽哩。

下竹楼解开麻绳，拖出用木兰木补的小舟，让王叫星搭把手，一直拽到河边上。黄水退回河道里，然而还是和岸一样高，凶暴地响着往前流。

坐进小舟，把银腰带系在腰间，说："走哩，今天这水正好。"王叫星站岸边喊："桨还挂在墙上呢！"

没有应答，划开河水，倏地几下就漂远了，白筒裙时隐时现的，逐渐消失在河中。

六脚马

哎，我跟你讲，你莫看我是个女的，在这一片，骑摩托没有哪个骑得过我。我这个人讲话从来不夸张，我妈说我生下来就爱骑摩托，再怎么哭，一放到摩托上颠两下，就大声地又笑又叫起来。

你讲我骑得不快？这你就不懂了，这里的山路这么多弯弯，快一点就翻下去，这么老高，警察来找都找不到尸体。你莫着急嘛，路还远得很，慢慢看风景撒。

山路有石头是很正常的嘛，不平么骑起来才好玩撒。你们不是都爱去大草原骑马嘛，你坐得我的摩托，跟得这路上上下下、起起伏伏呢，不就跟骑得马背上一样吗？我这个摩托虽然不是哪样名牌，但也算是摩托里的汗血宝马哩。这种大坡，小轿车都上不去呢，我呢小铁马头一仰，脚一抬，我扭下油么两步就上去了。

对了，你个晓得我们这里那场著名的猴子大战，到现在红河人还在津津乐道。

有两群猴子，一群从河谷那边游得过来，成群结队龇牙咧嘴的；另外一群就从山上慢慢地下来，一只接一只地倒挂在树上。一边攻一边守，嘴撕手挠，打得满林子的猴毛乱飞。山里面那些鸟啊雀啊的吓得全都飞起，连我也只敢远远地望着。猴子打仗跟我们人十分不同，那个词怎么说来着？人道主义。猴子不会讲哪样猴道主义。按翻一只往死里挠，周围那些猴子见了，也就全部嗡上去，等得打完走开，地上那只猴子往往血肉混沌，整头整脸都被抓烂了。你问为哪样会打架？我也不是十分了解，听人说是因为上面突然发了文，原来的那些香蕉园就被整成生态林。林子绿了，猴子的脸也跟着饿绿了，打仗就是自然的嘛。至于结果嘛，自然还是山猴子得胜喽，河那边那些龇牙咧嘴的莽猴子咋个可能当山大王嘛。

跟着猴子打仗的消息一起传到我们耳朵里边的，是斗波从山边边上掉下去，摔死了的消息。他是个正经八百的当地人，这个正经意味着他爹他爷爷他爷爷的爷爷都住在这点，用手里的烂锄头烂犁耙在山的一面开出一条条沟，填垫上黏土石块，今年拍一块，明年捶一级，层层叠叠的梯田就一路从河谷长到山肩上。这个正经也好像让斗波天生下来就跟通到外面的东西有点仇，每次不管是坐板车还是面包车，都要出点麻烦，不是摔掉点皮，就是擦掉块肉呢。所以喽，听到斗波在山路上摔死的事情我一点也不奇怪，一心只想看猴子打架。看得看得，发现在那乱战的猴群中间，正奔着一匹马，左突右避，艰难向前，四条马腿都直直地绷着。

马腿绷着还怎么跑？

我赶紧大喊："是哪样？"

这一喊，马上的人转过头来，没有提防，竟是斗波的老婆，前面牵绳引缰的人是春水，戴个红头盔，我差点以为她脑袋被猴子给挠得开了花。再仔细往前看呢？哪是什么马，不过是春水那辆吹风吃土了许久的大摩托。两人四条腿，紧紧箍在上面，远远望去，挤出马腿的样子。

山路既窄，左跳右跳的猴子又碍着她们，渐渐行得慢，摩托汽缸"铛铛"地响两声，低头丧气地停了下来。

自然，这次又是没有跑脱。

哎，春水，春水是个很好的人。

几乎都是这样的，在尿意把人憋醒之前，那辆老摩托轧轧的引擎声就已经把人吵醒。睁开眼睛，又是一天的清早。春水的老公鼾声响得跟什么似的，一双黑脚，一直黑到膝盖，板板地伸在外面。至于春水呢，早已三把并作两把洗了脸，一只腿已经跨到摩托车上去了。

春水是这附近第一个跑摩的的女人，日日年年，在山路和柏油路之间转。春水骑摩的，从不跟人嚷架，要在别个，一天都得吵它十来回。车站、路口，摩的一排排地停起，人一走出来就乌泱乌泱地挤上来，拽包的拽包，拉衣服的拉衣服，身材小点的么，还不等你说不，就已经被按得摩托上坐着了。当然也会遇到脾气大点的，一把推开摩的司机，拎着行李就挤出去。然而春水，也不拉人也不吵架，有人来问就轰起油门走，没得人来也就趴在摩托上，手轻轻地拍着摩托，好像在安抚一匹真正的马一样。家里平素的开支，都在她那汽油马背上。有时送来观光的城里小年轻，有时送去城里找活计的老大爹，还有那种拖家带口去大医院看病的，一家三四个，屁股全部压在摩托上，都要多扭两转油门才跑得动。掏起钱来，像被抽枯了的井水，挤不出多的两块，转两个山弯弯，遇到个交警，反倒多的被罚出去。

为了这一辆车，吃苦不少。大女儿去世的时候，春水还在摩托上。不知道遭了什么虫，大女儿嚷身上痒得很，大个大个的包，抓得十个指甲里都是血。当爹的耐不住闹，拔开一罐杀虫剂，手指尖上喷喷，慢慢往女儿皮肤上抹。土方法，见效快，抹了立马停了痒。背上腿上还好说，身子前面，自己不能抹，把杀虫剂丢到大女儿手里，自己蹲门外面吸水烟袋。

猛地听见摩托的隆隆声，以为春水回来了，站起来一看，是别个。那人嘿嘿笑："七者，等老婆呢？"懒得说话，蹲下继续大口吸水烟，水泡咕噜咕噜响。那人捏一把刹车，扎在门前。"等不着喽，载一个小白脸，故意颠起骑，骑一路，颠一路，早就颠到宾馆里去喽。"说完，拍了拍屁股灰，又扭起走了。水泡是咕噜不起来了，这种话听了没有一千也有八百，满肚子憋火进了屋，大女儿仍旧在那号。啐一口："毛（不要）叫了，跟你那个妈一样，天天叫起给老子丢脸！"大女儿渐渐止了哭，待到晚上春水回家，手里拿一条白药膏，地塞米松，大女儿身子已经硬完了。

春水咧开嘴想哭，被老公一拳头打在脸上。"跑你妈的车，天天在外面乱搞，这都是报应！"说完却自己哭起来，嗷嗷地，像狗叫。

哎，你也莫骂他，他一辈子没读过几天书，每天在家里帮着看娃娃，在这边男的里面已经算是可以的了。春水，春水读过书，她妈是马帮红颜。你不晓得马帮红颜？这是说了好听，其实就是没了老公的寡妇。说是她爹以前跑马帮，有一些钱，可惜有一次走烟帮① 就没回来，不知道是死了，还是跟那些没良心的一样在越南老挝找了新的，这种事都是很常见的。

哦，斗波，你是问斗波的老婆为哪样要跑。这种事，我也不好得和你直接讲，毕竟人家两个现在还在一起。我这么和你说吧，斗波的老婆是从河那边来的，不是自己来的，是别人带过来的，你明白不？不明白就算了，今天天气好得很，你来的时间还挺合适的。

你看你看，你们大城市读书的人就是不一样，讲哪样一点就通。你晓得就行了，莫到处去讲，小心他们来打你。他们这种人有好多个，我相当瞧不起。其实斗波老婆第一天来的时候，我就晓得她待不住。直挺挺一个杵在门

---

① 民国时期，马帮驱赶驮马到云南边境、东南亚低价采购大烟，运回本地售卖，以此获利。——编者注

口，裙子拣着肉最鼓的地方划一口子，但你有几只眼睛都看不着，拿手紧紧地攥起。不讲话，眼睛里黑黑的，像要下大暴雨。我见过的，她这种就是长了马眼睛的女人，别个女的像驴，温顺吃得苦，每晚被老公骑在身上打几个巴掌踹几脚，第二天还是起大早干活。她这样的不行，哪个都管不住她，只要她那两条腿还长在身上，她就一定会跑。

斗波老婆叫什么？这我还真不知道，她刚来的时候不会讲我们的话，到后面点也不管她叫什么了，她们这些从河那边过来的女人，名字就是拿来忘记的。这个女人真的是胆子大，第一次是让人从河里给捞回来的，自己拿绳子捆几捆木柴捆，就敢往河里放，还没到河中央就被水冲得七零八落。河里好危险，面上看着流得不快，其实下面水冲得你游都游不动。前脚被拽上岸后脚就往医院里送，歪着脖子往外吐血，那急水，把肚子里的器官都给拍伤了。身子渐渐好了，要跑的心又蓬勃起来。第二回更胆大，敢往山里没路的地方跑，那山路，是能随便走的么？山也是活物，山里的时间会伸长也会缩短，一下雨，就会泡发膨胀，跟干木耳似的。反过来，如果是毒辣的大晴天，就会被晒得皱缩起来，走一步其实就迈过了三四步的距离。那几天正是雨季，连下了几天的雨，等人找到时，破衣烂衫，饿得直啃草，然而一双赤脚，还踩在隔壁山头。

你莫笑，她不是当地人，哪里会晓得土山土水的威力。你问后来？后来脑筋就转过来喽，晓得土办法是对付不了土山土水的。能指望着逃出这片地界的，除了长翅膀的鸟，就是春水的那辆大摩托了。

一转过山，更多的弯弯绕在眼前。

"走起！"

一声喊，新的屁股又落在摩托车坐垫上，一层假黑皮，磨成个蜘蛛网，时不时吐出点黄黑色的纤维棉。

去哪里还不是几脚就到，天没刮风，但耳边呼呼的，感觉山都在转着跑。上到一个大坡，舍不得给油，干脆两个人跳下来，扶着往坡上爬。

"大姐，坐你的摩的还兴自己推车呢？"

春水瘪瘪嘴，怪人多话似的："冲到半截上不去，我们一起摔到沟沟里，你的这点车钱还不够我买药的！"

"我看是你太抠搜了吧！舍不得磨摩托，留着给你养老呢？"

脸上红红，落得有点难堪，转眼看见自己的手指盖里，积了一层泥，赚钱吃饭，还管那许多！"莫讲了，不想坐就算了，这一截路我也不要你的钱了。"

巴巴地望一眼那山，要是自己腿着走，还不软成根面条？只好不说话，跟在后面推摩托，慢慢地过了坡。

这招屡试不爽，又省下几滴油钱，春水喜得按两下喇叭，招呼着又跳上车：

"走起！"

等到送完客，这时候路上已经没什么人了，若有，也是坐在车子里，遇到就轰轰地按喇叭，都嫌旁边那个挡路。两个轮子的怎么跑得过四个轮子，更别说两条直愣愣的腿，这个时候还在路上转，天黑都到不了。天一黑，人的眼睛就蒙上了，山兽精怪，都敢在路上拦着你。

然而春水还是一个人，在路上慢慢跑。日头远远地挂在西边了，老摩托红漆银把，肚子里发动机轰轰响，像匹老战马刚下了战场，银枪还支着，喘却是免不了的。遇到大坎子颠一下，嘎吱叫一声，后车架屁股，前转向照灯都擦破点皮，这又是挂了点彩。速度很慢，春水一双腿闲闲散散地，老将军似的，跟着自己的老马前前后后晃。

最喜欢这段路：地面被大货车压得麻麻的，但长长的直，一眼望不见头。一座山分成两截，阳坡临风，梯田一级一级地低下去。若是在山脚往上看还好，立在山腰往下看，半边山仿佛成了个大瀑布，起伏着波浪往下冲。看一会儿感觉自己也变成水，要融进去，一头就要栽下去之前赶紧往天上看看，明白自己还踩在结实的地上，也就清醒了过来。

遇到个电三轮，才从城里回来，按按喇叭："嫂子，还不回去？没得人了。"

"晓得没得人了，我就转着看看。"

"有哪样好看的，除了石头就是车。"

"车子好看撒，有辆车么哪里都可以去。"

"莫看喽，天黑了赶紧回家烧火，你老公娃娃都要饿死了。"

这正是说到春水怕处："白天娃娃吵，晚上男人骂，在我这辆老马上才能有点清净哟。"

这哪里像是一个母亲说的话嘛，斜着眼睛看看她，踩起电三轮又走了。

其实倒是听了话早点回去好，不然也不会惹得那么多人笑。

缓缓骑过一个弯，耳边的声音突然之间转换了频道。那些风声鸟声都停了，轰隆隆的响声慢慢地压过来，震得耳膜都在动。是什么猛兽，这么老大动静。抬起鼻子闻闻，也没有那些动物的臊味。莫不是地震？心一下子抖起来，在这山路上遇着地震，那石头下饺子似的滚下来，还能有个活？

捏起油门想跑，光一下子暗了，太阳哪落得了这老快。这一抬头看，满头顶都是直升飞机的轰鸣声。因为山高，简直就从头顶上擦过去似的。里面坐着什么人？黑乎乎一团看不清，手里拿着的黑色枪杆倒是反着光，看得明显。一点圈子不打，刹那间就直直地飞过去，在空中越来越小，最后连个影子也不剩下。

再不敢耽搁，油门拧到最大，也不在乎那点油了，轰轰地往家赶。

一进屋就插上门，卷被子收衣服，双手忙得看不清影。行李草草卷了，就往门外迈，被老公一把拽住。"你又搞什么鬼事情？"

春水累得直喘气："赶紧走了，刚才我看见部队的飞机都来了，个个拿着枪，肯定是那群恐怖分子从昆明来我们这边了。"

一把拽回行李，对着春水小腿就是狠狠一脚，拖鞋都踢了飞出去："你这个癫婆娘，去了几趟昆明脑袋都进水了，还恐怖分子，恐怖分子来这里找你这种老婆娘？"

第二天出门就遇着笑："嫂子，昨晚恐怖分子个钻你的被窝了？"

说完旁边嗑瓜子的老奶也跟着捂嘴笑，笑完还把几个白头凑到一起，不知道在说什么话。

春水纯当没听见似的，喇叭按得震耳朵，把那些人甩在后面了，才啐一口："钻到你老妈的被窝里了，你这种不孝子还在那里递烟给别个抽！"

走两步发现斗波老婆在那里招手，满脸也是笑，春水就皱起脸来瞪她，怎么，不学好光学坏。近了才看见眼里一包泪，心里一下软起来。斗波老婆说："姐，我请你喝酒嘛。"

白喝哪个不愿意，跟着就去了杂货店，前面卖东西，后面喝酒打牌。焖锅酒端上来，喝一口辣得上不来气，肯定是刚蒸出来的头道酒，度数高得很。呛出眼泪来，春水喊："再焖一碗二道酒来嘛，这么辣，哪个喝得下。"旁边看一眼斗波老婆，倒是喝得香。一碗酒放在中间，自己拿一把小调羹，小口小口地舀起饮。春水觉得好稀奇："你怎么喝酒跟喝汤似的，还拿调羹。"斗波老婆笑笑："我们家那边都是这样喝的，喝得慢，不会醉。"说起家，春水也为她感到难过了，转个话尖："昨天你看到飞机没有？""看到了，黑黑几个，一下子就飞过去了。姐，我相信你说的，我们家那边也经常有，走在路上掏出刀来就砍。真正当官的男的杀不着，就只敢杀我们这样的女人。这边这些人什么都没见过，所以哪样都不害怕。姐你见得多，心眼好使，反而会受苦。"这样说着，倒是春水眼里酸起来，人家反过来在同情自己了。自己何曾是瞎说的？那次送姑娘去读书，在昆明火车站刚下车，就遇到恐怖分子砍人，半米长的西瓜刀拿出来，白闪闪的，触目惊心。跟着人乱跑，脑子嗡嗡响，见了店面就往里面挤。店里面人满了，就把门拿大锁紧紧地锁起，外面的人再怎么拍，也不敢开。抱着姑娘钻在一小妹开的书报亭，外面的喊声是一样都听不见了，眼前模模糊糊地扩开一片景，有一匹矮脚马，好像就是爹没走以前送给自己那匹。自己跟姑娘跨上去，跟飞似的，一下就高过树，高过山，飞到云里去。云里有雨，湿湿地沾了一脸。伸手往脸上一抹，手里一片红，那个小妹，已经是死在自己眼前了。

斗波老婆于是说："姐，你带我跑嘛。"

你看你看，前面又有个老脓包把别个车子撞下山，现在么在这里跪得哭。平日里耍威风讲霸道，以为自己有三条腿就能扇老婆耳光，扇阎王爷耳光，交警一来么就在地上磕头。还以为哪个都比不过他，过弯也不看人，按起喇叭冲，不是自己死就是对面死喽。其实反倒是自己掉下去摔死了好，不给别个添麻烦，还能给老婆娃娃得笔钱。

你莫看我骑摩托是肉包铁，比那些坐在车里面铁包肉的要安全多了。这种弯弯都是小意思，我骑摩托，可以把弯路拉直，把直路卷得弯起，往上的坡变成水往下淌，向下冲的坡升起来变成个楼梯，走着都可以爬上去。你个见过人家打铁？这些山弯弯就是我骑得摩托日日年年捶打出来的。太阳大，我就轻轻地压，给路面磨得又光又滑，像小女娃娃的脸蛋。下起雨来，技术差的么就莫开山路了，但对于我来说正是好天气。路里面吸饱了水，我就屁股压摩托重重地磨，把路压得又紧又踏实。有裂开的口子，压着摩托朝两边甩，几转就合拢了。没得我么，每年修路都认不得要修多少回。

现在？现在么交警在嘛，我再怎么不能在警察面前耍威风，这是对人家的尊重。你看，那个老脓包打电话喊他老婆，算他聪明，让他老婆跪着哭么比他哭值钱多了。哎呀，莫乱来嘛，咋个要往山下跳嘛，这个女人也太憨了，赔钱偿命都轮不到她嘛。好了，我们又得等起了，这下子救护车又得多叫一辆。

哎呀，这些医生快点嘛，再晚几分钟么这个女的肯定救不回来了。哪样事都不能拖，一拖准要出事情。就像当时要是不等那个法国人唱歌么，斗波老婆也早就跑掉了。

春水给斗波老婆看相片，旧旧的一张，几面墙做背景，自己小小一个拿着个鼓锣。两人默默地看好久，春水说："这是我小时候的家，墙是掺了糯米面粉砌的，多少年都不会坏，我们马帮的房子都是这样子的。"说着又摸出一张。"这是我爹，他是骑头骡的，挂两个大铜铃，一公一母，蹦龙蹦龙响，隔好远就晓得回来了。"斗波老婆只是看，跟着叹两声："我连一张照片都没有。"两人就这样站着看照片玩，听到外面面包车轰轰响，伸出头去望。五颜六色的服装，还有两台大音箱，隐隐约约探个头，在车厢里颠。

斗波老婆觉得稀罕："这么大音箱，不得把人耳朵震聋。"

春水去城里经常见过的，商场门口搭个台子就放起歌，招呼人去抽电饭煲抽电动车之类的。其实什么都抽不到，白白给人凑了人气。"没哪样好看的，你在手机上都看得到，回你屋头收下重要的东西，我们趁着他们闹赶紧走喽。"

仍旧探着头看："姐，我们听完那个法国女的唱完歌再走嘛。我出来干一趟活，什么世面都没见过就来了这里。这么老久没回家，让我听听她唱歌，回去我说去了法国了。"

拗不过，只好看，叮嘱几句："听完就赶紧回屋头，等他们看么又跑不脱了。"

话筒里"喂喂"两声，大家都聚拢起来了。为着人说的提高基层人民审美享受，这一行演员，据说还是从省外调过来的，个个细皮嫩肉，不像这里的人，天天在紫外线里泡。水碾房前一片空地，台子和设备都架起来，天晴太阳大，倒也省了灯光布景。

听着报幕，法国女人走上来，棕头发红花裙，皮肤却白。听介绍，说是当年跟着滇越铁路来云南的法国人后代，喜欢喝普洱，喝着喝着就留了下来。这也难怪，在法国当药卖的好东西，在这里不过就是一碗水。然而还是新奇，掌声雷动。随即唱一首，《马铃儿响来玉鸟儿唱》。每到一处"哥哥"，下面人便"蝈蝈蝈蝈"地叫。一曲唱完，掌声更加响，个个都高兴得很。只有斗波老婆不张口笑，一个人在那里发呆。很多抱孩子的女人脸上，都是这种神情，既不幸福也不痛苦，只是陷入一片很远很厚的雾气里，咋个都走不出来。

春水拽拽她的衣角，斗波老婆说："姐，怎么法国女人也是这个样子呢？"

"不管它是洋猫还是洋狗，到了山里滚一圈泥就是土猫土狗。"

沉思一下。"姐，你说的话很有道理，"往屋头赶的脚又加快了些，"这下回家又怎么跟他们讲我去过法国呢。"

水继续淌，鸟只是飞，台上依旧在那里演。

换了一男迓腔，穿一身灰衣，一双大脚故意小小地迈，在那里唱楚剧。这倒更新鲜，这边有法国人来，有越南老挝人来，还真就没有外省人来。行弦过门拉起，哦呵哦呵地，唱的是泼辣农妇焦氏，勤俭持家但又嫌鄙婆婆，为着琐事动手要打老婆婆。老公曹庄见状怒火中烧，举一把砍柴刀就要把老婆砍死。老太太跪地求儿，家中的狗"嗷呜"一声血溅三尺，一命呜呼。

唱到爆彩处，台上曹庄大喝："贱人休走，看刀！"

台下斗波登时站起，两太阳穴青筋暴起。"连个戏子都敢拿刀治住婆娘，让她伺候老妈，我真是个怂货！"

喊一圈没找着人，拉都拉不住，就往回跑。等走进屋子头，斗波老婆正在床上，袜子沾着灰，披一件斗波的迷彩外套。不等斗波走上来，自己先迎出去。拿一块毛巾拧拧水。"怎么弄得满头汗，我来给你擦擦。"这下弄得斗波倒有些哑口，一手接过毛巾坐在条凳上，一手伸去想去拿水瓶。"我帮你拿嘛，要哪样？"水瓶怀里圈住，送到斗波手里，转身又坐回床上，衣服纽扣闲闲地解散了，将着就要躺下去。此刻也管不得什么男人气概了，两只脚鞋跟一踩，拖着鞋就蹭到床边。斗波老婆手推推："莫着急嘛。"斗波说："我其实爱你爱得很，我要有五十块，我都会给你一百块，另外五十块我去卖血给你。""我晓得的嘛，我也爱你撒，你以后莫那么防得我了，我是你老婆，不是你家的猪嘛，不会跑到别人嘴巴里头。""好的嘛，好的嘛。"说是这么说，眼睛耳朵已经不在脑壳上，早就转到了手心里，手摸到哪里，就跟到哪里，打个战，抖两下，不消说，连自己老娘叫什么都早就忘到沟沟里去了。

天黑了，想要扭灯，却看见一个背包鼓鼓地躺起。刚才也是心急眼瞎，这么大个包都没有看到。鞋也顾不上了，蹿过去两手一拽，行李塞得实实的，按都按不动。火气一下又冒到头顶，转过头，一双黑黑的眼睛望着他抖，说不出一句话。终于是几个拳头，肚子软软的，一打就会陷下去，脑壳是脆的，像西瓜，拍起来砰砰响，哭喊声也布满了这一个天空。

是呀，不要说你，我们哪个听了不怕嘛。人不是猪狗，哪能那样打的。要不是春水去了么，那天人怕真的要被打死喽。具体的我也没有亲眼见到，所以我也不能跟你乱讲，反正威风得很。那天我刚跟朋友吃菌子回去，对了，你个爱吃菌子？现在七八月份，正是菌子旺的时候哩。哎呀，没得事情，哪里会那么容易中毒嘛，那些都是自以为胆大的人吃杂菌才会出事。我们只吃自己认得的，黄牛肝菌拿点干辣子炒炒，金黄黄的，又油又香。干巴菌么炒饭吃也香呢，但是我不喜欢，尽是些渣渣，难洗得很。

反正就是那天我吃完菌子回去，香味还在嘴巴里头，就看见一帮人扛着铁铲铲、大锄头、斧子镰刀，霸着路走着。虽然认得不是冲着我，也把我吓一跳。春水甩起根鞭子走在最前面，打到地上噼噼啪啪响。我躲在一边问她："去哪里？"她摸摸我的头："去斗波家，斗波那个没娘养的，不把人当人。"我拉得她的衣角："你们吓吓他就行了，别闹出事情。"春水又亲了一下我的脸蛋，拍拍我的屁股让我赶紧点回家。

"走起！"

喝这一声彩，真是让我腿肚子打战。身上的血一下子往双腿灌，挨了电门一样，我要是匹马，当场就得抬蹄子飞跑起来。平常听人这样吆喝，晓得不过就是赶羊吆鸭，究竟不怎么有气势。春水的鞭子一打，嗓子一喊，地上和心上都被卷起旋。我躲在后面看他们，一行人也不多言多语，把家伙都紧紧地握起，跟在春水后面走。好像哪个也拦不住他们，毒蛇猛兽拦不住，恐怖分子拦不住，逢山开路，遇水过河。我想当年逌萨马帮闯天涯，走通东南亚也就是这个样子的。

怪哉，怪哉，这世上有些事情真是奇怪得很。小的时候听外公说，上个世纪不知具体年月，他们一行人驻扎在金沙江旁侧一野山。月色满窗之时，山谷豁然作响，风声隆隆。众人皆从梦中惊醒，提脚赶到时，一道巨大的切口从小半山处直刺入金沙江，两旁的树木皆向外侧倾斜，仿佛有巨物挤压而过。抬眼一看，只见一庞然大物轰然滑入金沙江，遂不见踪影。有一当地住民讲："是巨蛇。"第二日众人便匆匆忙忙收拾一应器物，不敢复留。你说光天化日之下，咋个会有能把山都劈开的蛇嘛。不过想想，现在脑壳顶上就有宇宙飞船在太空里飞，山里有条大一点的蛇也是很自然的了。所以这并不算得奇怪，真正奇怪的是一个人，昨天见到还威风凛凛，眼睛里翻着火，第二天再见到，那个身上的火好像就灭了，这种事，你说怪不怪嘛？

春水的心好像就是这样说麻就麻的。

第二天门口聚了一帮人，都是些白头发灰头发的男人，间或杂着几个黑头，不停地吸烟，搞得乌烟瘴气。斗波拿绷带缠了手，纱布裹了头，蹲在地上哎呀哎呀地叫。春水拨开这些臭气走出来："搞哪样嘛？"斗波叫得更凶："哎呀，我不跟女人讲，喊你家男人出来。"瞪一眼落在自己身上的笑眼睛："你要赔钱么要咋个跟我讲就得了。"斗波干脆屁股落在地上："我只跟你家男人讲，你家是女人说了算噶？"扭头走回屋，把老公喊出来，斗波这才揉了揉屁股，摸了摸头，慢慢地站起来。

我睁大了眼睛看起，很害怕他们会动手打人。这时一阵怪响突然从林子里面传出来，嘶嘶的，像马叫，又像鸟叫，甚至还有点像蛇吐芯子。我看那些人还在吐痰吸烟，我跟春水说："有奇怪的动物来了。"春水就把我拉到旁边："是六脚马，哪个找着了哪个就可以骑上它飞上天。""飞到天上干什么？现在不是有飞机吗？天天在天上飞。"春水没回我，只是拍拍我，让我去树林子里看六脚马。我走了好久，和我比起来，山太大了，一棵树比我高，一块石头比我重，有时连一棵不知名野草也比我强韧。绿得很，野得很，转几个弯也不见有什么东西。日头越走越沉，四面冷寂下来，我什么都没看到，只好转头回去。回去就看到春水正在给斗波递烟，左边脸蛋又红又黑的，她跟斗波讲："对不起。"

第二天早上起来，全个屋子都漫着豆腐香。响响地打一个呵欠，跟噼噼啪啪的油锅声相呼应。是在厨房里，春水炸石屏豆腐，斗波跟自家老公坐在堂屋里，等着吃赔礼。听人平常讲，这个豆腐出了这地方到哪里都做不成。你就把师父带着，把点豆腐的酸水带着，只要脚迈出这片土地一步，这豆腐做出来不是苦就是涩。在以前，走在路上提着豆腐甩起卖都不会断，遇到人要买就拿火炭一烤，香几条街。现在屋里没火炭，摊在锅上直接煎，照样清香四溢，皮黄黄脆脆。动也不动趴起看，春水塞一块豆腐在嘴里，让去一边，别被油溅到。香得很，就是赖着不走，看那些好豆腐，一块的肚子鼓起来，一块的肚子瘪下去，翻一个面，又在锅里弹两下。转头一想又气得很，这样的好豆腐，等会儿竟要进了坐在堂屋的那些坏嘴肚里。

春水手里抓了把什么？白灰白灰的粉，哪里有这样子的作料。往豆腐上划几道小口子，蘸着粉往里塞。凑近了一闻，这股子味道再熟悉不过了，这不就是那水烟袋落下的烟灰嘛。平日里都是这样的，那些个男人或坐或蹲，挨在墙边，嘴巴对着烟袋嘴猛吸一口，水烟筒就烧开水似的咕咚咕咚响一阵水泡。眯起眼睛，把烟咽进肚子里滚两圈，吼吼哈哈地猛咳两声，拎起烟哨子抖抖烟灰，又传给下一个，那烟味混着汗臭味，熏得人眼睛疼。

把露在外面的烟灰擦掉，抹上一层辣椒面，稳稳当当地挨个放盘子里。春水对着我狡黠地笑笑，眼睛里亮亮的，好像欢喜得很。这样的心思，我自然立刻心领神会，拼命忍住笑，端起盘子就往堂屋里走："豆腐来喽！赶紧吃起！"

憋笑憋得肚皮又酸又痛，时而眼睛看看盘子，时而又落到窗户外面去。豆腐早已下肚几块了，依旧是在那高声喊："好兄弟！""吃！好哥哥！"焖锅酒一大钵端在桌上，一手是碗，一手是筷，就着一口酒，两块豆腐又烫烫的下肚。夹一筷子就落一点，盘中剩下的豆腐被烟灰落满头满身，像发霉了一样。偏头偷偷看一眼春水——眼睛紧紧地望豆腐，激动得喘气都快了许多。春水老公看一眼那灰豆腐，夹起来往嘴巴里头送，咂摸两下，肥舌头转两圈舔舔嘴唇，依旧是："好弟弟！吃好喝好！"

平素里靠一条舌头，爽辣酸涩都有的尝，是非好歹也就都认识，所以这舌头，我也最在意。人家家里头摆的那些水果，拿给我我舌尖一蘸，就晓得买回来放了多久。但不知怎的，我看着他们把那些烟灰豆腐都直直地咽了，一下子觉得舌头好麻，用手一擦，竟不知道什么时候咬破了一大块，流出好多血来。

春水的心，应该也就是这个时候，和我的舌头一样麻掉的。

我们这里的生活其实平淡乏味得很，但我们这里确实有六脚马。

六脚马比人心善，早晚寺里和尚念经，它就会自己慢慢去听。大殿里不去，自己一个马悄悄地到偏殿。虔诚得很，六条马腿屈着跪地，好像自己就是那个木鱼，僧人敲一下，马蹄子点地一下，照样地清脆。长年累月地听，也就真把自己熬成了块木鱼。死了以后寺里办超度，跟木头棍子一样，一点就呼呼地烧，马蹄子烧碎了掰开一看，是一粒已成形的舍利子。所以喽，这就是佛祖给六脚马盖了戳了，从此就不是凡马，超脱俗世。这不是讲来骗小孩的那种故事，我们这里的人都知道的。

那天斗波老婆最后一次来找春水，头发乱蓬蓬的，像鸡窝草。其实走得很慢，手里边拿一根半粗不细的树枝丫丫，当根拐杖使。眼睛珠子里面黑得更多，光照过去一闪一闪的，跟两小团鬼火在飘一样。春水一跨出门，首先看到的就是这两团鬼火，吓得一抖，一把拉进门里边。斗波老婆实在耐不住，话都憋不到进屋就破口说："春水姐，你再最后带我一次嘛。"

其实哪个都晓得是最后一次了，我不好打扰她们，坐在外面抠墙皮。墙皮跟老人一样，一上了岁数，想要把那些不喜欢的脏东西剥掉是很难的。小块小块的，抠了一半天，龇得我指甲都快出血了，才白了一小片墙。看看旁边，都是黑阴阴的，这一小块白反而显得很难看。我又只好看狗，两条土狗屁股挨在一起，八条腿在地上走。实在是见不得，随便捡一根树枝就往屁股中间砍，结果树枝断了也砍不开，气得我狠狠踢了那公狗的屁股一脚。两条狗嗷嗷地跑开了，留下我一个显得更加寂寞。于是我实在等不了了，准备去向春水告别，说我先走了。

手慢一点，还没来得及敲，听见里面说："我晓得他会跟着我，山路那么陡，推下去摔死了哪个也不会怀疑哪样。""做了心不安的，以后走夜路都会怕。""我倒想走这条黑路，死了就在路上继续走，走到寺里求菩萨把我送回家。""你信我，毛把你自己搭进去，我吓吓他么，保准他颠得屁股跑掉。"我赶紧缩回手，蹲在墙边继续抠墙皮，等到身上的汗像雨一样把一切秘密都冲刷干净后，我才站起来，使劲跺跺酸麻酸麻的脚，对着屋里喊："我走啦！别人还等着我一起搭车呢！"

后来的事大家就都晓得了。

斗波老婆说要去城里逛步行街，买几件新衣服，从家里带来的那些，脏了脱下来揉搓，穿在身上也被撕打，这破一个口，那刺拉两线，穿着实在有些羞。屁股刚坐上春水的摩托么，斗波就也跟着上来了。犹犹豫豫地，想上车么又想起自己以前回回坐车出事情，摸摸脑壳摸摸脸巴，感觉得哪点都好像有点疼。

春水捏起钥匙要走，斗波又往前挨挨："再加我一个嘛。"春水把头发往头盔里塞塞："我骑得快得很哦，你也晓得，到时候么你莫怕嘎。"一面想得，斗波一面屁股挪到坐垫上——城里边不像这土山土水的，老婆一下子跑掉么，喊多少个人都找不回来。伸手把老婆往前推推，三个人把摩托坐得满满当当的。"哎呀不怕的，过了天生桥我就下来自己走。"斗波老婆轻轻掐一把春水的腰，春水左手收离合，左脚挂一挡，听得发动机速度起来了，高挡一挂，摩托就跑起来了。

这一路走起来自然是熟得很，遇到紧缩弯，入弯路长长，出弯路一小截，收油、刹车、降挡，春水屁股往内侧一倾倒，两个车轮子就漂亮地划过去，再错开一点就要冲到路外面。最痛快的还是过大弯，住在这点的人，比喝焖锅酒还喜欢的，就是坐得春水的摩的飙大弯。大弯肚子庞大，跟大象肠子似的，过的时候紧紧挨着内侧，靠看是看不出弯道深浅的。就算是那些骑着川崎、杜卡迪的，在这种老山路上看不出明显的弯道顶点或临界点，想跑山跑赢春水的老国产顶杆机，还是差点意思。春水慢入快出，该放速度放速度，摩托一点不向外偏的，要是只有春水一个人，那膝盖都能碰到地上，擦出煳味来。春水和斗波老婆都快活得很，只有斗波，吓得满头冒汗，抓得摩托的手都捏青掉。

过了就是那条长长的直路，春水最喜欢的，平素里没客人便在这条路上慢慢骑着吹风。刚才过弯冒的那层汗，经风一吹，丝丝孔孔地凉进心里，舒坦得很。张起眼睛看，视线开阔空旷，好像不是山，是在一片青天上。

忽然地一转，云没有了、天没有了，是大块大块的山石，长在薄薄的山皮上，声音喊大点么都要掉下来。这段路却没有见过，又小又窄，地上尽是些牲畜的脚印子。"嫂子，走错掉了吧？刚才直直走就对了。"春水油却给得更多。"这条路更近。"这些山弯弯一个都没见过，一下子这里有一个拐，一下子那边有一个圈，转来转去，一路往上走。斗波怕得有些遭不住了，说话都抖起来："嫂子，怕是不对吧？我咋个感觉越来越走到山上了呢？"春水不讲话，接着开，过弯也没有漂亮的弧线了，直进直出的。再往前面就是个大急弯，斗波往路外面望望，大片的田小得跟块青苔似的，烂棉絮一样的薄云就飘在路下面。斗波心都要吓得吐出来了，哑着嗓子喊："整慢点！"春水直接方向打死，给高油门，迅速弹开离合，老摩托直接原地转了一圈。

斗波一声怪叫，想跳下摩托，自己一松手，直接就被抢一圈甩了出去。还没来得及伸手去拉，就悠悠地掉下了山。山很高，风也很大，斗波死得又轻又安静。

春水一下子还没反应过来，本来是想吓得斗波回家去，不要跟得，哪个想到他竟然有这么大的胆子，敢松手跳摩托。捏起刹车停下来，老摩托哼哧哼哧地喘着，斗波老婆在后面讲："春水姐，各路神仙都看着，他摔死了不是你的事。"春水扭头望一望她，斗波老婆嘿嘿地傻笑，眼珠里黑黑的光一下子就灭了。

再往前走就遇到了那两群猴，龇牙咧嘴，斗得血肉横飞。比往常多走好远路，摩托车胎也烧得严重，渐渐行得慢，汽缸"铛铛"地响两声，低头丧气地停了下来。斗波老婆下了摩托，对春水说："姐，连猴子都来拦路，我注定是跑不脱了。"春水拉拉她，意思是不怕的，一起走出去。斗波老婆摇摇手。"其实我想做的事也做完了，斗波死了，我不想走了。"

我说过的，我们这里确实有六脚马。

等得大家跑过来找到斗波老婆，春水已经不见了，她那辆老摩托留在原地，发动机都还没熄，沙沙地喘着，单梯撑在地上，窸窸窣窣地抖。像匹老马，跟随主人厮杀了大半辈子，肌肉缩成张老皮，四条腿都发麻，颤颤巍巍地要走了。

大家正手忙脚乱，一阵奇异的味道好像突然从草根根里，从树杈子尖上，甚至从猴子的屁股脸里涌了出来。猴子的叫声全变了，疯狂地四散开来，露出惊恐的神色。铺天盖地的气味笼罩了我们，像寺庙里烧得浓浓的香，但又夹杂着雨后树林子的植物臊味。想赶紧跑，鼻子脑袋里灌满了这味道，腿轻飘飘的使不上力。

然后就响起了那声熟悉的吆喝：

"走起！"

好像一把老木桨，深深地往水里一划，脑子里糊涂涂的一片就清亮起来。水波一层层，连接了过去和未来，荡开那些发腥的水萍和臭鱼一样的腐烂记忆，荡到了猛野井的盐水里，荡到了越南的棉花地里。手里拿几团花边丝线，就换了半包白胖棉花，想着这下好了，回家去么老婆又可以做几件新衣服。自己哪里来的老婆？真是奇怪，不知道是谁的声音，好几个，随着水波一下下地涌到耳朵里，涌到舌尖上，让人尝到瘴气的湿热和山石的冷酷形状。

再往前走么，怕就要穿到水波的背面，走到上辈子的时间里去了。赶紧掉个方向往回跑，撒开了腿跑，扯开领子跑，让风呼呼地往里灌，像很久之前和很久之后的母野马那样，把自己里里外外都吹个干净，吹个透亮。风很大又很软，吹得头皮凉凉的，拿手一摸，头发已经全数脱落了，然后是手和脚，常年被紫外线晒得黄黑黄黑的皮肤渐渐透明，那些支棱着的骨头也渐渐融了形状。不晓得跑了好久，跑得烧豆腐烧饵块的味道忘了，自家房子的样子忘了，山路哪里有弯也忘了，在跑得连自己的名字都快忘了的时候，又响起一声：

"走起！"

那些丢了的颜色、味道和名字一下子回来了，又把今世的自己全部想了起来，我对着人群大喊："是她！是她！"

空中突然传来湿漉漉的嘶鸣，像猛地剥开一个多汁的桃子，桃汁四溢飞溅出来，落到眼前、落到脑后。春水驾一匹马在空中奔腾而过，六条马腿飞快地交错着，出后蹄，出前蹄，接着是一个潇洒的飞跃，中间的两条马腿始终"踏、踏、踏"地敲击，响愉悦的三拍子音乐，像春水的老摩托过弯一样，在人们脑袋顶上画一个精确的弧度，无论是身姿还是速度都震得我们双眼发直。

我们当中有胆小的，不敢看，抱着脑袋蹲在地上发抖，像一只落水的老公鸡。我刚从混沌的幻觉中清醒过来，像一张湿透了又被大太阳晒干的纸，又脆又透明，什么也不怕。春水骑着六脚马在我们头上打转，我就对着天上喊："还有我！还有我！"喊了老半天，嗓子眼里都喊干了，六脚马也没有落下来，也许它根本就不会落下来，如果它落到地上就会变成春水那辆气喘吁吁半死不活的老摩托。

很快六脚马就飞走了，大家全部浑身大汗，在地面挤成一团，像一个湿淋淋的大拖把头。

你看，我说我骑车厉害得很嘛，这不就到了。像刚才那些抢速度撞山的，水平不够冲到路外面的，在我这点都是不可能存在的。我给你留个电话嘛，你以后要是还需要坐摩的么，随时喊我撒。

哎，这个风吹得真是舒服得很啊。你来的这个时候真是太好了，田里还水汪汪的，你看看这些梯田，这么陡的山，硬是变成一块块田，平平整整的，你看最大的那块，有两三百米长呢，哪个能想到这是我们的老古人做出来的。

你回去么我怕是接不了你了。我家在城边上，现在天也不早了，我差不多就要往家走了。哎呀，这点好是好么，哪个会几辈子住在这里嘛。特别像我们这些读过书的女的，在这点是住不下去的。说了你莫笑，我真呢还是正经读过书的。

对了，刚才挨你吹了这么久的牛，都没跟你讲，春水就是我妈撒。她骑着六脚马飞走的时候，我就在想，其实一直想走的不是斗波老婆，而是我妈。不骗你地讲，看得她走掉的时候我心里还是很难过的，甚至有点恨她，我想大声地喊她，你快点回来！但是她一转过脸来，我看到她的腿已经跟六脚马的腿融在一起了，我一下子哪样才想明白了。春水的腿本来就是马的腿嘛，她两条腿骑到四条腿的马上，不就变成六脚马了？

所以呢，最后我就对着她使力喊："妈！你跑快点！"

好了，不挨你多吹了，我真呢要赶紧回去了。等会儿天黑了，山路上有好多古怪呢。三十块钱，现金、微信、支付宝都可以，零头就不要你的了，留个回头客嘛。

神农的女儿们

没得人讲话，噼啪噼啪，柴火跟洋芋皮鱼死网破的声音。各自闷头啃洋芋，呼呼吹，外面凉了里面还是烫得很，舌头又麻一小块。

过了一会儿，李猴儿抬头说："我想起来了，她是往打浪那边去了。"

"打浪在哪里？"我问他。

"你不晓得打浪？好大的，从村子那边过去，翻过一座山就是。你小时候在这边，没去捡过菌子？"

我笑笑，继续啃洋芋。洋芋，标准点喊土豆，再标准点喊马铃薯。生在云南的山沟沟里，焖煮炸炒，都是洋芋，麻辣香咸，还是洋芋。考个警校走出去，蒲公英似的，追风逐日扎不了根，还是飘回来啃洋芋。

落地成个民警，东家猫跳墙，西家偷窥狂。电话比冰雹砸得密，一颗一颗，提心吊胆。其实比谁都上心，想除暴安良是真的。但一座未荒废的子宫仿佛定时炸弹，谁不看着呢？都觉得你明天就要保一争二，回家奶粉鸡汤补课择校十八般武艺培养新花朵。这个炸弹很软，地中海所长永远软软一句"好辛苦，就不让你去做啦"，这个炸弹又够硬，几年老资历比不过人新乍到男青年，砸得脑袋嗡嗡响，比小时候老妈拿书敲头骂——"不读书，将来捡垃圾啊！"还要痛得几分，眼眶眶里酸。

真转成个刑警就好喽，刀尖尖上打滚，天塌了冲在第一个，人人都爱戴，立正、敬礼，喊："警官好！"双腿啪的一声并拢，真真巾帼英雄。

既如此，好不容易撞上个还算是大的案子就不能放。追到那位迟来叛逆四十多岁还玩离家出走搞失踪的老姐姐，递个申请情真意切字字梨花带雨大珠小珠落玉盘，也许就流动到刑侦了。不，不是也许，是汗水泪水一滴滴接了，终于满溢水到渠成。

用手掰两半，又抓一把辣椒粉满满地撒了。山里的舌头，不嫌烫，三口吃个精光。李猴儿伸手还想给我拿一个，我摆摆手："不吃了，再过会儿跑更远了。"站起来拉拉裤子的褶皱，再怎么是警服，威严点。

我走出去几步，李猴儿又追上来，说："我记得你老外公，天天爱去小卖部打麻将，把你老外婆都气跑了，现在他个还在打？"

"他去世了，前年。"

李猴儿小声讲了一句很偏的方言，我没听清，问他："你讲哪样？"

他跟我道别，微微驼着背，皱着眉，一副比我还着急的样子："莫耽误你找人啦，小心得点，受伤么屋里头难过。"

我心里受用，敬个礼："为捍卫政治安全、维护社会安定、保障人民安宁而英勇奋斗！"

最后他还告诉我，不是翻过一座山，而是要翻过两座，或者是三座。

我知道，山的数目是不要紧的，最关键的是别迷路，要顺着山的纹理走，有时它会在一棵树的年轮上显现，有时则是一只蝴蝶翅膀的花纹或者是一块石头的朝向。就像打开一只蚌取珍珠，人的脚就是刀子，要找准山的开口一鼓作气地切下去，没有迟疑或者畏惧。否则山就会紧紧闭合，像一个核桃，沟壑纵横，永远把你困在里面，再也走不出来。

李猴儿告诉我诀窍，不能一直低着头看地上的路，要抬头往上看。"看天上呢路，云的流向，山里人从小都会的嘛，出去了几年么，再怎么也还是云南女娃娃，不会走错掉。"

我的老乡告诉我的就是这些，听完我又喝了半瓶水，把顽固的洋芋顺下去。喉咙通畅，肚中踏实，正适合出发。进山，有路可走直须走。先是盘山公路，一段段，谈恋爱的心思似的，百转千回。弯弯绕，已经尽可能减缓坡度，还是陡。走路的把背高高拱起，走油的一脚油门得踩到底。最危险的：刚轰隆隆冲上顶，接着就是一个大折弯，横刀夺命，连人带车冲下山。李猴儿说得没错，再怎么我也是云南人，不怕的。不认得路，但骨子里有一种向山里野果子学来的技术，一根细细的枝吊着，在轻与重、生与涩、坠落与腾起之间维持一种恰到好处的平衡，一路也还算顺畅。

再往前走就没大路了，剩下的全是天然泥巴路，碎石头垫个百八十米，做个过渡。我小心地寻了个山路凹处，把车板板正正地停进去。侧方有树荫遮蔽，不至于等我回来时如进蒸笼，把自己蒸成白面馒头。后视镜也收起来，公家的车，免得擦碰，越不是自己的东西越要爱惜，不能养成小人习气。

脚一落地，使劲踩两下，把懒洋洋睡在土里的山野气压出来，气息顺着小腿往上升，整个人都精神些。我弯腰习惯性地检查鞋带，依旧紧实整齐，其实是多此一举——出警特意换上了新发的巡逻鞋，鞋舌可以反面叠回来，压住鞋带，专门防止紧要关头鞋带散开。静音减震，小牛皮复合膜鞋面，防刺防砸。我踩踩脚，对鞋很满意。我要穿着新的巡逻鞋跨过山沟沟和水弯弯，再踩扁毒菌子和百脚虫，我会不辞辛苦深入大山克服所有艰难险阻，我会不负众望找回我亲爱的女同胞，我会证明一个没钱不结婚不生娃的三无普通女民警也是当代巾帼英雄，我会……我会的。

不走山路，直接往上爬。虽然数日不曾落雨，但土壤松软，后跟一踩一个小小的坑，这是山岭富含水分的表现。人家说山其实是海底的褶皱，看来是真的。在海水里泡了上亿年，即使露出来晒了这么久，还是饱满湿润。

不小心脚底打滑，慌忙拽住蔓生的杂草。抓到根浅的，连人带草摔一屁股墩。根扎得深的，草叶子都快被拽断了，还是紧紧抱着土不放松。人屁股没事，手划道血印子，野草咬的。走了还听野草在那骂呢："哪来的瞎眼两脚动物！我长这么高容易嘛！"我很不好意思，赶紧加把力气往上爬。

过了半道岭，前面隐约有一开阔处，一扇锈迹斑斑大铁门，隔开灰黄与墨绿。旁边挂一白底黑字长门牌，"国……西南……水机……"，字本来有些脱色，枝叶又绿得实在浓，隐隐绰绰只捡着几个字。赶着爬了大半天山，实在有些渴了，想进去问问嫌疑人行踪，顺便讨口水喝。

抬脚一迈步，"咔嗒"一声，清清脆脆。不是枯叶子干树枝，披风沐雨真实活过的东西，生前柔软，死了也留一口软软的叹息，我听得到。

这声音生冷艰涩，是金属在活动。紧张得牙齿根发酸，嘴唇一下子失去了水分，毛刺刺的划舌头。之前遇见过的，一个人拿着医院证明来派出所，被地雷炸过两次，体内六十多块弹片，每年去医院取六片，跟过节一样。后来说要自费，索性不取了，一坐大巴、火车，安检嘀嘀响警报，被当作恐怖分子抓好几回。边境线上常有的事，中越战争结束后，留下了漫长的地雷带，一镰刀劲使大了，就把一颗胶木地雷锄进地里。之前组织去走访调研过，我估计脚下的这颗是压发雷，炸开来没有弹片，踩中的人没有腿。这里本不在边境线上，也许是当时有散兵流窜到了这里？谁知道呢，把手机从裤袋里摸出来，山石密林遮蔽了信号，人生和电影总是有相同的套路。一动不敢动站了一会儿，腿开始痒痒地发麻，很想大声地哭。

树叶子不规律地响两声，长出一个老人。说是长，实在是因为他走得太慢了，从树后慢慢露出左手，又慢慢探出脑袋，慢慢地朝这边看。我有些恼怒，就像在河里呛水的人，生死攸关的关头，看见岸边有人正坐在小板凳上凝神静气地钓鱼。

不是很客气地喊："快点去打电话报警！"

老人一口普通话，让我吃惊一下。"你不就是警察吗？"

我还没答，老人看出来："没踩到地雷，是山鱼雷，我埋的，不会炸。"

我犹豫地挪开那条早已肿成炮弹的右腿，什么都没有发生。四下里只有风吹虫鸣，和我如释重负的喘息。

半是掩饰尴尬，半是好奇，我问他，什么是山鱼雷？他说，在水里用的是水鱼雷，在土里用的就是山鱼雷。山鱼雷特制的钻头能破土穿石，在土壤里自航、制导，直到完成攻击。可以把它理解为一种鱼，能在山石土层里游动的那种。我大为惊叹，没想到在这偏僻的深山里，科技已经进步到这种程度。不过他接着又说，山鱼雷不是很稳定，有时候如期抵达，有时候又半路溜走，游到不知道哪棵树下，藏在交错的根脉里。

说话间，他引我走到了那扇铁门前。站得近了，那些字也没什么法子再遮掩了，门牌上写"国营西南云水机械厂"。和现在的电脑字体不同，这牌子的字似乎是手写的，蚕头燕尾，一波三折，想显示厂子的端庄威严。笔画间细微处又有点牵丝连带，故意透着写字人藏起来的那么点潇洒恣意。进门四方围着厂房，占地实在不算小，但看来都荒废很久了。还有个三层小楼，窗户上红纸贴着"职工活动室"，零星几块彩色画墙皮尚未剥落，撑着当年热闹的面子。

老人带我走上三楼，拿出条凳给我坐下。从这里的窗户看出去，团团的山好像在流动起伏，也许是流动的云造成的视觉错觉。没待一会儿，老人就起开一罐红烧猪肘罐头，绿皮军供款，上写"东坡肘子"。"坐得吃点饭再走嘛，再往里面么走半天见不着一家人了。"静下来才发现这老人实在有些瘦，皮肤头发都枯得有些年头。老人先发问："你是警察吧？"我拍拍警徽："货真价实高考考上的，四年毕业，科科成绩优秀。"老人又问："警察来这山旮旯里干哪样？"我说："搜寻失踪妇女，拯救家庭于水火。"

然后老人说，他要报案。

有时候，名字好像真有几分命定的玄机。汉字不是单纯的撇捺钩横，盯着往深处看，总能看见世物。说是象形字的特点，也是一方面。"云水机械厂"，云水二字就早已昭示出最终的命运。云波诡谲，水波荡漾，美则美矣，但都不是长久之物，流动易散。当年很是显赫过一阵子，在那个年月一口气投了两千多万建成，是三线配套的兵工厂，专门生产鱼雷。方圆几里外就有守卫，闲人一概免进，俨然一世外桃源。那些风光的日子还是发着亮的，像一个老核桃，越是难挨，越是委屈，手里捏得越紧，磨得越勤。日积月累，也攒下了一层厚重的包浆，风吹雨淋都不能把它摧毁。时不时拿出来把玩一番，想想曾经的快活时光，也能憋口气继续活下去。他还记得他女儿，刚上任技术副厂长那天，在贺喜祝酒声中坐到天光。那背后有多少咬牙眼红闲言满天鸡毛遍地全与他无关，培养一个工程师女儿，这就是实力，这就是境界。

可惜时间支流纵横，岔路绵密，人站在时间里是看不清流向的。越是努力干活，全部人加班加点，厂子越是一天天衰败下去。这其中的缘由脉络，直到今天也没捋清楚。人说啦，那女的没当副厂长以前怎么好好的？工人阶级是领头羊，嫁人就要嫁工人。现在怎么变卦了？一定是她，天天组织什么文娱班，一群女人在那里拉手风琴。拉拉拉，把厂子拉倒了吧。嗨，反正就是有女人怪女人，没女人怪没女人，古往今来都是这个鬼样子。只记得那段时间女儿经常半夜出门，不放心，偷偷摸摸屁股后面跟着。倒是啥也不干，就在树下面"鲸、鲸"地叫。终于回头撞上，颤颤巍巍地问："干啥呢？我姑娘。"

那边女儿说，学外语呢。"jingle，jingling，jingoism，jingoistic……"

倒是好，没有精神上的毛病就好。

终于到了撤厂的那天，头脑灵活的早已在别处另谋了生机，气象更新。剩下他这样呆板的，事到临头也只好认命。老老实实的，拿了工龄钱走掉了也好啊，不偏不倚轮到自己守夜时丢了一台车床。那么大、那么重的东西，在夜里好像蝴蝶一样，轻轻一扑，就消失了。

军工厂的机床，不仅是钱的问题。上面派人来查，自己颤颤巍巍把那晚上干了什么翻来覆去说了好几遍，连半夜尿尿的颜色比较黄，感觉自己有些上火都说了，还是只得到了一个嘴巴。那人比自己年轻好多吧，要是农村里结婚结得早，自己都可以当他爹了，这样一想，脸上更疼。

女儿不知道啥时候来了，指着那人脑袋说："你再打我爹一下试试？"

"你算什么东西。"又一个巴掌落脸上，脑壳嗡嗡响，鼻涕眼泪都被打出来，"你和你爹赶紧交代，再狡辩，我连你一起打。"

从没见女儿那种神情，每一根头发丝都在冒火，对着那人，当胸一脚，踢了个嘴啃泥。

对面从地上爬起来，解衣唾手，左手猿飞，右手鸟落，腾跃移时，挥拳要打，又被一个闪躲，一脚踢在裆下。

后来厂里让女儿给人家道歉赔罪，女儿摇头不干："我没错，为什么要道歉。"

人家说，我们厂有你和你爹真是背时啦。一个小偷，一个母夜叉，两个背时鬼。

这世道，真是千变万化。

吃完饭，老人又给我倒了茶水："喝点茶，漱漱嘴。"

我盯着手里的搪瓷杯，里面几缕茶叶若无其事地旋转着，慢慢渗出红褐色的茶汁，大概是普洱。我问他："那后来呢？"他说："后来有个人说，之前看见有大车鬼鬼祟祟往山里开，防水布罩着，看不出装了什么东西。姑娘就进山了，她说她会把东西找回来。"

"你没有和她一起去吗？"

老人的脸尴尬地抽搐了一下，如果有面镜子，我想我也会在自己的脸上看见同样的表情。现在问这种话，仿佛在指责他这位父亲是那么地不称职。

老人说："那时候我已经和现在一样老了。我走不动也没有心力再去走了。我想，实在找不到就把我抓起来吧，反正出了这厂子我也不知道可以去哪里。姑娘临走前说，她不是背时鬼，厂子垮了不是她的错。我告诉她，当然不是，她是万里挑一的工程研究生，是工厂最红火那几年的大领导，是我活着最大的盼头。"

茶水喝下去半杯，果然是普洱，茶汤滋味浓厚，也许还是熟普。我从小肠胃不好，当民警后更是如此，饭后喝一点普洱，顿感冷冰冰的胃得到了柔软的安抚。我点点头，半是对老人说的话，半是对这茶："当然，当然，那个年代的研究生，绝对是人中龙凤。那最后她找到了吗？"

老人摇摇头："那天之后就再也没见她了。她是我姑娘，我最了解。从小无论做什么事，不到最后她不会放弃。等她证明了我们爷俩的清白，她一定会回来的。所以啊，我就在这守着这山门，等她回来了，我还给她做红烧猪蹄吃。你是真警察，跟那些混饭吃的警溜子不一样，你一定要帮我找到她，告诉她，她爹一直在这等着她呢。"

那才咽下去的爽滑的猪蹄筋，好像又噎在了嗓子里，我拍拍胸口。"您放心吧，我进山以后一定帮您找，活要见人，死……嗨呀，那是不可能的，哪个云南人会在自己住的山里面死掉嘛。是什么情况，我出来就告诉你。"说完，我把剩下的半杯茶一饮而尽。

我从未来过这座山，或者小时候曾经来过，但那到处都似曾相识的树木与青苔石，早已在脑海中模糊成一团面目全非的绿色墨迹。我沿着大概是被进山捡菌子的人踩出的毛毛路继续前进，心里充满莫名的英雄般的使命感。我既不担忧迷路，也不害怕野物，当我不知道接下来往哪里走的时候，我就抬头看天。我的运气不错，今天太阳没有把云全部烤化。天上有许多云，它们的轨迹与形态就是地上的道路与预言。

比如你看到团团的绵羊毛撒落一地，像是天上发疯了的牧羊人把他的羊全都剃成了裸体，那你就要小心，今晚雷暴将至。比如天上常常预演战争，云间时常鲜红一片，血流成河。那地面上的生灵，也将在不远的将来爆发同样惨烈的争斗。涿鹿之战、牧野之战、长平之战、巨鹿之战、昆阳之战……这些历史中举足轻重的著名战役，早在天上的云里就已经演练出了结局，扣上了文明那颗关键的纽扣。只是人们不常抬头看云，错过了流向的预兆。否则曹操早已在某个漫不经心的下午，在天边火烧云的壮烈景色之中，看见了赤壁之下遮天蔽日的浓烟烈火，看见了自己那十余万伤病致死的士卒残影。

我把手高高地伸向天空，测量云朵的大小。如果"羊毛"跟我的拳头一样大，那它们就会柔软地膨起自己的顶部，在白日里慢慢生长，并且在傍晚安静地融化。不过现在它们只有我的拇指那么大，是高积云，晚些时候是要有雷暴雨没错了。为了躲避雨水与雷电威压下森林的极度危险，我不得不加快了脚步。

慌张不出意外地让我丢失了前行的方向，此刻再抬头，天空的纹路已经消弥，只剩下一片低低的黑灰色，仿佛海上漂浮的惑人迷雾。想问杉松苞树，路怎么走，杉树挺腰，树枝吹口哨，装无知不良少年。或者问米泡果儿，哪里可以一避，红红白白脸，头低到草窠子里，做害羞淳朴少女。实在无招了，站在一尖尖石头角下喊："有没有人啊？有老乡没得？"

小小的石头壁长久地反射回声，有老乡没得……乡没得……没得……自己的声音突然让我觉得有点羞耻，太蠢了，在这里像个山里走打失的小孩子一样大喊大叫。

但很快有人朝我走过来，在蓬勃生长至大腿高处的杂草丛中轻松穿行。他神情平静地看了我一眼，招呼我跟他走。看来小孩子的方法是最有用的，小孩天生就知道怎样才能最快速地获得这世界上的帮助与善意。

屋里清爽。不似普通山里民居，屋子里外总有一股臭烘烘山味。大概是人鸡狗猪，通通在家门口循环五谷、脱毛扬灰的缘故。吸一口气，都感觉自己被大山夹在了胳肢窝里。这家味道爽朗，四处无尘，角落放一簸箕地枇杷，正在缓慢熟成，散出甜甜蜜意。屋里还有一女人，对我的到来高兴万分，满脸溢出笑。不多时，雨和夜落下来。女人对男人说："你在屋头煮饭，我去给妹妹打只野鸡来吃。"

女人径直出门，我略感诧异。"她现在去吗？一个人也太危险了，再说，这山上还有野鸡吗？"

男人倒来劝慰我："没得事啦，都是这样的。"

我仍觊觎墙角那堆地枇杷。"那你们那地枇杷卖我一点嘛，走山路渴得很。"

男人看了一眼，摇摇头："等她回来你跟她讲吧，家里的东西，我做不了主的。"

然后相对无言，等饭噗噗地煮好，女人果然带了一只野鸡回来。男人动手利落杀鸡，野生鲜亮羽毛，片刻扎成一毛掸子。其间女人跟我讲，当时她男人嫁她那天，里外找不到人，急得死。结果跑他家一看，正抱着家里的大柱子哭，说舍不得离开自己的家。"么就算啦，我就想，反正男嫁女嫁都是嫁，你不过来，我过来喽。"没想到嫁男人的习俗现在也还有保留，又想到那男人穿红红火火喜庆衣服，抱着柱子哭的样子，我忍不住笑起来。我一笑，那女人也跟着笑，哔哔啵啵，欢笑连连，一路聊到饭菜上桌。

夹一片树蝴蝶，越嚼越香，吃一块野鸡肉，山野滋味十足。我问："姐姐，你怎么打得到野鸡的，也告诉告诉我嘛。"女人说："我教过好多人了，这一片人都是我教他们的，其实简单得很。你就拿根尖尖的树枝，走到屋子后面，要吃什么，你就念什么，然后把树枝插在泥地里。要等。安安静静地等。不要去看。如果忍不住，你就盯着远处看。等到你越看越远，越看越远，都感觉要看到山的那边的那边了，你就可以回去捡来吃了。"

"一根树枝就可以？"

"可以。"

"想打野猪也可以？"

"可以，但是要根更粗的树枝。"

我丝毫不对这个玩笑感到愤怒，真正的秘诀不会轻易示人。更何况，那女人带着一种近乎神圣的庄严表情。她也许真的很想让我相信这个故事，而我点点头，说"厉害得很，姐姐你真有本事"，作为对她的小小报答。

雷雨不愿止息，二人留我夜宿。女人睡得晚，灯下缝衣裤。昏黄光照，佝腰低首，影影绰绰，令人发沉。眼皮一闭一合间听见男人说："明天再弄咯。"女人讲："明天你倒是有力气，我明天就不是今天的样子了。"窗口轻开一缝，女人时不时伸手出去，捻一雨线，穿针又织。男人又说："明天你清闲，再做不迟。"女人说："明天雨滴就小了，线太细，难穿得很，等天一冷，你们个个又要找我要衣服，催我的命……"我试图再进一步了解他们的生活，女人把絮絮低语一针一线，进进出出，都缝进布料纤维间，细细密密，难寻踪迹。

第二天醒来，一层黑在屋外尚未被吹散。女人不知何时已起来煮饭，真是勤劳得很。快至中午，男人带一新鲜野兔回来。我略感惊奇："今天是你出去啊？"男人扯嘴角笑一下："是嘞，今后她在家里做活。"我突然起一丝玩笑心，笑他："你今天用的树枝很细啊，只打到兔子。"男人用刀背猛击兔子头，兔子和我一样吓呆，忘记叫。又打，又打，打得兔子脑袋发出葫芦盛水的声音。"不是哩，我不会用树枝，直接拿棍子敲晕的。"说完将兔子倒挂剥皮，尖刀进肚，兔子疼醒过来，吱吱惨叫。男人翻转刀锋，又拍，又拍，直至兔子五脏六腑都见光透风，终于放弃了挣扎，将自己的身体噗的一声打开。男人接着说："有根棍子我啥都能打，山猪老熊，人来也不怕。"我莫名感到有种庞大而透明的东西威胁着我，我心里默念，要谨慎，要警觉，紧紧地捏了一把我的便携伸缩警棍。

当然什么也没发生。手上的汗，印在警棍凉凉的不锈钢面上，很快就消散了。男人又要出门，对女人说："你在家照看，我去外面转转。"女人默声，视作答应，我回头看她，脸上好像有泪静垂。

山中雨水让人发困，精神都冻成一块四面打滑的冰，在水里越沉越深，一点想浮起来的力气没有。昏昏沉沉，一觉又睡到傍晚。也真是怪，这个天，好像被捅破了一样，下了这么久也不停。我悔恨地敲了几下自己的头，所里派你来办案，你在这里住山间农家乐。我告诉自己，明天无论如何，即便天上下刀子下枪子，我也得走了。

第三天晴朗浸润了一切。但过多的睡眠淤泥一样，已经淹没了我的膝盖，每走一步都要使出决心和毅力。男人将我从肥沃鼾声的梦里拉出来，告诉我，天晴了，我可以出发了。我迅速收好东西准备离开，在这期间一直没见到那个女人。出于礼貌我询问情况，说还想跟她道个别，这两天非常麻烦她了。那男人却说,她已经离开了,不知道去哪里了。梦里那种在淤泥中的感觉再次拥堵住我的精神,那种深深的陷落感让我不安。我在心里说,你就撒谎吧,我是警察,我会自己去查清楚她去哪里了。但在嘴上,我打哈哈说,如果需要,等我回去,可以帮忙去报个案。男人露出牙齿,一笑,说不用了,他昨天去街子上,已经找到了新的女人。出门前,男人在背后喊住我,说如果我想要,可以拿一袋地枇杷走,不用给钱了。

我没有回复他,打开门,飞速跳入密密麻麻的野草野树里去,脚下不停踩到被打落的树枝草果,响出一条噼噼啪啪的出路。我的心和水蚊子一样,在薄薄的水面上勉力滑行。滑啊,滑啊,我突然感觉那个创造了衣食,喂养了我们的女人,早就在几千年前,随着雨水的停息蒸发湮没了。

山在行走。

我拼命往高往深了爬,我口干舌燥嘴唇出血,我的水分在飞速蒸发,剩在身体里的全是盐粒,刺得浑身又痛又痒。我想起小时候听我爷爷讲的那个故事,一只巨大又贪心的青蛙为祸一方,人们利用它的贪婪拼命喂它吃盐,最终那只青蛙因为喝干了一口井的水,肚皮胀裂而死。但现在我愿意,如果给我一口井,我愿意把它喝干。不过我不能撑破肚皮,我还要爬。我爬得头晕目眩,左脚低,右脚高,整座山仿佛都行走起来,而我只是趴在巨大山神肩膀上的蝼蚁，随着山的步伐上下起伏。我拼了命爬。

直到我看到她，隔那么远，我都看见了。

一把土铲子，舞得像弯月铲，耍得像红缨枪，正在沙场短兵相接金鼓连天。斜插入地，有力，毫不迟疑，迅速地没入土地的身体。再一舞，沉甸甸的土壤，沉甸甸地落在该去之处，发出雨落在草地上的唰唰声。如此插入，扬起，插入，扬起，如此耐心，如此愉快。仿佛不知道疲劳为何物，也不知道单调枯燥是什么质感。我知道她一定是我要找的人，虽然不知道她是谁，但一定是其中之一。

我走近她，她低头沉迷耕地武艺，不理睬我。我知越是穿这警服在身上，越是要面色温和，我对她说："你真能干啊，像你这样的能耐，山都要被你铲平了。"她闻声抬头，见到我又惊又喜，铲子丢在一边，拉起我的手。她的手异常光滑，剥皮荔枝般丰盈柔软，让我有些吃惊。她说："相当好，相当好，来了个城里人。不仅是城里人，还是个吃公家饭的呢。"我一时间竟有些满足，有种衣锦还乡，老家人说艳羡话的小虚荣。我问她："你就一个人在这里种地吗？"她张口大笑，笑声滚烫，从她嗓子里一团团滚出来，笑得我脸上发烫，不知道自己说了什么蠢话。

她拉我一旁聊天，问我城里生活好不好，我告诉她，城里哪里有山里有意思，云南总有那么一些小山坡，好像生来就是为了给我们玩耍的，树也不长，石头也被全部阻挡在外，光光滑滑，除了草就是软弱的野花。随便哪里捡一个轮胎，整个身子躺倒在里面，找个人背后一推，就"唰"的一下冲下去，满耳朵都是风和草的呼喊。上上下下很多次，滑得草都累了，发出苦涩的青绿呻吟："别滑啦！再滑我腰就要断啦！我长这么高也是很艰难的啊！"这个时候我才会放过它们。

她又大笑，她的笑向四面八方漫射，像炸裂的流星碎片，又明亮又尖利。我想真好啊，山野劳动让人快活，之前何曾听到过有女人如此放肆不羁地笑，像斗牛场上得胜的女斗士。我想更多地了解她，判断她究竟是我要寻找的哪一位，我跟她说："跟我讲讲你吧。"

然后她开始了她漫长的讲述，那些人生经历有新有旧，有忍辱负重的农村中年妇女，在杀鱼时切破了手，把血流进鱼汤，一锅端上桌。又有青涩坚硬的少女，翻墙躲避相亲，站在喜欢的人楼下画粉笔画。有真正的幸福，体量沉重，复杂难辨，不能与众人分享。也有很轻很轻的快乐，谁听了都能吹一口气，一直飘到天上。她说她读过很多书，是厂里大家信赖的文化人，她还说她骑过六脚马，就在从家里跑出来那天，踢踢踏踏就翻过了几座山，她说之前爱吃地枇杷，后来不爱了，因为发现树枇杷更加清甜，她说……尘土的故事呼啦啦刮在脸上，又很快呼啦啦吹走，山石的故事冷涩不移，不小心就磕得头破。故事茫茫无边，但各有各的去处。我努力在缠绕的故事里找出线索，但最后却发现她谁都像，又谁都不是。

我实在忍不住了，我问她："你是谁？"

她反问我来山里干吗，我告诉她我的任务，我的委托，我的怀疑，她又问我，为什么非要把她们带回去？我说那是她们的家，她们的亲人，她们的来处。她只是说，不是。我想施展警徽赋予我的威严，继续问她："请你配合，你叫什么名字？"

她站起来，拍干净身上的草屑，不知情蚂蚁被吓一跳，在裤子上胡乱腾细脚。她用手指引路，放归野草荒原。拿起铲子，继续挥土如雨。威压无用，不如以真以情，我问她："你准备种什么？我帮你一起吧，小时候在老家，也下地干过活。"

她这回没再发笑，回我："我在填海。"

"填海？填哪里的海？"

"你看这一片，都是我填平的。"

我顺她手指方向望去，不知所云。她教我："你望大处，望开处，别让眼睛限住你，你越过表面，看那深的下面，黑的下面。"我努力让瞳孔失焦，尽可能决眦入山野，不再局限一点一线。果然发现这一大片山地沟壑平坦，略有高低起伏，也只是静水微澜而已。

她说，雨起来了，正正好。

引我坐上一小木舟，木舟安稳，静静停在松软土壤上。她说这小舟是从一老巫医手中所得，头头尾尾木兰木，坚硬耐腐蚀，话中掩饰不住两分得意。

雨从高高的天上坠下来，滚一身风。噼噼啪啪吹在地上，大圈小圈波纹散出去。她告诉我，水积成的海里，行船靠风，土堆成的海里，行船靠雨。雨大处重处，海面湿滑，行得快，千里西山一日还。雨小处轻处，海面干瘪，只能耐着性子慢慢游。要实在着急呢？也可以使桨用力划，第二天胳膊里面长酸果别叫就成。学风的样子，雨也左蹬右踢，小舟土上晃三晃。要是再猛烈些，我要晕船也说不准。

小舟跑起来。雨水帘帘，荡开土面，波浪一层一层将我们推出去。真是很辽远、很宽广的海。经由她填补过的海面，平整顺滑，无暗礁水底埋伏，也没有旋涡诱人下坠。船行过青碧碧山杜英礁，花鸟百无聊赖栖于上方。转眼又至麻母鸡菌丛，吓得我慌忙两手划舟，冒出两串气泡。臊腥味愈发浓重，灌进鼻脑肺腑。一只土黄色大豺冷幽幽盯着，我浑身汗毛参起，将要掏棍自保，那大狗又懒洋洋舔毛，摇着清瘦屁股离去。

航行中，她告诉我，附近几乎所有女人都会在这山海里溺死，所以她誓要将这海填平埋软。以后，女人可以在这海上四面八方地行，不会倾覆。

我试图问清楚那几个女人的下落，离家的去了哪里？寻找的去了哪里？消失的去了哪里？

她只是告诉我，她们都在这山中，和她一起填海。

从五楼一跃而下的牧童

云南森林消防【云南野生亚洲象北移搜寻监测】
象往之地

2020年3月，16头野生亚洲象离开西双版纳自然保护区一路向北。总队先后出动59名指战员，8台通信指挥车，16架无人机，担负象群北移全程全时段搜寻监测任务。

倒春寒。雪。大地一片污糟糟。

桌子下面，四个人的鞋都脏。坐下家的小李尤甚。三十奔四，男，还穿白色"匡威"帆布鞋。黑色污雪干透，牢牢沾在鞋面上。想到那冰凉凉脏兮兮雪泥渗过帆布纤维碰到脚趾，心里就一阵硌硬。小李自己好像也硌硬，啧一声："打什么来什么，八条八条。"

桌面上已经牌过三圈，东南西风吹过，各家收成喜忧不同。对家是茶室女老板，真正职业牌搭子。哪里有差，都得搭上，这个搭，自负盈亏，随机应变，得屈得伸，考验人品。这家女老板输也不恼，赢也不浮，闲闲的性子，大家都爱来，我也不例外。

我年轻的时候，流行《赌王》《赌圣》，女的如邱淑贞，卷发红唇，一身飒爽西装，夺人心魄。男的如周润发，大背头，叼雪茄，一摸牌眼角就笑起褶子，对手一看心里发毛。他们不叫赌鬼，也不叫打牌的人，他们是王，是圣，每一个指甲缝里都讲究。

我和我的工友们也讲究。把打牌叫"盖长城"，每天准时准点上工。在关于麻将本身的事上，我们严格而又细致。不认真就会倒霉——这是我们日积月累辛苦劳作的经验。比如上次，我去了一家用蜂窝煤取暖的茶室。一桌一炉，放在麻将桌正下方。蜂窝煤炉很呆，不像电热取暖器会摇头，上上下下左左右右，四面兼顾。煤炉只会仰着脑袋烤，烤得人小腿干裂双脚流汗，手还是冷冰冰。

突然巨大一声响："嘭！"

冒烟。尖叫。耳朵嗡嗡闪金星。上家老头因此心脏病发，救护车一路喊"救命，救命"到医院，还是晚一步。等拉开抽屉一看，是火机。一个路边买的一块五塑料打火机。被对着桌子底的蜂窝煤炉烤得过热，炸开了贮气箱，也炸开了老头的左心房。

这没有什么难过的。出来干活的人，早就应该习惯旁边的人因为各种各样的原因猝然死亡。你可以说这是冷漠，但这也是坚强。真正令我难过的是，这是我的打火机，在我的抽屉里爆炸了。而且，这还是我出门后在卖瓜子的推车摊买的新打火机。它有那么年轻的贮气箱，而老头……

总之，那老头的儿子一直追着我不放，在我耳边絮絮叨叨，反反复复说赔偿的事。我告诉他，我没钱，这是大实话。他跟着我从公园里的茶室到小区里的茶室，又到菜市场里的茶室，他还用某种有漂亮羽毛的两脚禽类的名字骂我。直到我告诉他，分走老头一半遗产的他哥哥不是老头亲生小孩，是没生他前捡来的。他老妈还跟某个老头搞夕阳恋，那人是他老妈的初恋……等等等等。他终于在鬼喊鬼叫中放过了我，转头去找那些人絮絮叨叨。这些事都是老头在牌桌上告诉我们的，某种意义上来说，我们工友是比亲朋都要亲密的人。

当然我们更多地，还是关注工友本身，不要话多、不要拖沓、不要虚伪、不要情绪激动，跟电视上《非诚勿扰》选对象一样一样的。

今天我输了一些钱。

也许是因为昨晚楼顶惊雷一声响，也许是谁家的太阳能管裂了，比我打火机爆炸还吓人。我被从睡眠里拽出来，手脚发软，满脑门汗，跟梦里跳了个楼似的。再想入睡，床上烙煎饼，左右没辙。爬起来看电视，午夜新闻，说有群大象从版纳那边跑了。说来惭愧，生活在云南，我还没见过真正的大象。其实我们很少有人见过真正的大象。动物园里的那种不算，它们恹恹的，在栏杆后面百无聊赖地摇尾巴。如果你喊它："大象！"它也不会理你，眼睛里暗暗的。一只真正的大象会在雨后出来觅食，熟成的果子上都带着干净的雨水，被刷洗得干干净净，鼻子一卷就可以饱餐一顿。真正的大象应该非常轻盈，每一阵风惊起的波纹都会引起警觉，不是相当谨慎和聪明的人将根本找不到它的踪迹。它们像蒲公英一样，耳朵一扇就可以飞到树上，飞到云上，飞到月亮上……这样一想，就想了一整夜。

眼睛和后脑勺一起涨，今天牌频频打错，但没关系。"就像绣花一样，要慢慢养慢慢绣，你越急麻将越不上张。"

这是一位颇有风采的老工友告诉我的麻将真言。我记在心里，每给出几张塑料筹码时，就在心里默念"不要急"。这非常有用，我几乎成了公认的，输钱时最有风度的人。要说起来，比邱淑贞可能就差那么一点脸蛋吧，气质上应该是不输几分的。

不过说老实话，我输钱的底气来自没人能把我怎么样，换句话说，有资格说我的人已经都逃跑了。我年过五十，孑然一身。女儿意外离世后，前夫就怀揣着沉甸甸的悲痛飞去了澳大利亚，或者是加拿大。他的确悲痛，但那里面还包裹着颗嫩绿胚芽，生机勃勃得令人愤怒。虽然很小，但随时可以呼吸着新鲜空气再次扎根，长出另一个老婆另一个女儿另一种生活。而我不行。撕裂、缝合、众人目光下像牲口一样袒露，失眠、流恶露、喂奶一次次被咬破的乳头，它们煮着我，熬着我，腌着我，把我变成一罐皱巴巴苦哈哈的老酸菜。不过无所谓了，这就是当初选择过庸常生活的诅咒，虽然无论选什么最后都必然事与愿违。正如渴望自由漂泊的水手，从起航时的波浪里就泛起多年后靠港停岸老婆孩子热炕头的安稳泡沫；追求平凡合群的针脚，也从下针时就注定未来会把手指刺得鲜血淋漓。大不了一死，我已经活够了。和夜里新闻中的那群大象一样，甩甩尾巴就把自己的老家撂在屁股后面，谁喊谁追都不理。

　　晚上十二点整。下午场结束。要继续打，就算打通宵，一人加二十块茶水费。同桌一位女工友，落手一甩，只剩两张蓝色薄片片。"不打喽。"我们各自拉开身前抽屉，目光集中，红黄蓝绿筹码，几多几少，眼快心快，两下数清楚。散场动作说话有门道，察言观色，控制各自手势、动作、说话音量。赢家大手一揽，装作懊恼，塑料筹码哗哗响，故意不让人看清。"赢么小赢，输就大输，整不成整不成。"腿比嘴快，话落地人已到柜台前结账。小输的人，则要大声叫苦，把筹码放桌上，整整齐齐，各色分开，拉着上家胳膊拐。"都被你压死喽！下回不敢挨你打了。"吵嚷之中，烟雾罩着的，灯暗了还坐着的，是大输家。一句话不讲，看不出笑看不出恼，走前人安慰一句："明天再来就发财啊。"点点头，坦坦然回一句："打牌嘛，主要是玩。"其实往往明天就见不到，或许也就再也见不到。

新闻呼叫【云南大象北游记】# 北迁象群中，一头小象鼻子受伤 #

有专家猜测，该象群北迁原因为带头的母象方向选错，另有专家表示，原因还可能为森林郁闭度上升，导致棕叶芦、野芭蕉数量减少，大象只好迁徙觅食。该象群有一小象鼻子受伤，故称为"断鼻家族"。"断鼻家族"北迁过程中，有新成员出生，也有老成员出走，目前数量为15头。

今天本该坐我对家的女工友没来，三口之家，四老健在，圆满二字占全了。比我还小十几岁，乳房里长了不好的东西，情况很不乐观。听茶室里有个做医生的说，这种病都是自己憋坏的，有气有怨撒不出，郁结在体内，日积月累地盘，就盘成个病瘤子。可是她有什么好气闷的呢？如果连她都被生活啄出个大窟窿，那大多数的女人都应该透成筛子了才对。不过也许大家确实都在呼呼透风，只是我没看到。

今天新加入的是一个五十多岁老大爹。一看就是消遣客，是在单位里受了气，或者在家里面被老婆骂了，才跑来搓两圈。这种人跟他最难打。你如果手气差，没轮到翻身，他嘟噜嘟噜两口把茶水喝干，站起来走了。你要是手气好，正在火头旺时，他也拍拍屁股，站起来就走。等再换人，火头就不在你这里了。这就叫被人"差"了，一"差"，好手气就"差"没了。

他这会儿正用中指刷手机。打一张牌，就打开手机，冲我竖一次中指。"单位里这帮年轻人哪……"停顿一下，好像等人接茬，没人搭理，又竖起中指刷手机，"这年头，连大象都矫情，好吃好喝地供着它，它还要跑。老老实实待着呗，要是没人保护它们，早就死完了……"

我被他的喋喋不休弄得心烦意乱，很想把麻将牌甩在他的肿脸上，告诉他：别念叨了，又蠢又自大的老东西。转念一想，我要是当年没听从号召，递交了内退申请，现在还在厂子里，也是别人口中的老女人了。于是我忍住了，往肚里咽了一口空气。肚子很快痛起来，隐隐的。

茶水很凉，怎么添都是凉的，茶叶梗沉在里面，缩成一团，等于是干树枝剁碎丢纸杯里，一点味儿没有。也许今天暖壶坏了。

一圈过后，听他拉他下家的人说："你看现在这学校，搞个作文比赛都要喊微信投票。投票嘛，拼爹妈喽，哪个当领导当老大哪个就票多啦。当然我儿子是不怕的，就是对其他小朋友不公平嘛。"

我突然很想说话，想告诉他，我女儿童童以前作文好得很，根本不用投票，任哪个老师专家看都是一等奖。写得好，她们老师看了眼泪汪汪，班上同学个个佩服。

还会写诗，有一首，写我这个老妈的，《母亲》："绿色的一百四十四个方块，走出这扇门就是实在的生活／在庞大闷热的夏天，所谓结束／不过是，麻将牌碰撞时的一声闷响／家是一辆出租车在午夜十二点的马路上／灰蓝的、橘黄的，离圆满一步之遥。"好多人讲看不懂，哎，有哪样看不懂的嘛。就是我打麻将散了夜场，带得她打车回家嘛。

但是我说不出口，我招呼着把牌推进麻将机的肚子里，洗牌转盘声音很大，哗啦啦，像窗外下冰雹。

童童，你就是这样地聪明，比所有小孩都聪明。我想起你七岁的时候，我们一起去小卖部偷吃的。你把面包塞到衣服里，鼓鼓的。老板笑你小小年纪长大肚子，你笑着说："每天妈妈喂我吃太多好吃的啦。"

昨晚上有个不认识的小孩来敲我的门，说她太饿了。她的神情有点像你，所以我给了她一包方便面，是小鸡炖蘑菇味的。

没几圈，对家老大爹果然说要走。我也站起来想走，肚子一阵痛，比刚才明显些，喝冷茶伤了胃？随即大腿根部湿润的感觉提醒我不是，先是温暖，随即冰凉，等我转过脑筋来的时候，裤子早已渗透。也真是的，跟了大半辈子的瘟神，这把岁数了还不滚。或者今天出门穿条黑裤子就好了，偏偏是条白晃晃干干净净白裤子，染一片红翻翻刺人眼的血。或者自己是个小女孩，也可以大剌剌跑回家，路上会遇到人，给围一围腰，说："小妹，裤子弄脏喽，下次跟你妈妈讲，提前给你准备条深色裤子穿。"可惜，现在我是妈妈。

老大爹问我："你怎么啦？输钱不敢回家啦？"

"等得车来接我，天太晚了。"我撒了一个圆润的谎。

"我也有车，顺道送你嘛。"

"不用了，女儿还在家，我不回去她不睡觉。"

然后我不再搭茬，打开手机疏疏地划着，看到又有几条关于大象的新闻。配着视频，里面的大象在树林里走，慢慢地，也很安静，全然不顾它们头顶上盘旋着的无人机。

"它们就是享福享多了，要我说，就不该惯着。"老大爹最后丢下一句，摆摆地走了。

我又看了一会儿，我想，正是因为人们觉得大象享福，它们才必须走，就像我那位女工友必须生病一样。

万幸这桌没有再来人开局。等到大马路上没有几辆车，飙摩托的街溜子鬼叫声响起，我才走回家。我没有打车，因为我不想坐脏别人的车垫。

扉页新闻【对话云南北移象群寻象员】# 云南象群 "断鼻家族" 北移临近昆明 #

野象谷亚洲象观测保护小组成员 王叫星："本来它们就生活在我们野象谷附近，3 月 20 日出走了么。后来听说在墨江出现，开始我们还说我们这的象，怕不是去了那个地方。后来图片发到我们这边，的确是的。我们地面去找大象很困难的，大象攻击你，你怎么跑？如何爬树？我们这边树很大，爬起来逃跑没事的，他们玉溪树那么小，没办法的。"

奇怪的事，往往在夜晚开始后发生。比如跟人喝酒，威士忌加冰块，叮叮当当响，太阳一落，眼泪水就出来了，姐姐妹妹的，两相抱着哭。第二天天一白都好像忘记，转过头谁也不认识谁，照样搭地铁点咖啡各自急冲冲上班。也有惊险的，刚生掉童童那阵，整天哭，声如洪钟，震天动地。她爸爸整天整夜不在家，倒是躲清净。她奶奶说，小孩子哭声就是要响，就是要亮。好啊，哭吧哭吧。夜里水龙头没关，哗哗淌，早上醒来，水淹到脖子，差点母女共赴黄泉。真是一点声音没听见，也许夜晚把所有声音都吞吃了。

今天也是这样，散了夜场，打车。招手。半小时招不到。干脆走回去。

路上遇到一家二十四小时便利店，往外大箱小箱清理货物，不要钱一样。见我看他们，倒得更起劲。松软软蛋糕、酥脆脆炸饼、牛奶、水果，全都沦为下等厨余垃圾。保质期和便利店一样都是洋玩意儿，以前我在小卖部卖货，哪有什么保质期，货架缝里揪出来，湿毛巾擦擦灰，照样卖得欢。我走过去跟蓝衣服员工讲："可惜了，你们不要我要。"蓝衣服塞给我四瓶鲜奶，还警告我不准说出去，眉头紧皱成麻绳，仿佛自己是卧底神探。

到家一点十五。

正在煮夜宵，面条一根根下进锅，滚水里抱成团。惯例我总爱放一根"王大王"火腿肠，两块一根那种，粉少肉多。柜子里一摸，手上一把灰，火腿肠早没了。这时有人敲门，咚咚——咚。两重一轻，像暗号。那天要了我一包方便面的小孩又站在门口。

她问我："可以借下纸笔吗？"

开门见山，甚至没有"您好"，我略有不悦。

"你爸爸妈妈呢？怎么这么晚了还不回家？"

"我家在山上。"

原来是农村小孩。我心里翻滚着儿时在农村老家生活的不良印象，黄泥巴粘脚地，家家又是猪又是鸡，粪臭熏天。打小孩屁股，打婆娘耳光，可以从半夜，闹到太阳晒脚板。喳喳哇哇叫、哭，一路把我推搡到电工大专，推到云机三厂，推到没人爱没人陪的老妈妈，推得我服服帖帖。即便如此，这辈子不愿意回去，绝对不会回去的。锅里面条跟着一起翻滚，越滚越气，越滚越想骂人，等我反应过来，已经顺着液化气灶台潜了一地。

收拾完，那小孩还站在那里。我翻出根圆珠笔，不知道还有没有水，管他的。再抓本《故事会》，一起塞给她。

小孩又问我："你在吃面条啊？"

"我不吃，煮给地板吃的。"我已经不耐烦了。

小孩丝毫不搭理我，往我家厨房里钻。我难忍怒火，拽住她的衣领。"谁教你这样进别人家的，一点家教没有，把你爸妈电话给我。"

　　她转过头，用小猫的眼睛看着我，很可怜地说："给我点吃的吧。"

　　我屈服了。

　　重新下了一把鸡蛋挂面，把便利店给我的牛奶分给她两瓶。

　　吃面间，她跟我说了她的事："不是我不想回家，是我还有重大任务，暂时还不能回去。"

　　"你一个小女孩，有什么任务？"

　　她把吸管丢在一边，用手指撕开牛奶盒子的角，动作很迟缓，像生锈的门把手。大大地喝了几口牛奶，她跟我讲了起来。

　　"你们都觉得春去秋来，夏天草木汹涌，秋天漫山遍野长甜滋滋的果子都是自然又简单的事情吧？根本不是的，这里面有多少辛勤的劳作和汗水啊，你们肉眼凡胎，根本看不到。只会在花开出来的时候才惊呼：'真漂亮！'然后拿着你们那叫手机的东西拼命拍照。你看看那棵树的叶片色彩饱和度、那颜色配比，还有枝叶与枝叶之间的距离和透视感，每一个细节都是练习很久的结果。还有萤火虫和附近灯光的比例调整，亮起又熄灭的间隔长短，不同的频率代表不同的讯息……

"我是牧童，我的任务是在每年冬天最后一声鸟鸣落下的时候，骑着我的黄牛赶到方圆五百里内最高的山上，等春天第一个夜晚，我就站在山坡上使劲吹，把那风吹暖吹湿，让它能让山山水水都醒过来。可累人了，吹完我几个月都嘴巴胸口疼。下个换季的时候，你可以仔细听。在最后一声鸟鸣的后面，跟着许许多多我的朋友，很吵的，一路上都在讨论闪电的触角要伸多长，一场雨的高潮该在什么时候到来，各种各样的事。"

很有小孩天真的想象力，我在心里想。给她递了张餐巾纸。

"但是……但是……哎，这次都怪那只死大象，好生生的，围了那么大一片雨林给它当食堂，非要去寻找什么做大象的意义。为了拖它回去，给我累得呀。还有那不长眼的两脚人，凑到大象跟前想骑它，那象能任由人欺负吗？一鼻子给人卷飞了。还好我用树枝给人挂住了，不然摔死了怎么办。也是那头象的福气，遇到了我，又善良又有本事，不然不定要惹多少祸。忙得我头晕眼花，筋疲力尽，夜里赶路时直接从牛背上摔了下来。你们这栋楼的天台，太阳能装得又密集，都给我烫起疱了。"

她说着伸出胳膊，拉袖子，上面两个水疱。

皮小孩，不知道跑去哪儿野，给自己烫了。

"你看看，今年是不是春天迟迟没来？都这个月份了，还下雪呢。冷死人。你们云南也没个暖气。"

我望向窗户，薄薄一层水雾，是很冷啊。

就在我差点要怀疑她说的也许是真的时，她又用她那小猫的眼睛看我，问我："所以你能遇见我也是很有福气的，你能帮我挤掉这个水疱，顺便擦点药吗？我作为神仙会报答你的。"

这皮小孩。

大眼看视频【云南象群的立秋危机】# 云南北移象群仍在玉溪元江迂回移动 #

8月7日，恰逢立秋，象群仍在玉溪市元江县甘庄街道附近林地内活动，14头象均在监测范围内。专家表示，象群前进路线所经区域并不适合大象生存，可能面临食物匮乏、人类活动惊扰等危险。目前，元江县已派出专业救援团队进行拦截、引导返回。令人担心的是，象群并没有"回家"的意愿，依旧继续向北迁徙。

白石江派出所。门后一条城市里难得的清水河，岸边三两小马扎，人坐上面无望地钓鱼。放饵料的红色塑料桶旁边就是警示牌，上写"禁止垂钓"。

新来的小警察已经认识我了，见到我就说："怎么又是你。"

走廊里的人自动分成两拨，一边蹲在走廊的深深处，是因为嫖娼被扣住的；另一边是我们，认识的不认识的"工友"，站在离门口最近的地方。就像上学时做的化学实验，不相溶的两种介质倒在一个试管里，也马上就会分层，虽然大家其实都是滑溜溜软趴趴的液体。派出所里不让抽烟，我只好望窗外那棵毛白杨，正在疯狂地炸开她的子宫，吹出成千上万的飘絮。真嚣张啊，在人类占据的城市里如此肆无忌惮地交配。我无所事事地想，其实我的父母生我时，也没把我摇匀。我的性情在我爹和我妈之间摇摆不定，上下分层，各晃各的。我爹继承了老工业基地工人的性格，严谨节约，又在某些莫名其妙的地方异常顽固。而我妈则大手大脚，今朝有酒今朝醉。都挺好的，得益于这两种特质交替占据我的大脑，我的生命也顺利消耗掉了大半。

茶室女老板五日拘留，我们五百罚款。老警察说："彩头太大啦。你们要玩玩小一点嘛。"事情一般都是这么结束的。

我走的时候，小警察对我说："要藏就藏好一点啊，次次都把钱藏在袜子鞋子里，都没办法放水啊。"

他说得很对。下次我应该把钱塞到胸罩中间。搜查一往我胸前伸手，我就大叫。

出派出所，坐公交车回家。候车站顶棚破个洞，不锈钢凳子上，一层薄霜。我坐下两分钟，寒气直逼肠胃，一阵抽搐。冷。春天了还这么冷。我突然想起那个小孩讲的骑牛吹出春天的事情。

划火柴，好闻的磷硫化物味道。烟丝还没点燃，小风一吹就灭了。自从上次打火机爆炸给我惹事后,我抽烟就只用火柴点火。红双喜火柴,大大的"囍"字,一边写"安全",一边写"火柴"。再划一根,还没凑到嘴边又灭了。我只好向一个等车的男人要火,他掏出他的 zippo 火机,大翅膀雕饰,是那种很浮夸的设计。张扬点也没错的。他用意味深长的眼神看我点烟,在他抑制不住好为人师的冲动之前,我把他的火机故意掉在水坑里。接下来的时间他就只顾得上擦他的火机,以及在心里默默地骂我。耳根清净。

我吸烟,吸很慢。旁边的一个女人在打电话,跟朋友抱怨今天街道派出所的突击检查,才摸上张,就被警察搅了桌子。

"你常常玩?"她挂掉电话问我。

"不经常。"我说。

她笑笑,凑近了一点:"你知道玩牌像什么?"

"像什么?"

"像晾开水。拿两个碗,这个碗倒到那个碗里,那个碗倒到这个碗里。倒着倒着,水就凉了,水也少了。"

我点点头,是这样。

"你都不晓得去了哪里,碗里头的水最后就都没有了。"

说到最后,她把头凑得更近,几乎贴到我的脸上。她的头发散发油腻的臭味,我习以为常,玩牌的人谁有干净柔软的头发才是怪事。她问我:"你想不想重新有满满的水？"

我想象了一下，一碗水，破破烂烂的搪瓷碗装着，一分一秒都不停歇地蒸发。我已经看到了它变成细细密密的水珠子，在空气里向四面八方挥散，直到碗底空空，露出黑褐色的残破疤痕。但我还是点了点头，问她："你有哪样门道？"

真是活该。每个人都会去撞南墙，知道最后会头破血流也没用。只要有那道墙在，人就会撞上去。不过或许这就是乏味生活仅有的激情了，每个人都活该像个搏命英雄。

对了，今天那小孩没再来找我，也许找到了新的玩处，或者终于被忍无可忍的父母关在了家里也说不定。"啪"的一声，把门摔上，怎么捶门都不开。等终于消停了，才打开门，满脸泪，像花猫，扑到怀里说"妈妈，我再也不敢了"。

以前童童不乖的时候，我就是用这个方法对付她。我是个坏妈妈。

彩虹关注【大象宝宝南迁继续上路】#云南为大象回家投放食物180吨#

9月9日，云南象群总体朝西南方向迁徙3.7公里，持续在玉溪市易门县十街乡活动。独象离群4天，在八街街道西南方的密林里活动。离群独象掉

队 12 公里，目前一切平安，状况良好。现场指挥密
切监控象群动态，通过实施隔离围栏、投喂象食等措
施，引导象群迁移。

水烟袋，没烧熟的水，苍蝇。我把脚往自己这边缩，
以免水烟的烟灰落到我的脚上。一家更廉价的茶室，连几
块钱一大饼的茶都舍不得泡。桌面上却大方，打的九十，
按台数算翻番，一小时上万流水。人人都红着眼，衣领敞
开着，只想着自己的牌。只有牌，没人聊天扯闲话，连抱
怨叹气都没有，静默得可怕，像冲锋前的壕沟，勾着腰，
随时准备把刺刀捅进敌人的肚子。

一家真正打仗的茶室。

女人伸左手，红指甲油掉一半，食指捏耳朵。

我打出："二饼。"

那女人所说的装满满水，就是我和她一起打联手。配
合好，赢满满。

脱鞋抬轿、指鹿为马，五根指头各有暗号。但还不
够，像今天这样打大仗的人，眼睛比老鼠尖，稍露踪迹，
头破血流。还得往下走。一眉二眼三鼻四耳，五官皆是武
器。层层相套，摸一摸，摆一摆，暗号和指令清晰迅速，
无声无息。

桌面上老式手搓麻将牌，绿底，很多年前我去过的内
蒙草原。贴着手心很温暖，太阳照一整天的样子。光头上

家已然输空口袋，露出冬季牧民斜靠在帐篷边绝望空洞的眼神。我想劝他，别打了，回家陪老婆孩子吧。又想到他或者和我一样早就无挂无碍。输光了也好。

手是风。一层一层地推过。草原波浪翻滚。

散场时，我和那个女人各走一边，装不认识。两个路口拐过，再迎面碰头，女人把一半的钱塞给我，红色塑料袋包着，像一包扁扁的垃圾。里面一万一千两百块。全是整钱。数三遍。我突然感到一阵难过和绝望，没有来由的，很矫情。

上楼。回家。那小孩站在门口。满脸泪，大花猫。

"我想我爱上它了。"她说。

我拧开门，揪她进屋。

"你爱上谁了？这么小就早恋。"

她一头扑在床上。"我爱上它了。那头母象。我真的好想和它在一起啊。我想双腿一跳就跳过我们之间物种、爱吃的东西、栖息地、喜欢的天气等等等等的差别。哎呀，管他的呢，反正这些都是坏东西摸着胡楂搓着身上的泥灰时编出来的名词。我想跑、想打鼓、想扇我的大耳朵……"

她躺在床上大哭起来，哭个不停。

我用纸巾去擦她的眼泪，擦干又流出来，擦干又流出来，我只好拿来毛巾，蘸水敷在她的眼睛上。我不知道怎么安慰她，童童离开我的时候还不到青春期。

"它是大象，你们怎么可能相爱呢？"

她紧紧捂住脸："就是不可能才是真正的爱呢！你根本不懂。"

我哑然。想了想只好说："好吧，说说你为什么会爱上它。"

"就是那天，它跟家人走散了，自己走出去好多里。后来突然下起好大的雨，哗哗啦啦，树叶子上像挂着几千条瀑布，天地间除了雨声什么都没有。它就把耳朵卷起，闭上眼睛，静静地坐在雨中。像打坐，像佛陀。仿佛它生下来就是为了离家千里，跑出来淋这一场雨似的。"

"就这样？"

"就这样。万般皆是因果，也许我来这就是为了受这一场罪。"

"要是你不那么马虎，当时不从牛背上摔下来，今天你就不用这么伤心了。"

小孩用力地摇了摇头："那不行，就是要伤心、就是要受罪，才是功德圆满呢。要是什么都不经历，我的颜色就会逐渐变淡，身体也会逐渐变薄，最后变成一片风，轻轻地就散了。就跟你们人一样，太平坦的人痕迹也消失得特别快。"

对于这样的修行理论，我实在知之甚少，最后我跟她说："你别哭了，我给你买礼物。"

她终于从床上起来，直挺着背："你说真的吗？"

"真的。"

"可是你有钱吗？那天喝的牛奶都是要来的。"

"我比你有钱就是了。"

最后她决定要一个葫芦丝，学会了之后去吹给那只大象听。那种真正的乐器，不是旅游景点挂在铁丝架子上的那种。

云南遍地都坠着葫芦丝。我们找了一家门脸最大的，高高大大的落地窗户，擦得一粒土不沾。老板说，学钢琴才好啊，乐器之王。小提琴也不错，乐器皇后，高雅。葫芦丝嘛，简单是简单，fa 音不好吹，硬吹出来也影响美感的。那小孩说，合、四、乙、尺、工，我们的曲子本来就没有 fa。老板白了她一眼，我又瞪了回去。

我给她买了一套最贵的葫芦丝。一盒五支，C 调 D 调 F 调 G 调以及降 B 调。三千六百元，老板说是天然紫竹，演奏级别的。

我不懂乐器，但盒子打开闻着很清香。那小孩高兴得爱不释手，轻轻地摸它。吹的时候也不敢使力，葫芦丝气若游丝地唱着。

我们一起爬到寥廓山上，我点了一支烟，满足地吸着。

"有了你就大胆地吹，别怕吹坏，不然它永远都不是你的东西。"

小孩点点头。"我恐怕是第一个吹葫芦丝的牧童，还是全套的，每个调都有！"

我跟她说："如果你真的爱那只大象，你就对它好就行了，不用想别的。"

小孩眼泪又快要流出来："我是对它很好的，我昨晚陪了它一整夜，我还给它找香蕉吃。"

"大象喜欢吃香蕉？"

"大象最喜欢吃香蕉了，比猴子都喜欢。"

小孩拿起一支葫芦丝，开始吹起来，吹的就是很经典的葫芦丝曲子《牧童》。

新闻关注【逛吃逛吃1300公里，它们还胖了！】
云南为大象回家投放食物180吨

穿越了熟悉的森林草地溪流，还见识了村庄高楼和公路，象群一路观光十分惬意。它们的旅行，成为全世界人们眼中，最为独特有趣的风景。因贪吃老乡烧酒掉队的小象，已于近日与家人会合。一家人整整齐齐倒地睡觉的场景，令无数网友感慨不已。

钉子戳破了我对家的屁股！

打得好好的，一颗钉子，咔嗒一声，自己就从木椅子上钻出来。坐我对家的是一个三四十岁、肌肉膨胀的男人，看上去很像健身教练。他手一摸屁股，满脸通红。有人要帮他把钉子拔出来。慢一点，他说。但他还是太紧张了。那人手往左，他屁股就往右，手往右，屁股就往左。

两人仿佛在跳舞，某些娱乐场所健美男性跳的那种。有那么一会儿，我觉得这枚钉子永远都拔不出来了，他们会一直跳下去，等我们不断地把钱塞到他们的胳肢窝里。这念头让我笑出声来。

"你在笑我？"那男人问。

"没有，我只是打喷嚏。"

后来那男人双手抱住凳子，屁股撅朝天，噗的一下，钉子终于被拔了出来。

像对着老天放了个屁。我又被自己的想法逗笑了。

男人离桌后，大家终于开始七嘴八舌地讨论起来，从男人屁股瓣上渗出的血让大家非常快活。

新换上的男人很瘦，但打法凶悍，眼神阴冷。洗牌，哗——哗哗。落牌，嗑——嗒。像在礁石密布的河里游泳，浑浊，看不清。等反应过来，眼前血光一闪，一条鱼已经被鱼叉刺穿肚皮。

我们前几圈积攒的筹码已经输得精光。他出招太快，我们配合起来很吃力。很快，赊来的筹码也用完了。我在脑海中看见自己账户里的积蓄逐渐下降，直至负到无穷尽。像碗里的水，那个女人说的，越倒越少，现在连碗都碎了。输多少都无所谓，我自嘲道，苦苦熬这么多年，终于可以一死了之了。绣花。慢。不着急。

女人手伸到桌下，她等不及了，想自己换牌。刚才被钉子扎破屁股的健壮男人突然出现在她身后，抓过她的手，用杯子底砸断了一根手指。他咧嘴一笑，绕过桌子，把我推倒在地。拳头。血。我浑身发抖。

那颗钉子落在墙角。在白炽灯下闪闪发亮。我本来以为它是一颗叛逆的钉子，随心所欲地冒出头来，狠狠扎破坐在自己头上的屁股。功成身退，被丢在垃圾堆里，像晚饭后吹牛聊天的老头，跟旁边的人吹嘘自己年轻时扎过多么牛逼的屁股。结果它就只是一颗钉子，敲进拔出，一辈子听人使唤。

我止不住抽噎着，在间隙中大口吸气。

"对不起。"我说。

健壮男人捧起我的脸。"上次我朋友就发现你们不对劲了，把钱都还来吧。"

他们搀着我回家，用巨大的草帽盖住我的脸，上面一定满是伤痕，真是狼狈。我的眉毛、眼球、每个毛孔都疼。路上，我祈祷那小孩今天别来我家。拜托，让她爸妈把她关在自己的卧室里吧。或者没写作业，老师惩罚她留在学校做清洁。怎么着都行，今天别来找我。

转角上楼，那小孩还是站在门口，看着我们，眼睛睁得大大的。

他们跟我一起走进卧室，我的存折压在衣柜里，唯一一件大衣的口袋中。

写密码的时候，我的手依旧惊慌失措地抖着。"就只有这些了。不全是你们的，还有我自己的一点钱，之前我买断工龄的钱。"

健壮男人微微一笑："你应该感谢你女儿。不然今天我们不光要拿回我们的钱。"

"谢谢。"我说。

大口吸气。他们走后，我把头枕在床边，慢慢恢复自由喘气的感觉。

那小孩趴在地板上默默数地板砖间的缝隙，十一、十二、十三……

我们都很默契地没有去开灯，沉浸在余晖的昏黄潮水中。我也忘了问他们把那个女人怎么样了。

后来，外面的灯陆续亮起，家家户户，马路人行道，从点到线，最后混成一团，亮得喧嚣。

小孩说，大象回家了，她不伤心，因为她知道，大象出来就是为了回去。

我点点头，我知道，就像我和人联手赢钱就是为了今天把钱都还回去，我高兴就是为了应付以后的不高兴，我生下童童就是为了之后和她分别。

童童，其实妈妈一点也不想死，妈妈很想你。

沙洲生活【云南大象欢乐归】# 云南野象群回家，我们后会有期 #

在经历了超过 1300 公里的跋涉后，引起全国乃至国际关注的云南北迁野生象群于近日跨过云南省元

94

江，踏上了返乡的旅途。象群于今年三月被发现离开了原本栖息的西双版纳勐养保护区，一路向北往昆明方向移动。迁徙过程中有独象脱离队伍，也有母象生下了宝宝。沿途各地各部门配合协调，成功诱导象群移动到元江渡江口，并在昨晚走上渡桥，正式过江南归。

我什么都没干，发呆，坐一整天。感觉好像有什么东西，从捏得紧紧的大脑里，心脏里，牙齿里，缓缓地流出来。

傍晚那小孩来找我说，她的工作做完了，临走前让我带她去流浪狗收容所看看。

"之前我的一个朋友就是被关在那里的，后来自己跑出来了。你摸摸，空气是不是暖和多了。"

我伸出手，温度确实暖和了不少，像春天。

流浪狗收容所建在寥廓山的背面。不远处很多帐篷。露营的人欢笑。周杰伦的《龙拳》声音很大。

我们经过时，一顶帐篷正在剧烈抖动。"宝贝！你爱我！说啊！"从牙齿缝里钻出的呻吟。一声轻轻的尖叫。我连忙捂住那小孩的耳朵。她扭头对我狡黠一笑，吐了吐舌头。

流浪狗收容所没有人。大门上挂把锁，我和那小孩很轻易地就翻过围墙，可怜的墙，它太矮了。

里面很热闹！起码关了三十条狗。土狗、串儿、独眼、瘸腿……还有脏金毛和秃顶泰迪，它们一定不是流浪狗，只是主人暂时忘了来找它们。那小孩走到笼子前，一一扭开卡锁，狗儿们争先恐后地跑出来，从矮墙上一跃而过。有好几只兴奋得尿失禁，狗尿滴滴答答地淋一条线。真疯狂。还有几只跑不动的和不愿意走的，那小孩逗了它们两下，又把笼子关上。

我们站在稍远一点的山坡上看流浪狗们狂奔。帐篷一顶顶被从里面拉开。里面的人咒骂、尖叫，用手边的食物砸狗。结果正中它们下怀，狗儿们吃得口水四溅。

小孩看着狗儿们大笑，笑了一会儿就不笑了，露出忧愁的神色："你之后打算怎么办呢？"

"我能怎么办，等你走之后我就从寥廓山上跳下去好了。一了百了。"

"你他妈的，你一个人就不能好好活了？"

你他妈的？这么大点的小孩竟然说脏话，对着我，一个足以当她外婆的人。

但为什么不行呢？我看着她的眼睛，瞪着我，拇指那么大点的小女孩，从身体深处散发出野性和自由。

我想起在六月，那年我七岁，全身是蚊子包。我的老爹听信偏方用杀虫剂给我止痒。傍晚，我口吐白沫，所有的内脏都在燃烧。我的妈妈把我背到公路边，磕头、烧香，对着汽车尾气念叨，求老天让我活命。我并不怕死，挣扎着爬出背篓，想向路的对面爬去，那时候，我应该也是一样的眼神。天空中有啄木鸟，发出惊人的叫声，往西边，月亮淡淡的影子边缘飞去。

童童，我想我之后会去超市做收银员，条码扫描的声音很清脆。我喜欢那些条码，可乐、尿不湿、薯片、花生油、打折秋衣……人们的内部都在购物小票里赤裸裸地袒露出来。如果攒够钱，我就去长水坐飞机。看昼与夜相连，看月亮应该像家里面烤苞谷溅起的一颗火星子。去哪里无所谓，我绕地球飞一圈，然后我又会回来。虽然什么都没有变，但我又能继续活下去，就跟那些大象一样。

我们回到家里不久，暮色四合，那小孩说，老牛来接她了，她要走了。

我拉住她的小胳膊问她："你叫什么名字？"

她说她叫句芒。我很诧异。我知道的句芒画在书里，是一个年轻男子的模样。

她还是对我狡黠一笑，拉开窗户从五楼一跃而下。

我慌乱地撞到窗边，外面什么都没有，夜色干净而透明。

几天后，有不知名的人写信给我，信里说：
春天已来。
山里今天晴朗。

野更那

若是过后问起，被野象踩断腿、踩烂肚子是什么滋味，恐怕真没几个人能回忆得起来。

乌乌的一团灰，边边镶一圈黄泥巴，眨一下眼睛就已经冲到身前，全然不像平时慢慢悠悠，拿鼻子细细卷芭蕉吃的慈悲样子。耳朵里听着自己的经脉、骨头都扑支扑支地断了，呼啦呼啦的声音也一阵阵响，不知道是风在拼命吹，还是自己的血在拼命淌。疼，但感觉不到多少，距离死只有几步路，全身的感觉也就关闭了。科学上说，这就是你的大脑杏仁核在起作用，关闭了痛觉在挣扎着救你的命呢。闭眼咽气前，满心还只想着赶快爬起来，再努力跑几步路就回家了。

幸运的，被人抬回家时身子还软和，躺床上哀号数月，等人把眼泪哭干，变成一块干巴，灵魂就被放回来，又能被人搀着出门吹风。运气差的，没进家门就变成硬邦邦的木棍，脚都不用歇，跟着就送到"龙摩爷"，灵魂也就算是回了老家。

落单的野象，因此怕得很，但更怕的是象群。一群象，彼此有照应，心里头啥也不害怕，就甩起鼻子慢慢走。遇到人搭的木头房子，两鼻子就甩烂，睡得太死的人就和锅碗瓢盆一起散在地上，动也不动弹。再走两步，进了片甘蔗地，更是撒起欢来，甘蔗一排排全给推倒，鼻子卷着，前脚一踩，甘蔗就断两截，一根一根地往嘴里塞，甘蔗渣也不吐，哪能有个够？等人一大早哭爹喊娘地冲进甘蔗地，大象已经吃得醉了，瘫睡在地里。

野象群就是这样悄无声息地又踏进了拉莫格洛（格洛即佤族大小寨子的联盟），算起来，这已经是第三次象群袭击。

早晨，天还没有亮，人们就被寨子里的老魔巴叫醒了瞌睡。隔一道门在那里喊："起身抬人啰，在茶园边上被踩烂了。"被窝里也闷闷地叫："又是哪个？"老魔巴懒得回应，哆哆嗦嗦又去敲下一家。小孩儿想蹦起来，母亲喊一声："象呀！"又猫儿似的缩回被窝里，抬眼看着爹妈三两下扣了衣服往外走。扣眼错两个，想提醒又怕把大象给喊来，怏怏地躲了。

小更那的阿爸，就平平躺在茶园的边上，电摩托也碎在旁边。茶园铁丝木桩拉的栅栏上飘一角布，想是被大象追得紧，跳下摩托想往茶园里钻，结果反被栅栏绊了脚。寨里的人团团围了，喂水的喂水，捂肚子的捂肚子，扯着耳朵喊名字，也不见回个响。

有人咿咿呀呀地来了，自然是小更那。坐一自制木轮椅上，也不要人推，手轮圈呼呼地转着，大车轮虽不见怎么动，也在地上拖拖沓沓地磨着前进。一头蓬松的头发，不知用了什么编法，一根做裤腰的松紧带子绑了，就齐齐整整地贴在脑袋上，倒还比正常人的利索些。乘木牛的小姑娘，刚死了爹的小姑娘，不消说，个个都垂着头不敢看。还没到近前，团团的叫魂声就冷落了下去。

老魔巴说："一小个人莫哭。"

却回小小一个笑，老魔巴心里摸不明白："你爹再不好也都了了，你莫记恨他。什么东西，什么人，要走，就让他走吧。"

小更那点点头，老魔巴也不再说。阿爸的尸体渐渐冷硬，仿佛是一枚石头，握在茶园湿乎乎的手里。

滕曼跟着亚洲象保护基金会的人紧紧地来了。

这佤家寨子挤得很，倒不是有多少人口，掰断了指头数也只有二十来户罢了。只是目力所见的地方到处都挂着牛头骨，牛头桩一排又一排，竹子和茅草搭建的鸡笼罩房四仰八叉地坐着，唯一宽敞点的广场，也大簸箕、大草席地晒满了茶叶。

一路跟着跳，见到寨子里的老魔巴，基金会的人问："有几只？"

摆摆头，不知道。

又问："没伤着吧？"

这是问象，不是问人，老魔巴依旧摆摆头，说："可不敢。"

三人一组，观察踩好点，蹑手蹑脚地靠近大象，打开录音播放蜂鸣。嗡嗡呼呼，仿佛有巨大一团蜜蜂云在逼近。果然见效，象群迅速地走动，耳朵扑扇，鼻子摆动，生怕鼻前耳后薄薄的皮肤被叮上一口。喉咙里发出低频警告，呼朋唤友，往相反的方向撤去。

基金会大功告成往寨子深处走吃饭去，小更那滚着木轮椅往寨子外面走哭爹去。没有正常老死病死在寨子里，就必须趁当天悄悄地埋了。人死就和太阳落山似的，太阳往西，人也往西，篾笆裹了爹的尸体，赶着往寨子西边的坟地送。

滕曼隔着人望到小更那，猫儿一般地团在木轮椅上。小更那也望到滕曼，依旧回小小一个笑。太阳照着脸，津津地发汗，这太阳，这么辣。滕曼急把头转开，心里涌起许多分抱歉。

再见到就是在白水牛楼下。

上层已经破败，风一过，就飞几根茅草。水冬瓜树和红毛树支的柱子也晃晃悠悠，喝了酒似的。下层的畜栏却齐整，里外修缮了好几次。一只罕见的白色水牛，板板正正地躺在地上，皮肤透着粉，小婴儿似的，与庞大的体形极不相称。除此之外，不相称的还有额头上的一大块血迹，红得发亮。

滕曼一行人被一个五短身材的壮汉挡着，要让赔偿寨子两万块钱。耳朵凑近点听，原来是怪他们在白水牛面前吸烟说笑话，把牛给气得撞墙自杀了。

　　"什么牛哟，这么大气性。"

　　"牛？这哪是普通牛？白水牛是我们佤族寨子的守护神，守护了好几辈的佤家人。今天你们竟然把污浊的烟吐在它身上，真是害人呀。"

　　"什么牛哟，要赔两万块。"

　　"更那的阿爸被象踩死，政府说要赔二十万呢。难道我们寨子的守护神还不值两万块吗？"

　　基金会的一群人面面相觑，推三阻四一番，把资历最小的滕曼推了出去。滕曼急得眼泪都要淌下来，连说好几个"对不起"。

　　老魔巴过来站中间，两边摆摆手，调停的意思，说："要友好，人家小娃娃也不是故意的，我们的白水牛也不能白死的。这样吧，你赔偿两千块钱做个心意，去给白水牛敬杯酒就行喽。"

　　隔远远的，对着白水牛，水酒两口咽了。然而委屈，依然没消减。那几个抽烟的人，自己何曾在其中呢？坐寨门口，一面掉眼泪，一面把槟榔往嘴里嚼。吃不惯，喉咙感觉被人掐住似的，直咳嗽。脸都咳得红，快要憋死了，一碗浓茶递到眼前。

　　"你不用哭，我可以让牛活过来。"

惊了一下，抬起头来，小更那不知何时到了身边，怎么都没听见木轮椅的声？正想问点什么，小更那接着说："我帮你救牛，不过你也得帮我回家。"

家不就在这寨子里吗，还要回哪里去？不知道，稀里糊涂地点了点头，跟着悄悄又来到白水牛楼下。小更那打个手势，让滕曼躲进鸡笼屋的阴影里。三言两语打发了守着水牛的人，招呼着钻进畜栏。还是那碗浓茶，咕咚咚灌进白水牛嘴里。手轻轻地拍打黄色琥珀般的水牛角尖，嘴里咿咿呀呀地哼着。白水牛四脚伏地，尾巴是微微地跳，小更那叫一声"吉祥"，就现出来两个黑眼珠，刚刚还躺地上一动不动的白水牛这会儿已经使劲甩尾巴了。白水牛喷着鼻，小更那一下一下地摸脑袋，偶尔一摆头，牛气喷到小更那手上，便喝一声，轻打一巴掌。

还真活了，滕曼惊得不知说什么好。脑袋晕晕的，跟着小更那的木轮椅轱辘一路又溜出来。

说走就走，三两下收拾了行李，小小一个篓子，挂在木轮椅靠背上。说是行李，不过也就是一个小木鼓、几块糯米粑粑、一壶茶水配包盐巴罢了。往哪里去？小更那指了指寨子背面，几里甘蔗园开外，是浓浓一片雨林。要走多久？掰着指头算算，走两个月亮就能到。去找谁？几颗眼泪掉下来，回家去找奶奶。犹豫几下，还是问了，家不就在这个寨子里吗？摇摇头，把辫子往一边拨，一块白头皮惨惨地露出来，是父亲拿刀削的。雨林子里的奶奶那儿才是自己的家。

寨子四面都是黄泥地，把树片片地砍了，这里围一个茶园，那里围一个甘蔗园。作物种得也密，但始终拦不住泥巴地的黄。植物好欺负，一斧头一把火也就了事。虽然在晚上也不间断地哭，铁力木哭、望天树哭、青梅也哭。但普通人基本听不到，不知道也就不害怕，依旧一刀一刀割下去。但野动物却难驱赶，本来是自己的地界，谁愿意走？野牛、野象、印支虎、熊猴……愈来愈频繁地往寨子里扰。只好拿栅栏围上，每隔一段路挂一铁皮水桶或易拉罐之类，里面装些石子钉子，一碰到绳，就唰唰啦啦地响，拙劣地模仿猛兽的声音。

没有落雨。但地却吸饱了水似的，湿湿嗒嗒。脚踩下去，就被黄泥巴给吸住，费几分力又才能抬起腿走下一步。遇着下坡，木轮椅的车辖辘被黏得停止转动，斜着往下滑，黄浆溅一裤腿。好在空气和土地一样湿，深吸一大口，就有不少水珠子沾在嘴唇上。赶着走了挺久路，水壶也没动几口。

渐渐夹杂着更多的绿，人工开辟的小路渐窄，茶园连着几株野树，一条草径伸到林子里。小更那说："停下吧，雨林太密，晚上进去就走不出来了。"

赶路时不觉得，一旦屁股挨地坐下来就体会到肚子空空的滋味了。好在正是"头顶芒果，脚踩菠萝，摔一跤抓一把花生"的夏天，靠着雨林还愁吃？抬眼望望，果然有那么一棵上了点年头的野生大芒果树，芒果还小，看着舌尖上就泛酸发涩。绿色的野芒果挂得高，滕曼蹦几下够不着，抱着树使劲摇。稍微熟点的，禁不住折腾直直往下掉，砸滕曼脑门一个包。小更那被惹得哈哈笑了，捡一树枝，在手中掂量两下，打着旋地甩出去，芒果扑通一声落了，不偏不倚又砸一个包。滕曼捂着头，龇牙咧嘴地和小更那一起吃芒果。用盐巴蘸，酸涩的味道被压住了，光剩甜。一个不够再来一个，报仇似的，把半边树吃个精光。

时间也晚了，把小更那抱下轮椅，倚着芒果树斜斜地靠着。正准备歇息，突然听得沙沙响。摸摸脑袋，没刮风；伸手等着，也没下雨。心一下紧张地皴起来，蛇最喜欢盘在芒果树甜甜的枝干上。抬头，树杈子里果然露长长的一截蛇尾巴。快接近末端的地方，还有水壶口那么粗。滕曼起身想跑，腿脚却早已软了。跟溺水的人似的，表面上几乎在平静地等待死了。沉沉的咚咚声，有节奏地响，是小更那在拍小木鼓。鼓声不脆，闷闷的，但听得人心静。依旧是咿咿呀呀地哼着不成调的歌，间或夹杂着几个刺耳的"哒哒"声。蛇尾巴缓缓地动了，绕着树干往上移，渐渐隐没在绿绿的野芒果间。

"你刚和它说了什么？"问完觉得自己有些傻气，但小更那却回答说："我告诉它我们不是坏人，只是暂借它的树休息一晚。"竟真懂得和动物说话？小更那说："象的语言圆滚，蛇的语言湿冷细长，猴子的语言像山竹，一个个地往外蹦。在雨林里待久了，就能听懂很多东西的语言。"

"你也是对白水牛说请它活过来，它就复活了？"

这倒又惹得小更那笑了，哪里是真被气得撞墙死了，只是吃多了羊排果，被浓稠的白汁把嘴给牢牢粘住。闭眼睡觉，装作晕倒罢了。这招数，起先倒骗到了不少鲜嫩的草料和喷香的茶水。寨子里的人上了几次当，又拿这招骗了不少像滕曼这样外面来的人。有人要来，便送一盆个大汁多的羊排果，把人往白水牛楼引。怒气冲冲地声讨一番，来人便也顾不得查看那牛，草草赔钱跑了。

原来自己是给耍了，还坐在寨子门口那里哭，像一个瓜人。滕曼没接话，坐那里一个人瘪嘴。小更那这下倒有些局促了，自己只管说，没想到让人难看了。开口扯开话题："但是，我倒想起我的奶奶来了。我懂得的东西，还不及我奶奶的十分之一，不光是动物，各种树啊草啊的，她也都能跟着说话。

"那时雨林子还密得很，地上是绿的，水是绿的，映得天好像也泛着绿。铁角蕨把每个缝隙都给填了，榕树像蟒蛇似的缠着棕榈的树干，杀气腾腾的。一整片林子简直没有一个留给人的位子，一个树桩没有，一块石头也没有。

"那年我还小，就光记得热了。天奇怪地热，也下雨，但落到地上就腾腾地冒气。睡着觉被咬醒，一摸身上，全是大大小小的蚊子包。躺在床上，又痒又疼，挠得十个指甲里都是血。哪里来的那么多大蚊子？床底下、簸箕底下、灶台里，凡是阴凉处都沾满了蚊子。父亲烧草秆，拿烟熏，一个屋子里都灌满了浓烟，呛得人喉咙都被火辣辣地烧焦。母亲那时还在世呢，母亲很好，抱着我在屋里一直走，不让蚊子落嘴。但一停下来，身上马上又刺痛起来，不知道哪里又被见缝插针地咬一个。母亲的汗，水一样地往下淌，越淌蚊子竟越多了。

"没有人知道，到底为什么一夜之间冒出了如此之多的蚊子。蚊子，蚊子，到处都是。人被咬得麻木了，大腿后背，身上连片地疼，都不知道到底哪里被咬了。老魔巴说，是因为寨子里的母木鼓老了，和母亲老去一样，离开了我们。寨子失去了保护，才会遭受毒蚊的侵扰，我们需要一个新的木鼓，一个大得能让鼓声传到天上的母木鼓。

"连着半个多月，整个寨子，除了做木鼓，我们什么都没干。父亲被选中进雨林砍木鼓树，我赖着一起去。寨子剽倒了第一头牛，我们就按照牛血指引的方向出发了。一路寻找过去，果然遇着一棵年龄超过百年的红毛树。这么大岁数的树都有魂的，不能轻易砍杀。大家一起给树根喂酒，安抚它，又割了一只公鸡的脖子，用鸡血赔偿树魂，希望能顺利带着它回到寨子，保护我们。咋能那么顺利？红毛树没按计划的方向倒下，当父亲呼喊我时，我已经来不及躲避了，我的腿就是那时断的。捆了藤条，一边一队，父亲和其他人一起把我和木鼓树拉回寨子。大家都唱歌，只有父亲没唱。但我知道，拉木鼓时得唱歌，唱着唱着还会跳起来，像跳舞似的。

"我多想去看看剽牛血祭木鼓啊，毕竟我还费了一双腿的代价呢。但是不行，我的腿已经完全断了，一点也站不起来。我只能躺在屋子里，听着被拴在牛头桩上的牛发出嘶鸣。我知道，不一会儿它的肉就会被蜂拥而上的人拿着刀子割得一干二净，它的头还会被砍下来，供到木鼓树前。

"寨子新做的母木鼓很大，跟个小木船似的。声音又厚又沉，可以传好远。一敲起来，雨林子里的鸟都被震得飞。相比之下，放在它右边的公木鼓显得更加地破败。本来按规矩，做得就比母木鼓小，鼓身还干了好多道裂纹。我生怕寨子里还要再做一个新的公木鼓，又要有人的腿被夺去吧。不过还好，寨子里的人根本无暇再去想公木鼓，蚊子听了热闹的鼓声，仿佛也受到了鼓舞，日渐滋生得更多了。"

听得入迷，直觉自己身上也一阵痛痒。拍一巴掌，果然是一只吸饱了血的蚊子。滕曼说："好大的蚊子，叮得又痛又痒。"小更那看了一看，继续说："那阵的蚊子比这可大多了，迷迷糊糊地睡着又被咬醒，揉掉眼皮上的汗水，看到蚊子飞在眼前，足有蜻蜓那么大。那口器，比奶奶的缝衣针还粗呢。

"打了鼓，剽了牛，依旧不顶事。我腿断了，成天躺着，被咬得没法，母亲就把黄泥巴涂在我身上。有人来家里，还以为我是个毛猴子。听来的人说，这群蚊子应该是从缅甸过来的。那边几十年不遇的旱，地面上的水都干了。蚊子奔命一样，四处飞，到了我们这才算找着能活命的水。一路上雨林子里的毒草瘴气沾了不少，才会这么又大又毒。我觉得很有几分道理，但老魔巴不相信，他说蚊子飞不了这么远。"

"后来呢？"滕曼问。

"后来啊，奶奶心疼我，什么也没带，一个人顶着月亮就进了雨林。哪里有人敢晚上进雨林呢？有不听话的小孩，玩游戏跑进去，爹妈找翻天都找不到。要等到雨林里的精怪把人玩弄够了，隔好几天才会在河里发现孩子的尸体。吐着舌头，模样吓人。我等啊等啊，等了三四天都不见奶奶回来。别人笑说，奶奶怕是走去缅甸了，要找蚊子的老巢。但我笑不出来，听到有人去河边就拿被子捂起耳朵。

"奶奶是在一个雨夜回来的。

"寨前，寨后，清亮的，嘶哑的，许许多多的蛙鸣，越来越响起来。

"'野更那①回来啦！'外头有人喊。

---

① 佤族兴父子联名，佤族女性中年后也会更改称谓，在女性名字前加上"野"就是奶奶的名字。孙女叫"更那"，奶奶则叫"野更那"，意为"更那的奶奶"。

"不用母亲抱，自己就撑起来靠着窗子看。一波又一波的浪，高高低低，往寨子这边涌。一浪墨绿，一浪棕黄，前面的落下去，后面的又翻起来。层层叠叠的浪花中，奶奶露出她的身子来。拍着小木鼓，跟着往前涌。近了才望见，哪里有浪花，是密密的一大汪蛙，简直要以为是一片海。大头蛙、黑带水蛙、角蟾……偶尔还闪过几只很稀少的版纳蛙。遇着木栏，森森地停住，奶奶一击鼓，肚子一吸气，发出雄亮的蛙鸣。齐齐一转，又一波一波地流进寨子里。

"什么在脚底下？一看，一只大水蛙已进了屋。也许是跟着奶奶从雨林过来走了太远，饥肠辘辘，一进屋便开始奋力捕杀。奈何敌众我寡，不一会儿舌头就已筋疲力尽，被憋在角落，任凭毒蚊在身边叫嚣。奶奶的歌鸣声再次响起，好像在水面投下了一颗大石子，蛙声此起彼伏地应和着，更多的蛙涌进屋子里，涌进畜栏里，把晒茶的簸箕也翻个底朝天，不放过一只毒蚊。

"侵扰了寨子近一个月的蚊灾，夺去了我的双腿的蚊灾，消失也好像不过是一眨眼的工夫。

"'野更那请来了木依吉①！'

"终于有人大声地叫。我望着奶奶，简直不敢相信是真的。奶奶却只是满眼笑地望着我，和平常喂我吃酸角时

---

① 佤族人信奉的神灵，被认为是创造了万物的"大鬼"。

没个两样。"

讲的人没渴，听的人倒先听得舌干口燥了。好像自己是那被驱使的青蛙，刚跟数量骇人的群蚊打了一大仗。伸手拿茶壶喝水，却看见小更那脸上湿漉漉两行泪了。是想奶奶吧，轻轻地拍拍肩，算是安慰。小更那又无言而笑。"真唠叨呀，睡吧，明天得加紧脚步了。"

明天不过也就是几小时之后。心里有事，害怕被人追上，哪能睡得香。不比平日里在家，能懒手懒脚。虽是困，天一擦亮，能见着点光，手脚上的动作就勤快起来了。

往前走，进深雨林，云都躲到树的后面。

三步一转弯，五步一石头，时不时还有倒伏的树干阻拦。不得不把小更那往背上一送，稳稳地背着，人过去放下来，回头再搬木轮椅，小更那必须请个人帮自己，理由也就是如此了。

"真是叫人有点害怕。"

滕曼拿眼睛指着前面的路，说是路，不过只是稍大一点的巨树缝隙罢了。

"我刚参加工作的时候，组长就说没有向导千万不要进雨林。树木遮天蔽日，连太阳都被挡得看不清。以为朝着一个方向走，其实都在原地打圈。"

小更那点点头，但说："没事，奶奶说雨林会保护女孩，雨林是女人的家。"

"那寨子呢？"滕曼问，很疑惑的意思。

"女人在寨子里没有家，从出生到嫁人只是从自己兄弟的家到了别人兄弟的家。雨林是女人真正的出生地和归宿，所以奶奶住进了雨林，奶奶说在自己的家里走路，又轻又快活。"说到一半，亮亮的眼睛又暗下去，"可惜我没法走路。"

"没啥好难过的。"双手一托，让小更那在背上更稳些。一忽儿跑到大榕树气根底下，被气根缠着头，一忽儿又跳到几棵龟背竹后，听叶子沙沙声。"你现在可不是又轻又快活地在雨林里跑吗？"小更那是乐得笑起来了。可惜整日坐办公室，哪里这样运动过，几下就气喘如老水牛，只好把小更那放在木轮椅上，小更那在前抓轮环，伸手肘，滕曼在后压着四轮着地，保持平稳，继续向前慢慢走。

几脚下去，雨林怎么是一下就变换了颜色？一片开阔地出其不意地现在眼前，眼睛里涨得满满的棕绿色消失了。天广阔起来，看得见鸟在头顶上转着圈地飞。轮子一下得到了解放，可以畅快地滚动。干脆跑起来好了，别浪费这风。但雨林里，怎么会有这样一块空？眼睛望过去，看得让人难受。也不全然是平坦，许多树墩矮矮地立着，表面长满了孢盘菌，一股子被砍杀之后的颓丧。

前面一人，也矮矮的，不知是从哪个树墩子变的。对着俩人喊了一声，蹿到路中央。

拎把油锯，嘈嘈地响着，锯链上交错的 L 形刀片磨损得厉害。滕曼心里一下泛起凉意，脑海里不断浮现出《电锯杀人狂》《沉默的羔羊》之类骇人的血腥画面。这是雨林走得太深，遇到食人族了？但看看手里的红色漆面油锯，典型现代工业的产物，原始食人族也与时俱进，迈向现代化了也未可知。

那人见两人不动弹，把手里轰轰发噪音的油锯停了，但依旧拦着，站在地上不动。

滕曼心里动气，愤怒增长了勇敢，带着颤对着那人吼："干什么挡路，没看见我们走路不方便吗？"

看两人一眼，竟自顾自地在地上烧起炭来。垫一铁撮箕，引火炭点着塞在最下面，呼呼地对着吹气，依旧拦着。

"真是没见过，别以为没人管，小心我们报警了。"

是威胁，说完有些后悔，害怕激怒了对方，更惹出事来。

"不用往前走了，前面没路了。"

松一口气，原来是个好人。小更那却着急："怎么没路了？我奶奶之前就是往这里走的。"

那人被炭呛得咳嗽，抹一抹脸，抹得脸更黑："之前能走，现在不能走了。"

莫多言，走着再说。

手上推轮椅的力度大了些，缓缓上了一个坡。平平望过去，地面又空下去一长条。是河，一条之前没有的小河正在流淌。河面不宽，河水不深，浅浅的河床不是证明这条河的资历尚浅，就是预示着即将命不久矣。虽如此，但推着轮椅想蹚过去，也是不可能。

两岸都光秃秃，只有对岸一棵老望天树，树皮泛死灰色，五六十米高，胸径近两米，形单影只地戳着。

"它也死了，只是一时半会儿还倒不了。"小更那悲伤地说。

"怎么知道？"

"每一棵树都能说话，叶子一响，是缺水啦，还是有虫害啦，奶奶和鸟都能听到。树死的时候也会说话，自然老死的会慢慢地和周围的一切告别，被砍倒的会发出尖利的警告。一棵老树，周围的树都死了，这么多伤心的消息，它不能再活下去了。"

"它确实死了，难为它撑到现在。"那人跟着走过来，手里的油锯换了斧头。虽是一副杀气腾腾的样子，但语气间透着点伤感。

怪哉，一个伐木工，竟然流露出对树木的同情。

也许是知道旁人心里的疑惑，那人说："这些树早在我锯断之前就都死了，他们想种茶叶。"往树桩底部的土里刨了几下，果然发现几大把花椒粒。"土里，树干里，都是这玩意儿，树几天就烧死了。表面看不出来，砍了也就不用赔钱。"

说完往地上一坐，靠着树桩发呆。滕曼想，人在一起久了都有感情，人和树也许也是这样。

忽然想起什么，问："你们很想过河去吗？"

小更那点点头："我要去找我奶奶，她叫野更那。"

那人低头摸摸脑袋："我记得她，野更那奶奶，从蚊子手里救了许多人。"

听人这么说，小更那也同头顶这片天一样，不说话，但笑得开了。

那人掂了掂手里的斧头，说："那只能做一个树桥了。"

小更那当然知道这是什么意思，但怎么忍心，低下头不说话了。滕曼看看二人，丈二和尚摸不着头脑，说："好好好，有办法就好。"

"莫犹豫了，现在杀了这棵树，倒是做了善事了。"像想说服小更那，更像鼓励自己。

小更那没回答，但也不需要再回答些什么。那人带着滕曼，两人卷了裤腿，慢慢蹚过河去。

斧柄已经毛了，但磨得相当快，斜着砍几下，在粗壮的树干上做一个豁口出来。一块一块烧红的炭，小心翼翼地放进豁口。对着管子，慢慢吹，让火顺着固定的方向燃烧。杀树有很多方法，剥掉一圈树皮、埋花椒、浇高锰酸钾都是暗杀，树死得无声无息，但手段卑鄙。拿油锯电锯直接锯断是明杀，光明正大，死得干脆，但场面实在惨烈。这样的一棵老树，在雨林里喝了一百年的雨水，晒了一百年的太阳，身上生长的菌落，都不知道演化出了多少代。出于敬意，出于畏惧，都只能用最古老的方法，以火、以风，结束它树的一生。接下来就是等待，火炭噼啪啦地烧着，不时夹杂着木头裂开的细微声响，有几个瞬间，滕曼觉得自己仿佛也听到了老树死亡的告别声。

时机到了，轻轻一推，老树温顺地倒下。仿佛害怕惊扰了雨林，只发出了轻微的撞地声。树身越过河来，做了桥的形态。

雨林很安静，仔细听，一点响动也没有，刚才还在天空里叽叽咕咕的那些鸟呢？大概都听到了老树死去的道别，在各自的角落里落泪吧。

收拢了哀伤，各有各的事要做，各有各的路要走。那人做一个"请"的手势："树做了小姑娘的桥了，找到野更那奶奶替我也问个好。"

木轮椅的俩轮子，将将好走在树身的中间。滕曼推着小更那，慢慢地过河去了。

心里感慨，滕曼说起自己曾经在印度的经历，那时还是个实习生，跟着老师一起去梅加拉亚邦的热带雨林。"雨林里到处都是桥，拿橡胶树的根搭的。蜘蛛网一样，但结实得很。人就在上面走来走去，在空中走来走去。"

小更那问："那里也是雨林吗？"

"当然是啦，乞拉朋齐，可是世界上下雨最多的地方，当地的卡西人，还是母系社会呢。"

小更那有些不好意思了，自己从来没有出去看过。

"那很好呀，那里的女人生活得也很好吧？"

其实滕曼又哪里知道呢，当时只不过是走马观花看了个新鲜罢了，但还是说："很好，很好，大家都很好。等以后有机会，我也带你出去到处转转。"

小更那却摇头，说："外面不好。"

"外面哪里不好呢？"

"父亲就是去了外面，就变坏了。"

停顿了一下，微微侧头看着，好像有很多事涌上来，又好像是在征询谁的同意，然后接着说："去外面给人开卡车，总是装满满的，很重很重。母亲说车子装得太满会把路压伤，路被压伤了就会报复。父亲不听，说外面的人都是这样赚钱，他哪里会听母亲的话呢……总是翻车，赚的钱不知道有没有赔的钱多。回家就骂、打，说是母亲说了不吉利的话。母亲再不敢说话了……但没用，仍旧出事，直到又翻车把手夹断了才回家。"

说得累了，停下来歇一口气，揉揉酸痛的手。手心已经沾满了泥，盖住厚厚的茧。"母亲走后，我哭了三天也饿了三天，家里的事父亲是不会做的。但请人给我做了这小木马，我渐渐也能自己过生活。不知道是从哪里认识的那种人呢？拿着本破破烂烂的书，说能算所有人的命。父亲真是傻呀，寨子里的老魔巴何时又敢说能知晓人的命运呢？听了那人的胡言乱语，说都是因为我才害得母亲去世，也害得他总是手撞断也赚不到钱……拿着刀要来砍我，轮椅都要跑散架也没跑远，被削到头……但不觉得疼，光觉得冰冰凉凉的……我也不恨他，我知道他也不知道该怎么办……"

渐渐地又绿起来，苦槠茂密的树冠把阳光遮在外面，让人很舒服。低处也都是绿，湘楠细弱的叶片亮亮的，石梓花在边上吐黄舌头。

"不过好在有奶奶呀！夏天的尾巴，天热得很，奶奶经常抱大菠萝蜜回来。奶奶有绝活，冲着皮一刀切下去，就刚好碰到金黄的肉，深浅一点不差。在手上抹点油，两下就把肉都剥出来。我刚醒了瞌睡，奶奶就拿盘子装了递到我眼前。我就缩在奶奶的怀里，眼望着那一盘子果肉，肚里早就满了。"

小更那说着笑，滕曼也跟着笑，好像嘴里已经吃到那甜甜的菠萝蜜肉。"好啊，野更那奶奶！"

啥时候能见着呢？小更那说要走两个月亮，如今已经是第二个月亮了。目的地就在前面，野更那奶奶就在前面，抬头看天，有几缕暗暗的云簇着中间一弯月亮。虽不圆满，但亮得很，给雨林的缝隙都打满了补丁。

"要到了！"

手上是加急了摇，全不顾泥地难行，滕曼本想帮着推两步，脚下倒腾两步，倒有点跟不上了。左躲一棵树，右绕一片藤，路熟悉得很。即便不熟恐怕也没关系，家就在跟前，树条子打在脸上也全然不觉得疼，一把拨开继续走。心里数着，再过几棵树就到了。首先会遇着野更那奶奶种的一排芭蕉树，芭蕉垂垂地坠着，还没熟软香气就已经透出来。野更那奶奶会坐在屋子里，闭着眼打盹，人老了就是这样，打盹跟眨眼睛一样频繁。但一听到门外喊："奶奶！"便会立刻站起来敞开门，脸上是堆满了笑。

但是，眼还未见着，耳朵已觉着不对劲了。怎么会全然听不见一点声响，莫说人声，连一点动物的声响都没有，难道连一只畏光的虫都不趁着夜里清凉出来舒活筋骨？

穿过最后一棵树，月光之下，眼前只是一片宽阔的空地，和白天经过的开阔地一样，和雨林里其他的开阔地一样。电锯和火把一大片林子都给清理得一干二净，没有芭蕉树，没有草木楼，也没有野更那奶奶。两眼之间，只剩着秃秃的树桩和裸露的泥土。

滕曼和小更那四目相对，忍着鼻子尖的酸，忍着眼角的酸，不知道说什么好了。

天色真的晚了，连月亮都落了。滕曼拍打着小更那，挨着睡了一夜。醒来睁开眼，身边空空荡荡，抬起头天上地下地望，哪里都寻不见小更那的身影。四处喊，伸着耳朵听四面八方的回音，没有鸟的回答，没有树的回答，更没有小女孩的回答。

一个小女孩，坐着轮椅，在这雨林深处能去哪里呢？

在这世上还怎么活呢？

　　嗓子都喊哑了，滕曼想起小更那说的话："雨林会保佑女孩，雨林是女人的家。"只好把双手捂在胸口，也不知道对着哪位神灵祈祷：

　　"雨林保佑，保佑雨林。"

孔雀菩提

寺庙是静的，比起平日更静上几分，除此之外，一切都没有什么不同。风绕过佛塔一个劲地往脸上吹，吹得人打冷噤。

赞哈[①]的歌声一阵阵地传到寺里，寨子里一个戴着眼镜的男人登竹楼，踩得楼板嘭咚嘭咚响。要在平日，免不了被训两句："作死呢！"然而今天，谁都喜得在旁边鼓掌喝彩，这人正在成亲呢。竹楼堂屋里摆一张小桌，芭蕉叶做的帽子和盐巴、熟鸡之类的物事放在上面。新郎新娘并排跪在婚礼桌前，主婚人拿一根白线，从左至右，绕过二人的肩，最后把线的两头往婚桌上一搭，这就算已把两个人的"灵魂"拴在一起了，从此白头到老，永不分离。

婚礼是在玉星家举行的，傣家寨子兴女娶男嫁，从妻居，玉星家只有她这一个女儿，二十一岁，今天娶了个读过汉书的"眼镜猫"。在这小小偏偏的寨子里，能懂汉文的人还真没几个呢。因为这个缘故，本来要在女方家干三

---

① 傣族民歌的一种，也是对傣族民间歌手的称呼。"赞"是"会、能、善于"的意思，"哈"是"唱歌"的意思。

年活儿，挑水、砍柴、割胶一类，这就全都免了，到寺庙里听了三个月知识就欢天喜地地嫁进了玉星家。

人都说，值咧。别人家嫁儿子虽然出几百棵橡胶树，但再多的橡胶树能比得上有知识有文化吗？懂汉文，将来是可以吃官家饭的。

大碗喝酒，趁着兴头，赞哈领着大家一起唱歌。这赞哈，平日里最擅长唱《本生经》，把几个章节穿鸡蛋似的串着唱，唱到最末一个《维先多罗本生经》，灵性高的人就该落下泪来。但今天是喜事，调子和唱词都高兴起来，象脚鼓咚咚响，唱到欢喜处，聚在院子里的人们踢踢踏踏地跳舞。

只有寺庙是静的，偶尔有沙弥[①]穿着黄色的袈裟从一扇门滑进另一扇门。日头渐渐沉了，寺庙里的一切，都涂上了淡淡的暮色。反着光闪闪发亮的塔尖，也隐没了。小居士玉波罕远远地蹲在寺门前，悄悄抹着眼泪。

车载收音机里传来整点报时的声音，已经是晚上九点钟了。

二手吉普在路上晃荡着，吱吱咯咯的声音，屁股怎么压都压不住。身体不舒服，摇里晃荡一下更难受，只好停车，熟练地拨两片药。凉开水掺着药咽了，舌头上苦丝丝

---

① 即小和尚，在傣族聚居地区，指十九岁以下受过"十戒"的出家男子。

的。下车抬头看看天上，月亮被云罩着，透暗暗的光。

加里布埃尔回到车上，按钮动两下，调到个音乐电台，正在放老歌，童安格的《耶利亚女郎》："很远的地方有个女郎，名字叫作耶利亚。有人在传说她的眼睛，看了使你更年轻……"

"耶利亚神秘耶利亚，耶利耶利亚……"咿咿呀呀地跟着哼起来，音调、吐字也全不管，发动车子，继续在路上走。

忽然一声响，整个车子猛烈地抖一下，要散架似的。急踩一脚刹车，半闭着的眼睛猛一下睁开来，撞到个啥东西？在夜色下，灰黑色一个身形，直往雨林子里钻。下车检查，右侧车头凹进去半个巴掌大那么一块。加里布埃尔实在是吓得不轻，扑扑扑扑地拍着胸口。不知道是黑豹子、野牛还是没成年的野象？还好应该只是蹭到下屁股，不然惹急了，冲人冲过来，不管是啥东西都能把人给送去见上帝。虽然能见上帝也是一份荣光，但加里布埃尔想，还是不要以如此惨烈的方式为好。

再上车，使劲扭打火钥匙，光听咔咔响，车子却是发动不了了。刚才那一下，外伤看着不严重，这是给车子留下内伤了。啐一句，真倒霉，甩上车门前后望望，尽是黑色和灰色的影子。版纳这一片的树肥而不高，几棵树抱在一起就成一个小树林，天色一暗就看不出来哪里是树，哪里是路了。只得把车先丢下，自己迈腿往前走，没行多远，突兀地看见一个细细的身影在前面影影绰绰地晃。起初是一惊，别是遇到了野魅。试探着叫一声："朋友？""欸？"的一声回应了，立刻放下心来，欢喜得什么似的，那不正是一个人吗？

三步两步跑到近前，一身白色素衣，光光的头在月亮下挺显眼。哦，原来是个小沙弥。拱拱手，恭敬地喊一声："小和尚。"

小居士玉波罕笑着摆摆头："不是小和尚，是女孩儿呢。"

搞了个小乌龙，加里布埃尔有些不好意思了，连说对不起，然后问："不好意思，我是外国人，不太懂你们的礼仪，我该称呼你什么呢？"

小居士玉波罕歪着脑袋想了想。"……你就叫我的名字吧，玉波罕。"

再一拱手，还是恭敬地喊："玉波罕，请问你可以帮帮我吗？车子坏了，附近哪里有村子？想找人修修。"

小居士玉波罕抬手指了指路，顺着望过去，黑黑一片，哪里看得见路，更别说隐没在肥硕的树木背后的村寨了。

加里布埃尔双手合十。"玉波罕，天太黑了，还麻烦你带我过去吧。"

想了想说："可以，不过今晚到不了了。林子密，穿不过去，眼睛看得见，脚是走不到的。"

加里布埃尔提议回车上挨一夜吧，座椅放倒也算个床。小居士玉波罕却不进车睡。问怎的，还怕自己是坏人不成？小居士玉波罕又摇头，说自己这几天在路上困了黑了都直接在林地上睡。不怕林子里的野物吗？被大蛇卷了吞掉，或者是被过路的山猪老虎咬了？摇摇头，说不怕，自己虽然没有正式成为"来浩"①，但已经修习了足够的学问，林子里的动物不敢近身。

再想问些什么，又觉得有些冒犯，到嘴边又给咽回去。小居士玉波罕以为是不信自己，开口说："长阿含经、中阿含经、相应部经、增一阿含经、小部经、波罗夷品（即比丘戒解说）、波逸提品（即比丘尼戒解说）、大品、小品……"

听得加里布埃尔眼前已经转星星了，小居士玉波罕仍继续："法集论、界论、人设施论、双论、发趣论、摄阿毗达摩义论、佛音、法护、佛授、弥兰陀问经、岛史、大史、小史、清净道论……三藏经藏内三部藏外一部，我自己在家都念完了。"

加里布埃尔当然听不明白，但光听这些字的响，就已经觉得沉甸甸了，自己一个人在家都能学这许多，要是进庙里跟着师父学，岂不自己也早就成了师父？

本意是夸赞，却惹得小居士玉波罕伤心了，细细地说："女孩儿不能进寺庙修行，都秀师父说，我们这里沙

---

① 即沙弥尼，傣语，意为穿粉红色袈裟的佛门女弟子。

弥尼的传承已经断了，女人想学佛法，得翻过喜马拉雅山去印度。"

"真是远，即使现在坐车坐飞机过去，也远得很。难道这里一直没有女人出家吗？"

小居士玉波罕说："很久很久以前是有的。那时女孩儿的命很轻，养育了佛陀的姨母就率五百女众出家。佛陀定下了八条很苦的佛规想难住她们，但她们终冲破了重重阻力，修行得很是精进。从那时起，沙弥尼就和沙弥一样，在山林云下修行。"

"后来呢？"

"后来各种各样的规矩越来越多，越来越细，沙弥尼就消失了，女人只能在家供养布施。"

"很不容易。"

"是……但是还好有白水寺的都香佛爷！都香佛爷四处化缘，积攒修建一座新的佛寺，寨子里的人都得去帮忙。我还记得，那时佛爷正在搭大佛像的基座，抬起头一眼就在人群里看见了我。佛爷摸着我的头说，我灵性极高，必能得解脱。"

加里布埃尔也忍不住高兴地拍手了。"佛爷都这么说，你肯定没问题的，能读那许多经书！"

小居士玉波罕笑闭了眼睛："是哩，都香佛爷还说，他建的佛寺，男女皆可出家修行，等建好了，我和玉星姐姐都去！"

聊得尽兴，跟着话头不知不觉都翻过了今天。加里布埃尔回到车上，摇下窗户透着风，垫着座椅睡了。

天擦亮，没遮没挡，早晨的湿气和亮光一齐往眼皮里钻。两人不到六点就起来，一起闷头往前走。路蜿蜒得很，忽而往左，忽而又往右，眼见着是往上走的，回头又到了下边。不是走惯了的，还真要绕迷糊。两人就这么走在路当间，除了他们再没别人，宽大的叶子被风吹得微微动着。到了日头高得不能再高，在树叶缝隙间，一个寨子点点露出头来。竹楼零零散散地坐落着，顺着山坡逐个排下来。

隐隐地，听到有鞋踩在沙土上的声音，抬头看，一个老咪涛正抱一头黑羊走过来，穿着打扮一如普通农妇，不知又是从哪里扯来的一块蓝花布裹在头上，身上的窄袖短衫已经有些破旧，河沟似的皱纹在脸上堆着。看见加里布埃尔吓一跳，惊问，美国人？

不是，法国人。舌头打个圈，脑筋转一下，加里布埃尔继续说，我奶奶是你们这里人。

哦，不是美国人就好，不是美国人就好。美国人说要世界末日，山都要塌掉，海也要把全部人都淹死。哄得寨里的几家人把猪全都卖了。结果都是骗人的。女人停下来，说得直喘气，黑羊在怀里瑟瑟发着抖。

转个头又看见小居士玉波罕，咧嘴笑，好哩好哩，正好来个沙弥。

不是小沙弥，是女孩儿。

"欸，"稀罕一声，"多少年没见着女罗汉了，今天竟然见着了。真是佛陀派来救人的？"

问怎的，说寨里正喊魂呢，一家的女儿不知怎的，好端端地在家，突然脑袋一歪栽地上。去县城里的汉医院看不出啥毛病，住院太贵，住不起，她家也不信靠打盐水能把人治好，背回家一直睡在床上。

跟着一起进寨子，不消说，加里布埃尔光那一头黄发，就引得人人观望。还没有往里走几步路，满寨子的话就传了开去。有美国佬来了！一个光头男孩从寨子西面跑到东面，大声叫嚷着。光秃秃的头顶反着阳光，跟个探照灯似的，在寨子里四处照。不知是正准备送去寺里，还是刚还俗回到家。^①顺着一排排竹楼，屋里的人拿竹篙子撑开窗户，抬起屁股往外看。

也不多理会，踩着脚登上竹楼，一眼就看见躺在正中间的年轻女人。真不敢相信，有这么不吉祥的脸色，白惨惨的，还布着青紫色的血斑。喊魂的是一个白头发老波涛，应该是这人的父亲，哑哑地，带着哭腔，唱招魂词招"儿女魂"："今天是吉祥的日子，我来把魂叫。魂啊魂，爹妈爱的魂，别去躲在山洞独自悲哀，别去躲在河边眼泪

---

① 傣族传统习俗，男孩到了一定年纪皆须出家修行，在寺庙里学习傣文和佛教礼仪等知识，一段时间后即可还俗归家，过正常世俗生活。没有出过家的人被视为"生人"，即没有教化、没有文化的人。

汪汪，别钻进树林草窠，别去钻在牛马身上。头魂要回到头里住，牙魂要回到牙里居，耳魂眼魂要回到头上来，皮魂要回到人身上，脚魂不要到处奔走……"

问旁边人，说从昆明读书回来还活泼得很，父母高高兴兴地说了亲，人家刚把几大包礼送过来，这边就病倒了，真是少福气……眼睛左右看看，声音压得更低，又说肯定都是去那人家里惹的鬼。

哪个人？

指了指人群外面，一个二十来岁的年轻人，穿浅蓝色牛津布衬衫，一条牛仔裤套着，格格不入地站在那里。再指了指脚，示意看那人的鞋，顺着看过去，一双白色耐克鞋蹬在脚上。旁边人说，那鞋据说得千把块，多浪费！脚下踩的一双鞋能抵一头羊的钱。寨子里的年轻人都喜欢找他玩，跟着他围在播放机前看。也不知道每天在看啥，屏幕上竟是五颜六色的像。就那个，那个美国人拍的，里面的人都和你长得一样，那里面说世界末日就要来了。洪水把大山淹没的场景，看得人心里害怕。晚上回去，好多人都做同一个梦，梦见下很大的雨，河里水涨老高，把橡胶树全部冲断了。佛爷曾经怎么说的？要是大家都做一样的梦，这就是世界大灾难的前兆，是神灵在给警示呢！寨子里人心惶惶，几家信得虔诚的，把家当都卖了，整日吸鼻烟。不然怎么？反正马上都要一起死了，人再努力能挡得住天要毁了一切么？后来镇上下来干部，才说这是没有的事，整日用大喇叭喊，叫人恢复生产。恢复恢复，拿啥恢复，那几户人家卖得只剩破竹楼了。

叹口气说，真害人，还什么大学生，读书读得净给寨子里招灾了。折财也就算了，把人害成这样……要是不去跟着看那些鬼东西，魂能丢吗……

无论说什么也无济于事了，年轻的女孩儿直直地躺在那儿，好像本来清凉的溪水，被搅动得沙土翻滚，人的魂儿混沌地沉在其间，打捞不上来。

"让这位小师父给念念经吧，"还是那个抱黑羊的女人，言语间忧心忡忡，仿佛昏睡不醒的是自己的女儿，"咱们周围这好多寨子，多久没出过女师父了，这是机缘。"

这话一说，围着的人嗡嗡讨论两句，不用商量，自觉就给小居士玉波罕让了条道儿。玉波罕有些慌张，自己还没正式出家，能持得住这种局面吗？忙摇头说："我还没有正式出家呢。""那头发……谁给你剃的度？""我自己在家剃的。""有这颗佛心，不在庙里也是佛陀，害人的鬼见了都会怕的。"这就算把人给架住了，小乘虽不致力于普度众人，但也讲一个"善"。到了人家需要你的时候推托，平日里的苦修还有个什么劲儿？

小居士玉波罕只得点点头，念经，经文跟花藤似的往上爬，伸手就能够到一串，不知道是什么花，但扯下一串凑着闻闻，也觉得香气清冽，身体里外被浸洗了一道。

念了一个时辰又一个时辰，藤子上的花不知坠了多少串了。围着的人散的散，歇的歇，光剩小居士玉波罕的一双眼睛还看着那躺着的人。忽然是什么亮了一下，两双眼睛彼此打了个照面，躺着的那双眼睛欲言又止一下，又急急地闭上。难道是早就醒了？还是……根本就没有什么丢魂这一回事？

脑海里的经文依旧清晰，但再也挤不到嘴边了。停下，跟女孩的一双父母说："清净些好，还请大家都暂时离开吧。"

那是自然，不仅佛家讲求静，汉医也常说要静养静养。静像露水，闹似骄阳，本来就生病的人，再被太阳烤上一烤，更要蔫下去。父亲赶紧招呼着寨子里的人退了出去，母亲往床上恋恋不舍看两眼，也悄悄地撤去竹楼外面叹气。

小居士玉波罕站起身，里外探探，除了自己和那躺着的女孩儿，确乎再没有一个人了。松口气，到床边坐下，轻轻说："人都走了。"

顿时像得了一道救命符，紧绷的身子放松下来，一双眼又亮亮地睁开。

"真是要了命了，装睡睡得我腰好酸！"

"躲着什么事？"

"谁要嫁那什么人，书没读够，画没画够，连这张嘴，都还没解够馋呢！"

原来如此，哈哈要笑，小居士玉波罕连忙拿手捂住嘴，别让人听见。手往女孩儿脸上一抹，好嘛，什么青紫色的血斑，不过是点脏颜料，还真是个学画画的。

现在又该怎么办。好好和爹妈说说吧？能说通也不会来这一出了。继续装晕倒？那能装到啥时候。黑眼珠里闪过一下光，不如跑吧。怎么跑？大声念经，趁着响从竹窗子往外一跳。一个人能走远？去找那个大学生，他一定会帮忙。往哪里跑？天地广阔，哪儿都能去。

那就继续念经文，声音愈加响亮，感觉这回藤子上坠着的不是花，而是一个个又沉又结实的果子。听得人沉在甜丝丝的意识里，刚想伸手摘果子，外面传来叫喊：

"阿妹！"

在自己的寨子里，哪条路上石头多哪片树荫凉快，都已经烂熟于心。不等呼喊自己的声音追上，两下就已经跑远。也许是故意抹粉抹的，也许是天生，跑好远了，白白的脸还格外醒目。

竹楼下各种表情的脸都张着，女孩儿的爹娘神色忽阴忽阳，好像雨季的天。

"真是神迹！"加里布埃尔满脸笑。

女孩儿的爹说，这是怎么回事呢？

醒了不好吗？不然今天就得拿温水把身子擦一遍，白衣白裤套上，白布袋袋装一包饭粒给送走。

女孩儿的娘说，这是怎么回事呢？

跑了不好吗？看那影子轻盈得跟个自在的小鸟一样，

你们女儿身体好着呢。

嗓子眼里再叽叽咕咕一阵儿，最后也只好说："真好。"

结束后要给些例钱，小居士玉波罕拒绝了，只请求帮忙修修车，就算作布施。寨子里出两个年轻人，骑一辆银翔摩托车飞一样地去镇上。到了中午就接回来个修车师傅，晃里晃荡拿个小包，跟着去修车。

起子扳手鼓捣两下，吉普车就嘎嘎地抖起来了，排气管直往外喷气。笑说，果然越是小地方越是出技术大师，装备有限，全凭一双手。

修好后顺手拿破抹布擦了擦，红色的车身亮亮地显出来。这让玉波罕觉得新鲜：她坐过几回车，但大都是农用车，灰头土脸，哪有这车子漂亮。

小居士玉波罕说，真漂亮。

倒是加里布埃尔不好意思了，自己租的二手车！

我该怎么报答你呢？

小居士玉波罕抬头看了看天上的太阳，大大一个日头，正好在头顶，自己的影子在脚下小小一个点。

想了想就说，那请您带我去罗扎吧。

抬腿跳上车，走！加里布埃尔笑着帮扣上安全带。小居士玉波罕脸上现出不好意思的神色来了，林子里的人坐车哪有系安全带的，跳上座位就开，走着不平的路，颠得脑袋直撞车顶盖。也知道不系是不对的，但系安全带总好像是件城里的人才干的事。伸手抻了抻紧紧贴在胸前的安全带，问，这个能保护走在路上的人吗？回不可以，这是为了保护坐在车里的人。那走在路上的人怎么保护呢？加里布埃尔一时回答不上来了，只好说，保护不了，只能自己注意别被车撞到。小居士玉波罕于是又说，这是不好的。

日光格外强，晒得车上的两人直冒汗。路上偶尔遇到迎面开来的车，只好往路边让让，让来车斜着身子驶过去。也有人步行，背着箩筐，听到车子轰轰的引擎声就闪到一边，站在路边咧嘴。

开车枯燥，加里布埃尔顺手打开收音机，刺刺啦啦，却听不清楚，只好闷气关掉。小居士玉波罕就唱起经文来，佛音袅袅，衬得弯弯曲曲的山路添了几分苍凉。等信号有些恢复时，一段经文也正好唱完了。

小居士玉波罕说，方便的话，沿着河谷走吧。

天上云低低地压着，风穿过雨林吹来，夹着些树叶的青涩味。河水不急，间或有几个水波翻腾。河边蹲着几个人，噼噼啪啪地打着水，都是洗衣服或者洗澡的人在凉快。小居士玉波罕目不转睛地盯着河水看，开多远，望多远，偶尔路转个弯，被山挡了视线，又垂下眼，很沮丧似的。

加里布埃尔问，喜欢河？

摇摇头，不喜欢。

只喜欢这一条河？

这一条河尤其不喜欢。

路转过来，绿绿的河水又流进眼睛。瞪着眼睛继续看，眨也不眨。

加里布埃尔觉得有些好笑，不喜欢还看这么认真？

手抹一把眼睛，说，没看河，在找玉星姐姐。

忽然看见什么了，喊一声停，打开车门跳下去，直往河边奔。河当间有个白晃晃的东西，看不清是什么，被河水扯着走。

躲树丛里，脱下素衣，仔细叠了放一旁。换一身筒裙，拉到胸前。双手扯着筒裙上沿儿慢慢进河里，水面不住地起皱，等身体完全没在水下，筒裙也折成窄窄一条缠在头上了。噗噜噗噜游到近前，伸手把那白晃晃的东西往怀里一扒拉，忽然又气恼地甩下，愤愤地掉转身。等上岸，草草穿了衣服，头埋到膝盖上，呜呜地哭。

在旁边静静陪一会儿，加里布埃尔慢慢地问，哭什么？

说以为是玉星姐姐。结果不是，一件破衣服，许是河边洗衣的人漂走的。

玉星姐姐是鱼吗？净在河里找。

哽着嗓子说，姐姐死了，寨子里的规矩，横死的不吉利，得水葬。把尸体放进河里，顺河漂走，才能用河水洗净寨子的灾祸。等自己听到消息跑回去，已经连个水花都没了。寨子里男人不兴外出干活，只在家收拾些家事，此外便去打牌喝酒，女人负责干活下地。结婚没满一年，挺个大肚子，上镇里去摆摊卖芒果，肚子大躲得慢，被拉石头的车压得稀烂。拉回家，男人还醉着，满屋子酒臭。

接着是静默。

这条河，从小居士玉波罕家的寨子一直淌过来。傣家人爱干净，整个寨子的人洗衣服都去河边，嘻嘻哗哗的人声水声，一天都不停歇。河岸不高，搓衣的板子挨着岸放，恰好沉一半在水里，露一半在外面。到了雨季涨起水来，也不恣意乱流，旱季水一退，还有些来不及游走的鱼困在滩上，扑腾腾打尾巴。

那日来洗衣的是玉星姐姐。

小居士玉波罕到河边打清晨供奉的清水，正遇着玉星姐姐在河边打衣服。看到玉波罕来，捡了衣服站起来走到她下游。小居士玉波罕呆呆地望着她，玉星姐姐已经笑开了在招手了。

"小师父打水呢！"

小居士玉波罕只晓得望着玉星姐姐笑，想接话，却不知道讲什么好。玉星姐姐也笑，说："多可爱的小沙弥！"伸手扯几片肥叶子，两下编出朵花来，递到玉波罕手里。"给你就是供给佛陀了。"说完继续低下头洗她的筒裙，额头上还微微渗着汗哩。在阳光下，脸颊有许多小细毛，跟春天的桃子似的。

水里的壶很快灌满了，真奇怪，以前水未曾进得这么快过。小居士玉波罕站在河边，朝着对岸望。

"小师父看什么呢？"

小居士玉波罕脸很快窘了，实在不知道自己在看什么。

对面那些树、那些石头，自己不是已经看过无数次了么。

只好说，在看孔雀，有只白孔雀。

玉星姐姐手停下，也往对岸望。哪有孔雀？

刚才有，现在在飞走了。

这下真是罪过，自己连续撒了两个谎，已经圆不回来了。说了再见，低头跑走了。

现在想再看见玉星姐姐却是不可能了。

加里布埃尔往河里丢了块石头，清脆地响了一声就沉下去。

小居士玉波罕说，那男的去庙里就知道不是个好人，好吃懒做，听知识不到几个月就耐不住性子，没有一点慈悲心，那人跟畜生能有什么两样。

加里布埃尔想跟着骂两句，又不知说什么，生死的事，谁说得清？有时候就是这么不公平，让人心里难受。

找着了又怎样？

不怎样，就是不能让这样好的人被丢进河里，白白喂了鱼虾。要是有可能，自己就也给玉星姐姐做个火葬，听说城里人都这样，玉星姐姐喜欢城里。

……

云南的天实在是宽哩，睁大了眼睛也望不到边。太阳辣辣地晒着，河水却凉凉的绿。二人坐在河边吃午饭，几块米浆粑粑，再喝几口米酒，就是一顿。

不过，这么找真能找到吗？

小居士玉波罕又嚼两口，说，能，你开车比水快，都没有就在罗扎河口守着，不能让冲进澜沧江。

望两眼加里布埃尔，高鼻子，眼睛里还带点水蓝色，问，你真是法国人？这老远，来这里干哪样？

加里布埃尔就着米酒吞两片白色药片进肚，说，货真价实法国人，爷爷三五年来的，蒙自火车站知道吗？就我爷爷他们修的。再两年遇见我奶奶，所以我还是你半个老乡哩。

你名字叫啥？

加里布埃尔。

啥意思。

上天派来的使者。

哦，那和佛爷是一样的。

加里布埃尔哈哈笑，说，不一样。笑容敛了想一下，又说，但好像也是一样的。

送我到罗扎之后你去哪？

不知道，也许去梅里。

很远，去找人吗？

不是，想去那里结果自己。

结果自己？

活不了喽，得大病。

哦。

……

再往前，一路平淡得很，连个漂在河上的衣服和竹簸箕也不曾见。眼见着罗扎河口就在眼前了。

小居士玉波罕坐在岸边，闭目念很长的经文。

加里布埃尔留在车上，车座放平，躺着听收音机。伴随着喃喃的经文是国际新闻快报："一月十二日，加勒比岛国海地首都太子港发生里氏7.0级地震，造成海地总统府、医院损坏，当地证实二十三万人丧生，与二〇〇四年南亚海啸罹难人数相当……"

小居士玉波罕停顿了一下，自言自语似的，谁能准备好呢？

说完看着从远处涌来的河水，加里布埃尔也顺着看过去，河面上一片空旷，什么也没有。

在河边，小居士玉波罕每天照例念三次经，第一次打些清水，奉两朵林子里摘的花，第二次供饭食，第三次就到了黄昏，念晚祷睡觉。还是照例往地上一躺晒月亮，加里布埃尔喊上车歇息，可惜玉波罕实在是不愿去，就这么一天天地睡过。

要等的没等到，加里布埃尔吞的药片是越来越多了。塞一掌，白的、蓝的，咕咚咕咚往下咽。饭后不算，有时半夜醒过来也得吃。小居士玉波罕见了，眉皱得卷起来。"你怎的？到底是生了什么病？"张张嘴，想回答，又紧紧地闭上。这胸口，越是想说话，越是疼得厉害。小居士玉波罕坐旁边悠悠地念经文，加里布埃尔手里攥一块毛巾，闭上眼，在诵经声中等药效起来。

这样挨着，雨季的势头，一天一天地显露出来了。天上的云，更厚实也压得更低，河水游得更快，坠一根树枝下来，哗一下就不见了。

小居士玉波罕的心则是一天天坠下去，连加里布埃尔都说，这多天了，许是早已经进了澜沧江了。恐怕自己也觉得再也见不到了，清晨念经，奉的花也都是小的、萎的。这河仿佛也有所感知，流得越发快，呜呜直响水声。

到了第七日清晨，月亮却是落得晚。东边红红的日头已经冒出来了，月亮还清冷地挂着呢。头一低，远处一个白白的影子，在河当间一浮一沉。

小居士玉波罕揉揉眼，看得清清楚楚，鼓鼓一个。"加里布埃尔！"喊了几声，从车里急急地应着。水急，怕拉不上来，后备厢打开，拿一条绳子在手上，使尽生平的气力往水里一扎。着急地看着，不一会儿又冒出头来，回了一阵笑。"不是衣服！不是衣服！"

脑袋沉两下，什么绊住脚了？但还是往前游，把手里的绳子往白东西上缠，哗啦作响的划水声，渐渐又都沉寂了。

站岸上喊："小师父！"没人应。

声音再喊大点："玉波罕！"依旧没人应。

慌忙往回拽绳子，水淋淋地拉上岸来，哪是人？一只白孔雀，羽毛白得刺眼，紧闭着双目，湿成一团。

往河里望，水起着浪，不停往前赶。河水，到处是河水，看得眼睛发酸，也没见小居士玉波罕的光头再冒出来。难道是呛了水，或者腿抽筋，被水冲走了？加里布埃尔简直不敢相信发生了什么，把淹死的白孔雀抱在怀里，抬头望一望天，西边还是月亮，东边还是太阳。

　　把白孔雀放到副驾驶座上，看着坐垫上那小小的一块凹陷，又想起小居士玉波罕坐在那儿，脑袋靠着窗，巴巴地往外看。心里难受，身体好像也跟着痛，只好闭上眼，做几个深呼吸。眨眼再睁开，被刺目的阳光戳着眼睛，外面的一切都被晒得白白的，好像牛仔裤在漂白粉下脱了色。热浪腾腾地从地上浮起，把路的景色都给扭曲了。啥时候这么大太阳了？把人都要晒化，眼睛看一会儿就要得盲症。想转移下视线，脑袋一偏，林子里闪过去的是什么？也是白白的，但白得软和，毛茸茸的样子，不像别的白，像一面镜子，光刺人眼睛。轻轻一个，从树干间跳动着过去，扑扇两下，不知道是翅膀在动还是热浪在翻。难道真是白孔雀？野生状态下，普通孔雀也就蓝、绿两种色，能变异出白孔雀的概率不过千分之一，能这么会儿工夫就见到两只吗？还是说，这些白色的大鸟是从遥远的印度或者斯里兰卡一路迁徙过来，在这里扎了根了？不知道，谁也无法说清楚这些一闪而过的事。不过加里布埃尔想，有小居士玉波罕这样的人，这片地界挺干净的，白孔雀看上去就应该爱干净，这样看来，这一切也都没有可奇怪的了。

重重关上门，吉普车发动起来，发出"突突"的声音。

很快就到了一座佛寺，周围绕着一棵棵高大的菩提和槟榔树，典型的南传小乘佛教风格，看上去也经历了好几百年的光阴，不然，四周那些阔叶树也不会如此之高——砍杀佛寺的树可是大罪过。一座八九米高的佛塔立在一侧，八角形，每个边上都有十个人字形屋脊，层层叠叠，直到塔顶。不知道哪里挂着哨眼，一起风，就呜呜响清冷的哨声。

加里布埃尔抱着白孔雀走进去，寺里的"帕龙"[1]看到了，双手合十说，罪过罪过，这里怎么会有白孔雀。

加里布埃尔说，请您给它做个火葬吧。

帕龙说，佛爷才能受火涅槃升天。

加里布埃尔就抱着白孔雀又走了出来，找了一块空地，笼了堆火，把白孔雀投进去。没过多久火就熊熊地烧起来了，加里布埃尔学着小居士玉波罕的样子盘腿坐下，想学着念几句超度的经文，摇摇脑袋实在不会念。只能画个十字，双手紧紧握着，默默念了几遍"阿门"。

火连着白孔雀渐渐燃尽了，留下一堆灰烬，里面有一颗小小圆圆的珠粒，如一颗菩提子。

---

[1] 即大和尚。

昆虫坟场

　　手机响起的时候，脆梨正努力把贴在自己脸上的嘴唇推开。

　　脆梨当然是绰号，但她喜欢。舌尖抵上颚，用力一弹，听起来干净利落。

　　"脆梨……"阿卡喊她。没开风扇，两人浑身汗津津，这两个字的发音让她感觉到一点难得的清爽。

　　脆梨说："洗澡，腿粘在一起，很难受。"

　　"当然，当然，"阿卡说，"洗个澡凉快得很。"

　　阿卡先钻进卫生间，水阀往蓝色一边转。刚在一起时常常忘记，一开水，烫成烤乳猪，从头红到脚。

　　等洗好，脆梨已经接完了电话。两人喝了一点冰镇苏打水，香草味的。想继续做点什么，脆梨拖着腿进卫生间，说"我也要洗"。凉水一浇，鸡皮疙瘩激一身，凉得脑子发蒙。低头看一眼水阀，几乎调成冷水。

　　擦干身体，水阀扭到红色热水挡头，脆梨洗完出来说："妈说要来和我住一久。"

　　之后两人热饵丝当晚餐，中午剩的，回遍锅，更加黏，团在一起，怎么拌也拌不开。阿卡胃口很好，酱油一浇，照样往嘴里塞，狠咬一口，吃成饵块的感觉。

阿卡看脆梨一眼："怎么不吃？"

脆梨摇头，把饵丝往碗边扒了一扒。

阿卡耸耸肩，把剩下的饵丝倒进了垃圾桶。

脆梨说："垃圾丢楼下吧，剩菜很惹虫子。"

"惹起了。"阿卡举起双手，一只指甲盖大小的虫，从垃圾桶旁惊慌逃窜。硬壳的，碰到东西，咔咔响。

脆梨紧紧地闭上眼睛，等着阿卡把虫子弄走。"别弄死，丢外面。"

阿卡已经脚跟用力，狠狠一踩，塑料拖鞋透过点震动，虫子壳身爆裂，发出更响亮的一声——"噼咔"。

脆梨害怕虫子，阿卡不怕。从云南山沟沟里出生的，不怕虫子是正常，怕反而是不正常。为了不怕虫，脆梨就和阿卡在一起了。

脆梨爹妈卖猪肉，菜市场挂个牌，"农民自养，大河乌猪"，其实是假农民，每天从猪场下单，面包车开起，送到摊位上。脆梨平日读书，住在城里姑妈家，到了假期就回县里。县里自己家靠着山，门前有个大院子，水泥一刷，把所有泥巴石头都盖住，什么也不长，寂寞得很。早上四五点，爹妈出摊去，就只剩自己一个人。天色和山色都苍苍，青黑青黑的里面，透着几点亮。天上的自然是星，山里的是什么？不敢再往里看。关了窗，收心背课文，课本里那几篇，早已滚瓜烂熟，一不留神就转轳辘滚到很远的地方，开始想，院子里种花种树的地方是什么样，很远的地方是什么样。一天一天这样想，也就真的考个大学，真的去了很远的地方。

亲戚说，现在大学生遍地是，杀猪的屠夫都养了个秀才女儿哩。是祝贺，也是嘲讽，酸酸的。

脆梨心里就想，等着吧，比你们所有人都好。

跟着大部队，毕业考研找工作，然后就剩一件事，父母听人介绍了阿卡。人家说，阿卡样样好。好在哪里，脆梨看不出来。在屋里总是催，脆梨待着烦，总往山里跑。找棵树，找块阴凉，一坐一下午，等年假一结束就走。熬着晒着，风快吹成个老干巴。

一天正发着呆，草叶子窸窸窣窣，脆梨一激灵站起来："是什么？"一个人已经到了眼前，白面细眉眼，不像本地人。那人笑着说："你怎么也在这里？"不等回答，也坐在旁边吹风。二人有一搭没一搭聊天，说等三月份桃花落了，地上就会长野草莓；说要是有一群燕子低低飞过，这半边山就会被雨水淋湿……说到最后不知道说什么了，那人问："你明天还来吗？"脆梨说："明天还来。"

有时候没有风。别人地里，随手捡几个洋芋烤。不用灶，石头垒一圈就是。脆梨捡一块石头，那人说："太圆，像个炸弹，火烤不得。"那人捡一块石头，脆梨说："太厚，像周扒皮的脸皮，火烤不破。"捡来捡去，堆个七扭八歪，脆梨笑："像过家家，像搭房子。"

偶尔的不高兴，是有虫闯过来。一蹦一跳，不长眼睛，直直撞到腿上。脆梨怕，那人更怕，吓得脸皮愈加白。谁也不敢动，呆呆僵住，等虫子自讨没趣离开。脆梨问："你也怕？"那人不好意思地笑笑："谁不怕呢。"

那人脸色渐渐好起来，有时候乐得欢，脸上像打两片腮红。问脆梨，可以拉你手不？脆梨就把手伸过去。

那人又问："我们一直在一起玩好吗？"

脆梨摇摇头："我得回家的。"

"我们组一个家不行吗？"

"爸妈不会同意的，别人也会笑我们。"

"管别人做什么呢？"

"可是世上哪有两个都怕虫子的人在一起的。"

"好吧，那我就得走了。"

脆梨伸手想拉住，那人手一滑就离开了，像条小蛇，在手心里留下冰冰凉凉的感觉。

那天回去，正好遇到阿卡来。肩膀浑圆，一巴掌就把一只正在举翅的螳螂拍死。脆梨妈笑得牙龈子露出来："正好，正好，和我们家脆梨最配。"

脆梨呆呆地站着看了一会儿，眼睛越看越模糊，那螳螂的尸体渐渐变大变宽，最后变成一潭子水，浸在里面，也冰冰凉凉。

脆梨也在心里对自己说："正好，正好，和我最配的。"

被屋里的灯光吸引，外面一只飞蛾正死命地撞窗户。天性使然，不死不休，翅膀和玻璃，总要碎一个。阿卡在看电视，《跟着贝尔去旅行》，新上的综艺，把一群明星聚在一起，让他们参加荒野求生。一个男明星正涕泗横流，嘴里嚼着探险导师勒令他们吃下的虫子。"You are a qualified explorer, you can survive in the wild now."（现在你是一名合格的探险者了，你在野外可以生存下去。）阿卡哈哈大笑："老外就是爱吓唬人，有本事来我们云南嘛，我炸一盘昆虫宴，吓死他。"脆梨看着窗户，那只飞蛾终于筋疲力尽地坠落。

"你不觉得我们应该开窗通风吗？"脆梨继续盯着窗户，外面是一片城市绿化带，没有亮光，黑乎乎一片。

"我一直都想开啊，只要你不嫌有苍蝇蚊子飞进来。"阿卡继续看电视，又有新花样，明星们被要求依次从直升机上跳入湖中，他们继续痛苦求饶，真可怜。当然，痛苦可能也是为了收视率装的，更可怜。"这破房子三千多一个月，竟然没安纱窗，不知道房东咋想的，真服了。"

"我的意思就是，我们自己装一个。"

阿卡把目光从电视上移开，转过头看着脆梨："你认真的吗？我们要为那傻缺房东花钱？"

"别用这种眼神看我。我妈就要来了，她喜欢白天开窗子。"

而且她年纪大了，需要新鲜空气，不能像我们一样整天闷着，会生病的。再说，我们也需要提高一下生活水平啊，不说出去到处旅游吃米其林餐厅，至少得有一个纱窗吧……脆梨在心里还想了很多条理由，但阿卡直接说："好吧。"

没有说"这个问题你要这样那样看待"或者是"你总是感情用事，你其实应该……"，阿卡爽快地同意了。脆梨想起身去冰箱里给阿卡拿一罐冰啤酒，看了眼茶几上已经打开的一罐又放弃了。干脆躺倒在阿卡的怀里，用头发末梢搔阿卡黝黑的胳膊。

"你还有什么要交代我的吗？"阿卡问。

"没有了，"脆梨从阿卡怀里钻出来，"好吧，还想提醒你，别在我妈面前说漏嘴了。"

"知道了，不能让你妈知道我们是两只大耗子，一直在别人的家里打洞。打洞，哈哈哈哈，你别想歪。"

"你突然发什么神经？是你问我还要说什么的。"

阿卡笑得浑身抽搐，眼泪都笑出来了，两条壮硕的腿左右摆个不停，把三条腿的塑料茶几碰得猛晃，啤酒罐掉在地上，滚进了沙发下面。

脆梨一直觉得，自己的人生走错了三步。第一步是心神不定拔腿回家乡，第二步是火急火燎迈步结婚，第三步是在家的时候，一抬脚，踩死了一只青蛙。当然，前两步都没什么，很多人都会走的路，再荆棘密布也不会被说是错误吧。算来算去，还是第三步走错了，至少阿卡也这么说。

结婚时是个夏天，热，太阳烤得人发昏。三十度出头的天气，云南北边蛮少见，知了也晒得暴躁，叫得跟炮仗一样响。

一天最难熬是早上。眼睛可以闭着，耳朵必须支起。六点半一过，用调羹叮叮当当搅杯子的，是阿卡的老妈。一杯三七粉下肚，胃肠直通，进厕所，尿得慢，打底五分钟。哗啦啦冲水，伴奏阿卡妹妹的闹铃响，小学时买的，一路用到中学。听好几遍还是听不清，是喊"懒猪起床"还是"宝贝起床"。为此阿卡和妹妹斗嘴几年，阿卡说是猪，妹妹说是宝贝，打一架，鼻青脸肿。被爹知道了，两人又被揍一顿，更添两块青。妹妹动作慢，洗脸刷牙闭目养神，几乎又快睡着。催也没用，你在门外喊破喉咙，人在厕所里面施施然闲庭信步。等磨完洋工出门，又是半小时。距离阿卡和阿卡爹起床还有十几分钟，这时就得抓紧空当起床上厕所。不小心眯着眼睡过了，只会更狼狈。阿卡进去出来一地毛，跟冬眠棕熊醒来一顿挠似的。至于阿卡爹，倒是安静，就是不关门，走到厕所里才看见一身裸肉，满目老春光。只得憋着，憋到膀胱几近炸裂，眼前直冒白光，听到阿卡爹把洗脸水慢悠悠倒掉，才得以进厕所。

如是几次，脆梨练就一双穿墙顺风耳。喝水声、拖鞋擦地声、开门声乃至挤牙膏和扭毛巾的声音，都能一一入耳，并精确识别判断，现在是否是得以进入厕所的好时机。

脆梨跟阿卡提过几次，阿卡说，这家家都是这样的嘛，都是一家人。

但耳朵的事，哪有那么简单，这耳朵不是单她一人用得出神入化。

脆梨脸皮薄，有人在时不好意思一泻千里。每每上厕所，便冲水掩盖不雅声音。没人说什么，也没人教育脆梨要节约用水云云。但脆梨很快发现，妹妹若跟在脆梨后头进去，时间间隔颇有规律，若脆梨上大号，妹妹便间隔十分钟以上，若只是小解，便间隔不到三分钟。想来脆梨那五谷轮回声，妹妹已然全部听了去，冲水只不过是掩耳盗铃罢了。这样一想，更加难堪，以致上厕所一事积在心里，变沉沉阴影。

没过多久，竟憋出尿路感染。脆梨说，我们尽快自己买房子吧。去省城，原来的同学混得再差的也在省城，好日子清闲日子令人羡慕的日子都在省城。

阿卡说，你讲得对，我们也不能让人瞧不起。而且咱们还要一步到位，直接去省会搞个小洋楼。

于是阿卡逢人便说，要去省会买房子了；再逢人又说得更细，要去省会住带小花园的洋楼了；还有人主动问起的，就说不仅有小花园，还有个凉亭，尖尖角，夏天晚上就坐里面烤烧烤，板扎得很。坐大巴屁股一喷气就到了昆明，转来转去，心气灭一截。不说洋楼，看得上眼的新房子也还短不少钱。阿卡说，莫着急，我兄弟有发财门道。掏出块盘包浆的老石，一角平整切下，透出里面的绿。阿卡说，翠山有矿，现在入伙，去矿上跟着一起干，发大财。脆梨心里发虚，但阿卡拍胸脯问："你不相信我吗？"怎么不相信？做了老婆，就只能相信。相信别人会一辈子爱你，其他人都看不上眼；相信别人是栋梁之材，会越干越好带来好生活；如果这相信开始动摇了，两人也就准备散了。腰包里钱尽数掏出，供阿卡去了翠山。

阿卡离开后不久，脆梨在屋子里收拾家务。一打眼，水盆边趴一小青蛙。刚把蝌蚪尾巴蜕掉，四脚伸出来，灰灰的，拇指盖大小。大概哪家小孩养的，长大了自己从盆里逃出来。脆梨小学的门口，也天天有人卖，五毛就买一对儿蝌蚪。好养活，放清水里就能长。想伸手抓起来，青蛙猛然一蹦，差点撞脆梨脸上。趔趄几步，脚下一动，正把青蛙踩成灰泥。脆梨想起以前听的，有的地方祭祀青蛙神，要是折损了青蛙，或犯神怒，家中辄有异兆。惊出一身冷汗，转明儿就上了圆通寺烧香。

至于阿卡，老故事结局，无聊得很，跟人二大爷小姑父三舅舅的故事一样。意气风发往，垂头丧气归。至于其中那些关节，都是些骂骂咧咧、怨天尤人的话，无甚可听。只是终于在一个夜晚，在阿卡对所谓兄弟以及自己踩死青蛙唾沫横飞的责骂中，脆梨走出了家门。坐在河边喝完了一瓶最喜欢的葡萄汁后，静静没入了水中。

当然没有死。脆梨会游泳，不一会儿就仰面浮起来，想沉都沉不下去，好像有一双手牢牢托着整个后背。脆梨爬上岸，默默哭了一会儿，然后回家向阿卡宣布，她决定租一个房子，然后告诉家里人，他们已经在昆明安下家了。

周六早上，脆梨和阿卡一起坐 11 路公交去了家居市场。

一四十出头的女导购迎出来，红棕色头发，发根处黑发按不住地长。听说二人只是购买两三纱窗，微笑一下，请稍等，转去了别处。再过来，换成一年轻男实习生，青春痘满脸，又红又肿，态度却热忱，捧着活页夹本子介绍个不停："这个是目前市面上最好的纱窗，金刚网的，自带双重保险和机械锁，从外面是无论如何都破坏不了的，安全性很好。"说完看阿卡一眼："当然，这款成本也是比较高的，做一扇大概五百块。如果你们对安全性要求不那么高的话，还有这款尼龙的，便宜很多，但要注意不能太阳长时间照射的。"

"那这个呢？"脆梨指活页本上最下方的一图片。

男实习生颇有深意地看了脆梨一眼："这是塑料的，现在一般没有年轻女性会选择这一款。您知道的，现在这社会……"男实习生一边说，一边不停用手抚自己廉价西服外套的褶皱。"当然，我个人还是建议您二位选择金刚网的，安心是多少钱来买都值得的。"

阿卡一声不吭，任由男实习生说着。最后指头点点活页夹："就这个尼龙的。"

脆梨把自己的名字和电话写在发票本上，男实习生依旧热情地将他们送出了店门，告诉他们过几天师傅就会上门安装，有什么事联系他，他一直都在。

周一五点，脆梨早早下班回家。难得饥饿感，腹中直唱空城计。调料包热了，拌一大碗油泼辣子面，外加无淀粉火腿肠三根。吃完照例收屋子，洗碗碟水杯，擦窗户桌椅，把堆成小丘的烟灰缸倒掉。拖鞋一顿打，被地上黏糊糊酒渍粘住，大前天泼的。想起还有个啤酒罐滴溜溜滚进沙发底，跪地上想往外掏，肚子就在这个时候一瞬间疼起来。

真要命。像闪电劈到了肚子里，每一根毛细血管都在疼。大概是刚才吃饭吃得又多又急，把胃给击溃了？伸手按按，也不是，不是胃。在胃的更下面，小腹的位置。算一算日子，经期也还没到，何况自己何时这么疼得昏天黑地过。

攀着沙发挪到桌子边，翻出手机想给阿卡打电话，让他今天别再又去什么聚餐。拨号键没来得及按，先有电话进来，一个陌生本地号：

"我看见有人在偷窥你。"

"什么？"

"偷窥，"手机那头说，"你没拉窗帘。"

脆梨肚子疼得发麻，她把手机使劲压向耳朵，好像这样自己的整个脑袋就能解码成数字信号，看见那头的人。

"你是谁？"

"你现在很危险。"那人声音很着急，随即挂断了电话。

脆梨坐下来，脊背挺直，手脚冰凉。家里的刀在哪里？还是先应该去把窗帘拉上。不，不能去，太阳还这么高，外面还这么亮。这绝对是个诈骗电话，窗外有人在偷窥，他怎么看见的。除非他就是那个偷窥的人。或者现在他正站在门外？脆梨静静地坐了一会儿，一动不动。脆梨想起之前家里有一次进贼，妈妈就是这样坐在床沿一动不动。那时候她在想什么？

手脚恢复了一点力气，脆梨站起来走进厕所，往手上抹上点舒肤佳香皂，然后拧开水龙头，慢慢地搓洗。水流吡吡响，脆梨突然哼起歌来。嗯嗯哼哼，从小就学的《送别》。无所谓的，大白天，在自己家里有什么好怕？小腹的疼痛没那么明显了，大概是刚才被电话吓到，身体瞬间分泌了大量的肾上腺素。果然，在身体看来，比起真正的危险，肚子痛也算不得什么要紧事。脆梨抓过毛巾，又仔细把手擦干，每个指头缝都不放过。

叹一口气，还是往猫眼凑过去。门外的灯亮着，什么人都没有。脆梨拧开小锁，打开门，对着门外走廊大喊："谁啊？是不是有毛病！"然后咣当一下把门摔上，震得门边踢脚线掉两块皮。

照例七点过，阿卡才回到家。他抬头看了一眼躺在沙发上的脆梨，眼睛闭着，双手搭在肚子上。阿卡打开冰箱门，摸索了一番又关上："啤酒好像喝完了。"

"那你等会儿去买点吧。"脆梨依旧没睁眼。

阿卡叹口气："你今晚又吃的方便面？"

"我肚子很痛。"

"吃方便面吃多了当然肚子疼，还会得癌症，专家说的。"阿卡拿起热水壶，晃了晃，"当然我是不怕。"

脆梨从沙发上坐起来。"今天有人打骚扰电话。"

阿卡坐在脆梨身边，用手臂把她圈起来："你这么漂亮，人家当然要来骚扰你啦。不过说真的，人家当老师都是为了清闲，能多顾顾家庭，怎么你们学校每天都把你搞得脱一层皮的样子。"

脆梨盯着阿卡看了一会儿，那张脸正满面春风地望着她，比她大一倍的鼻孔随着呼吸一张一缩，里面发出哧哧的声音。很轻微，但也很明显，跟虫子在屋子里飞的声音一样。当你不关注它的时候，那声音完全会被忽略，但你一旦发现了它，那虫子的嗡鸣不亚于直升飞机。

"我头有点晕。"

"只能等着了，等纱窗安好了就可以开窗通风了，你需要新鲜空气，跟你老妈一样。"

脆梨一偏头，看见两只偷油婆正身子压身子，在洗手池边缓步前进。她想叫阿卡去把它们扔出去，或者直接拍死也行，她不想管那么多了。但她又想起人家说的，当你在太阳下看见一只蟑螂的时候，证明在黑暗的地方已经有一万只蟑螂了。脆梨略感绝望地闭上眼睛。只能等着了。

周二脆梨等了一整天，安装纱窗的人还是没有联系她。

周三没有，周四也没有。

到了周五，脆梨实在不想等了。她想给那个男实习生打电话，却发现当时只把自己的联系方式留下了。干脆自己直接去找他。脆梨回一趟家，把厚厚的笔记本电脑充上电，学校发的，游戏娱乐功能不佳，拿来网上阅卷倒是相当顺畅。也许是内部装载了某种高级的电脑技术，只有它能流畅进入学校网络也说不定。还有什么，转身看看，豌豆焖饭蒸在电饭煲里，热水器调到五十度正在加热，水龙头关好，天然气阀关好。

点点头，正要出门，手机又响起来。不认识的本地电话，和上次那个骚扰电话也不一样。

一接通，熟悉的急切声音："你竟然敢一个女人在家？你的窗户已经快被撬烂了！"

"老天，你到底是谁？你再这样我就报警了！"

"你最好赶快报警，不然你妈妈就见不到你了。"电话那边很嘈杂，脆梨觉得好像听见了有别的女人说话的声音，车子按喇叭的声音。

"你别以为我不知道你是谁，我现在就报警。"

脆梨说完就把电话挂断，心脏好像失去了骨骼和肌肉的包裹，在身体里噗噗地上下猛烈弹跳，赤裸裸的。

必须镇定下来。自己已经是一个三十岁的成年人了，不会被这些恶作剧吓到。脆梨走到窗边，转了转插销。还能锁上，但得使一点劲，很生涩，它本来就这么难用吗？楼层不高，三楼而已，但租的这房子是 loft 公寓，每层比普通居民楼还是高上不少，不可能有人会在窗外。脆梨打开窗子，久违的室外空气一股脑涌进来。树叶的味道、修剪过的草坪的新鲜味道、蝉的尿臊味、汽车尾气、楼下分类垃圾桶散发的腐败味……谈不上是好闻还是难闻，很复杂，很生机勃勃。脆梨发了一会儿呆，才探头往外看。没有人，没有任何梯子或者能攀缘而上的工具，一切都很安全。

除了虫子。

被屋内饭菜的香味吸引，或者纯粹是自然界欺善怕恶的本性使然，一只硕大的虫子正试图入侵屋子。脆梨不知道这是什么虫，它有坚硬的壳，还有可以超高速扇动的翅膀，嘶鸣，足以震慑捕食者的发声腔体。老天爷真的有必要把这么多的利器都武装在一只虫子身上吗？

虫子猛冲过来，直直撞击脆梨的额头。脆梨似乎听见了自己头骨的清脆声响，嘭。

脆梨双眼一闭，向后摔倒在地板上。

没有逃避太久，小腹再次翻滚而来的莫名剧痛让脆梨不得不睁开眼睛。大汗淋漓。

脆梨解锁开手机，给阿卡打电话。五十六秒响铃后，无人接听。是了，今天是周五，每周五阿卡他们公司都要开例会。一开就开到很晚，会后还要一起聚餐，吃烧烤，唱KTV，交流同事感情。

这是怎么了？虫子、骚扰电话、腹痛，还有那一辈子都不会来安装的纱窗，妈妈，老天，你是个骗子。你说找个人来照顾我，我真的就信了。而你，你过两天就要来了，来检验我的房子是否和我考上大学一样值得夸耀。

那只虫子失去了刚才的攻击性，现在悠闲地在电灯的玻璃罩上搓手搓脚。

"他妈的。"脆梨不知道该骂谁，她只是很想骂人。

脆梨在地上拖过自己的coach包，四百块A货，走线认真，人造皮比真货还结实。把手机扔进包里，摇摇晃晃地出门，打车径直去医院。

回来的时候，脆梨出电梯，一对年轻人正在看房。房门敞开着，飘出玫瑰空气清新剂的香味。中介在旁边，殷勤地介绍着，嘴巴张合个不停，很像卖纱窗的那个实习生。那个满脸青春痘的男实习生，脆梨脑子里的一根弦断了，激荡着身体颤了一颤。

两个年轻人都是女孩，穿着清凉的亚麻布衣服，最近很流行的随性文艺风格。脸上却不洒脱，皱眉到处看，摸摸水管，拍拍墙。但中介知道她们什么都做不了。表面上能看出来的毛病，墙皮脱落啊，水管漏水啊，那都不是问题。真正的麻烦只有在你住进它的身体里，被它一点点吞食后才会发现。想拔腿跑，晚了。中介把文件夹夹在胳肢窝，签字笔笔盖已经打开。生意都在他的嘴里，而他胸有成竹。

脆梨突然很想过去拉住女孩的手说："你好，想听听老姐姐的意见吗？那就是别租也别买这里的房子，它已经被疯狂的虫子和恶心的生活垃圾包围了。你那么年轻，你可以飘飘然羽化而登仙，你还可以骑马走天涯，去沙漠，去塞外，去用你饱满多汁的身体在枯燥的中国等高线地图上画大江大河。你甚至可以什么都不做，就整天躺在床上愤世嫉俗，或者妄想跟天上的金星谈恋爱。怎样都好，只要别住在这公寓里。"

当然，脆梨什么都没说。她们很快就签字了，一脸年轻人那种以为终于找到着落的蠢表情。着落，人生从来不会有真正落地的一天。脆梨想，很快你们就会遇到把我侵蚀出千千万万个细密小孔的东西了：虫子、洗澡水、垃圾、噪音、倦怠和麻木。但我仍旧祝愿你们不会。

进屋，取下淋浴喷头，把水调整到"hot"。热腾腾的雾气瞬间包裹住了脆梨骨骼突出的肩膀和略微下垂的乳房，脆梨看着镜子里模糊的轮廓，它依旧很美丽，很好。刚才医院医生怎么说的？做检查，得记住，现在情况还不明朗，但要做好心理准备，生存期很长，不要有心理压力。

压力？怎么会有压力。脆梨从未感到如此轻松过，用毛巾仔细地擦掉挂在自己身体上的水珠，现在自己干爽、宁静，充满勇气。哪怕现在让自己去攀登珠穆朗玛峰，把写着"脆梨"两字的旗子插在雪堆里；去渡河跨越边境线，子弹从自己耳边穿过击入水中，都可以。

烧一壶开水，等着沏一杯柠檬茶，茶包口撕一半，手机又响起来。

"喂？"

"你现在很危险，你那个窗户昨晚已经被捅烂了……"

"好了，我告诉你现在谁最危险，是你。你以为让我害怕，我就会去买你那个什么狗屁金刚网纱窗？告诉你，你会被我喊的人打断腿，然后被警察抓进监牢。你还会和你那脸又大又烂的青春痘结婚，那些脓包就是你老婆，你明白不？"

那头沉默了，嘀嘟，电话中断。脆梨无比畅快。

现在就剩一件事。

抬头，飞翅硬壳甲虫果然还在。凭自己本事进来的，黏附于白墙高高处，得意振翅，谁能奈何。脆梨掏手机，立购清单如下：强效杀虫喷雾、交流电杀虫灯、超强引诱蟑螂药与加厚拍不烂灭虫拍，半小时即到。

甲虫兀自搓手，满天障目杀雾落一身。要有耳朵，也听见自己以身撞地，隆咚一声，自高高白墙坠地。依旧挣命，噼啪扇翅，徒劳升起一米，又跌落。眼睛若还没熏瞎，就看见此时这女人杀机毕现，比鸟、比蛇、比壁虎、比青蛙都要做昆虫的天敌。

杀，一只不够，躲起的不放。蟑螂药遍洒，卫生间下水口、马桶背侧、厨房水池深处，灯光扫不到的地方，蟑螂药扫到。杀虫灯插电，近距离放光，远距离放波，模拟性激素诱杀一切多情虫。屋子很安静。再仔细听，不安静。难计数虫子不耐猛药攻击，倾巢从暗处逃出。亮处一露头，塑胶虫拍劈头盖下，登时汁血崩裂身首异处。

虫影纷出。脆梨手握虫拍犹如女将军身经百战使红缨枪，越杀越增满胸怀壮气。高浓度杀虫喷雾令人都目眩头晕，恍惚间又想起当年山上那个白白脸皮人。要是当时和那人一起跑了⋯⋯不会，那也不是什么阳光大道幸福安康，只不过早几年练就今日杀虫本领。

虫拍不断与手心摩擦，烫得像一张咬烂铁丝笼的鸟嘴。

七点，下地铁抢共享单车，车头一拐进公寓楼。

阿卡照例回家，进门看见无数昆虫尸身。一地，一墙，一桌，一水池，皆成无名虫类葬身坟场。

喊了几声，没人应答。脆梨并不在家。钱包、证件、连带一件最喜欢的藕粉色针织衫一并离开。阿卡觉得，她应该永远都不会回来了。

银河蘑菇

我恨我的菌子，我的菌子也恨我。

男秘书很瘦，像人工养殖细腿人参，坐在他的办公转椅里，用两条根须在地上滑椅子。往前，往后，左右转圈。他应该比我小，我猜。一身"厅局风"打扮，侧剃小平头、黑夹克、白衬衣塞西裤。越是嫩就越想装老成，一般都这样。

他说，你好好坐着，我给你泡杯好茶，所长那儿新搞来的，正宗雨前茶。他说，你那个"风培法"设计得很巧妙，不愧是研究生，我就没那个脑子，十个我也没有那脑子。别人种地用水用土，你用风来养洋姜，简直就是个诗人啊！他还问我，租的房子想自己装隔音窗，房东不同意怎么办？人说了，不想住就搬走，有的是人想租。哎，首都哪儿都好，就是人太多，能干的人一火车皮一火车皮地送进来，比老家门前那哐哐当当拉煤的火车还勤。所以还是得拼一拼，像下派挂职这样的好机会抓住了，回来就万事不愁。对了，云南不是你老家吗？那里可是出了名的宜居……

他其实想说的话就最后一句：

"你什么时候能出发？"

我告诉他：

"我会去的，你放心。"

我收拾好东西，站在楼下等所长，我想告诉他时间到了别忘了把我调回来，我是打败了二十多万老乡才来到的这里。

在我隔壁科室的大蒋，抱着他的西瓜在院子里转圈。大蒋叫什么，我记不清了，只知道他是东北人，一口滚珠炮似的东北话很有感染力，半个所都差点被他把口音带偏。但他的瓜的名字，我记得，京城8428。耐旱、紧实，大卡车颠几百公里也没事。就是瓜瓤色淡，显生，籽多，麻麻癞癞，兴冲冲切开，露一张不漂亮的脸。

大蒋手酸，西瓜掉地上，砰地裂开。看一眼瓜瓤，淡得跟草莓牛奶一样。大蒋哞哞地叹气，像老牛。

"我要回一趟云南，"我跟大蒋说，"帮他们研发鸡枞菌的人工培植。"

大蒋点点头："别等了，所长今儿不回来。"

"别忘了帮我清理风扇，风不干净，叶子就得睡觉。"

大蒋笑我："你还真是个诗人。"

我和我的洋姜告别完，就离开了农科院作物研究所。洋姜正忙着进行光合作用，对生叶片扑哧扑哧地扇着，没空理我。这是它的天性，一点也不多愁善感，任何一点能量都抓得住，所以别的作物都受不了的地方它能长住，像是乌烟瘴气的马路边，肮脏凌乱的宅前屋后，还有别的生命都鄙夷的废墟、荒漠里。它也是个北漂，我不怪它。

至于菌子，我不是一开始就恨它们，起先，甚至说爱也不为过。

云南外面是块干翘翘的藤甲，三年一大旱，一年一小旱。但好在，云南里面是湿漉漉的，只要一飘雨，虫啊菌啊的，就全都冒出来，哗哗啦啦地响。所以我最喜欢下雨，最好几天几夜下得透透的才痛快。往外一走，水雾蒙蒙，不小心滑倒，就索性赖泥巴里，闻空气湿凉的味道。像在古池里游泳。

最受不了雨的还是菌子，平日里缩着瘪着，被人踩扁扁也不敢吭声。雨水一挂，底气就足了，往高了蹿，往胖了长，放开胆子长，扯开嗓子长，把那些小虫全吓得四处逃窜，晕头涨脑。鸟一啄一个准，乐得嘎嘎大笑。所以你听哪里的鸟最吵最嚣张，哪里就有菌子。讲起来，也怪得很，屁大点的时候啥子也不懂，随便一捡菌子，就数我捡得最多最快。关键是，很安全。大朵小朵杂七杂八，你自拿去大火炒小火煮，放里头几瓣大蒜，出锅时永远白花花。[1] 因此进山捡菌子的老乡都怕遇着我。天还蒙蒙，我就背上筐，随手折根树枝，装作横矛立马，站路上等人

---

[1] 云南土方法：烹饪野生菌的时候放入大蒜，如果大蒜没有变黑则证明野生菌无毒——不保证安全！！！

来。待至有老乡往我这里来，我就跳出去大喝一声："老乡哪里去？"来人便都停车勒马，"哎呀"一声，脸也皱巴巴，知道今天的外快又没戏了。等把来人都劝降自退去，我就一头扎进山里。菌子被干渴的暴政压迫得久了，委屈得久了，听到我来便都纷纷揭帽而起，草拦不住，树干拦不住，石头也拦不住，一呼百应。我得意极了，我是一下雨就能纵横山野的英雄好汉。

因为晴空乱流，云南起落的飞机经常颠簸。读书时坐了一次，飞机骤降，扶手扶不住，整个心都要坠到悬崖里去。心里暗暗祈祷，保佑我吧，菩萨，这次没事的话以后再也不坐飞机了。菩萨答应，有惊无险。这次回云南，我特意选了普通火车，四十五个小时，慢慢坐，慢慢看。等我摇回云南，农培所培植鸡枞菌的大棚还没建好，云南老家不像首都，做事情着急，半夜三四点上街，看包子铺亮灯，以为没睡，其实已经准备第二天开门。云南老乡，总觉得时间并不像书里比作的河水飞梭，淌过去飞过去就啥也没有。日子好比是山，今天在那里，明天在那里，后天也还在那里。有什么好着急的？因此最常听到的话也总是："明天再来吧。"不是到早了，在门口傻傻地站着，就是前脚踩后脚，人已经关门回家。算准时间，正正中中抓到人，也请等着吧。转转悠悠，闲闲地办事，留客人看店里金鱼吐泡泡。因为这个，我常在云南冲店家或者工作人员撒火，手脚快着点啊，我还有事呢，不想做可以不做！

老乡脾气大都好，抬头看我一眼，"弄着呢，弄着呢"，还是缓缓地。像个庙里的懒和尚，红日西沉，黄昏鸟尽，听见钟响，睁眼看看，又继续浸在他安详缓慢的梦里，倒显得我像个被世间俗物烧得跳脚麻手的憨包了。

眼看大棚没十天半个月是不会完工了，我便在云南这边的科研院户外试验田里找了一块地，很小，在边边上，确保不会影响到他们以前的试验。鸡枞菌的培育基质不好做，除了常规的木屑、石膏、糖、麦麸皮以外，最关键的是需要白蚁巢。离了白蚁巢，鸡枞菌就不长了，所以很难人工种植，鸡枞菌的珍贵也正在于此。能人多，偶尔也有人弄出来，但你一尝就知道不是一回事。野生的鸡枞长在大树林子里，脚底下数以万计的白蚁进进出出，热闹得很。一会儿吃花生的回来，一会儿啃甘蔗的回来，运气好的，刚吸完饱饱的杨梅回来。除开这些甜丝丝的味道，还有不少偏好杉木、桉树和垂柳一类，带回来些木质冰凉的清冽。夜以继日，没有止息，就这么熏着养着。所以野生鸡枞的香很深很深，每一丝都不是白来的，不像人工的赝品，香气浮在面上，汤水一过就散了。

这次回来，城镇周围一圈山，又矮了些，瘦了些。也许本来就矮，只是原来走不出去，心里畏惧，觉得真是山，又高又宽厚。云还是那么低，窗台边打个盹，醒来觉得云压脑袋。下了班我就一个人去老街子逛，想捡捡有没有卖白蚁巢的。

老街子原先是最热闹的，口字形，整整齐列四条道，不知什么时候开辟的，一路连到城北翠山。山本来缓，人来人往，把绿色一路踩高去，剩下的空地又做了商铺。街子最当头那几家，恰好一半青山绿，一半石板灰，很有几分古味道。后来也就渐渐寂寞了，现在要论时髦一类，还是"万达""新百货"中心明晃晃。但旧有旧的派头，就像暮色渐渐暗淡，墙上、树皮上薄薄涂一层，但千年来也有它光彩的一席之地。那些与现代商业气质不合的货物依旧在这老街子里此起彼伏，其中不乏有些惊喜之物。

眼神一道道地来，都等着我的回望，不像在高级购物中心，商品冷冷地冻在那里。我一时颇为享受，故意各个摊位流连，并不急于出手。

等我反应过来时，已经晚了。中有一道目光，最深，最久，我回头时，发现她站在"两元精品店"的门前石槛子上，用她灰灰的眼睛望着我响。扑棱棱的，哑哑的，也是一滴一滴的，像乌鸦群群飞过，惊得我头皮一紧。她当然没真的出声，用嘴发出的声音哪能传这么远。

王凤歪着头，顶圆草帽，破铃铛挂在帽檐，是哑的，动弹也没个响。

我害怕了，轻轻转身，做贼一样。我担心她追上我，两只全是泥垢的手拍上我的肩膀，要是我一回头，就朝着我的脖子上死命咬一口，像母狼。

王凤不是疯子，却不正常。在不正常和疯子之间，还有一大段晦暗泥泞的路，王凤就在里面跋涉着。很多人说，王凤是这边原来西山老土司的孙女。当然也只是这么说说，就算真是又怎么样呢？实打实的东山土司府的后人，现在也只是在印刷厂当制版工艺师傅。除了偶尔有些搞民俗的学生和卖货的电商来看看，平时也没个人搭理他。王凤正常的时候，大家喊她"凤"，轮流给她穿衣喂饭。轮到彝族老乡，就套镶边大襟右衽上衣，领口别排花，包头也有，缠上，箍紧，显得丽净。轮到回族老乡，就戴上黑绿盖头，其实是素素的绿，黑是一年的污。给王凤扎耳洞，说"戴耳环眼睛才亮哩"，王凤不肯，挣得右耳朵裂一块。哈尼老乡少，好在黑色衣裤粗犷耐脏，王凤穿正合适。最爱那条绣着花的"帕匹"①，贴紧裹着腰，竟有了几分姿色。到了时间也不还给人，急得哈尼老乡上手来扯，王凤不怕，扯开胸口劈开腿，坐地上哭号："漕奈了，漕奈了，摸人家，不要脸。"臊得人连忙跑了，花"帕匹"今天还系在王凤腰上。汉人最多，讲实际，冬天就毛衣套背心，天热脖子一缩，褪剩件线衫。大小款式也不含糊，民族风复古风，总能超前时尚几年趋。其实大家平时都不穿这么仔细，个个夹克衫西装裤，黑白灰浅卡其，裙儿也简单，图案镶边做点装饰，绝不溢出界限。但

----

① 哈尼族的绣花腰带。

大家都爱打扮王凤，按着喜欢的模样往身上一套，绕着圈地打量，常惹得他们自己也哈哈大笑。王凤也有不正常的时候，大家也喊她"凤"。因为怕，嗓子眼里虚下去，声音就弱了，听起来就像"疯"，倒是贴近。王凤在泥泞里走得乏了，突然就红脸沉眉，暴怒不已。拿手指点人，"你你你""那那那"，指挥人扫地、穿衣、遛马。哪有马？没马让人蹲下，骑脖子上喊"驾"，两人一起倒，后脑勺磕地，人仰人翻。要是不巧被她碰上，不理不行，王凤抢起手边东西，迈着大步就奔到面前，"嘭嘭嘭"，照脑袋三下。欺负人，谁都得付出代价。身强力壮的当场打回去，体弱的爬起来，回去呼朋唤友，招兵买马，折回头来一场恶战，裙子裤子都撕破，一地血，谁的都有。

王凤也不是天生就不正常。大家都说她是馋，捡了有毒的野生菌，被人发现时眼白肿得像水泡金鱼。她脑袋里的神经被毒坏了，从此就很难再搭上。就像电线漏电，时不时就跳闸，眼前一片漆黑。

现在她穿着条七分的破牛仔裤，露出来的腿都是污泥。鞋也是黑，衣也是黑，看过去就是立着的一摊泥潭。似乎并没发怒，这就是好，表情木木的，顶一颗木木的圆脑袋——那颗脑袋，全是青楂，头发理得真短，简直就是光头。也奇怪，没空换衣服有空理头。站得久了，她信手摸头发，尽她摸，也拨不出什么。这样，她就闭了眼睛，摇她的哑铃铛帽。

趁她闭眼的空隙，我离开了。离开前，我余光看到她也刚好转身，身后下半身一团黑红，像是血，也许是月经。不知道现在轮到哪个老乡在照管她，也太不认真。或者，也许已经无人照管了。

起先，说我爱我的菌子也不为过。但现在，我们彼此都心生嫌隙，相看两生厌。

按经验，我该先给鸡枞菌丝装袋育种。因为季节不对，我不得不给它们加温。不是热着玩儿，汗辣辣地进了我的眼睛、鼻子、嘴巴，没来得及擦，几滴落进袋中。换了别人，大概算了，但我知道我的菌子的心眼。它就盼着我犯这样的微小的错误，然后让我白白等上两个月，发现它根本长不出菌丝。在晚上，你偷偷进培养室，就会听见它骄纵刻薄的笑声。我把菌袋倒掉，重新把白蚁巢混合好，加热、煮烂、过滤、灭菌，其间菌子挑拨，炉子把我手烫破一块。

菌子指望我也恨其他东西，把和其他所有的关系都搞僵，这样最后就只剩我一个。

"真是好炉子，这年头还这么热的炉子真是太有良心了。"我把炉子擦洗好，端正地放回架子上。

菌子装没听见，也不搭腔。

接了种的菌袋被依次放进培养室，发菌需要黑暗的环境，我关上所有的灯，只留下墙角幽暗的指示器绿光影影绰绰。啪的一声，整个世界好像突然就静了下来，凉了下来。电流声咝咝地，如水一般从我周身拂过。我浑身打战，想起了很多事，也突然有了想找人说话的冲动。我突然明白了，为什么夜晚总是让那么多的人着迷。要无言独上西楼，要共话巴山夜雨时，要觥筹交错，要醉、要哭，要夜奔，从古至今，概莫如是。也许我们原本就属于夜晚，所以当光线逐渐退潮，我们才像鹅卵石露出水面一样，自由又急促地呼吸。那些平日里隐藏的念头冒出来，如露水坠在两片窄小的叶子间。

我想起了王凤。想起她帽子上的哑铃铛和她屁股那儿形迹可疑的污迹，还有她的寸头，大概很扎手。我心里难受，忍不住哭了一场。

但我尽量没出声，不想被菌子听去。

菌丝大概要花费四十到六十天的时间才能培养成形，成形后才能移植到大棚里等待出菇，于是我和我的菌子开始了漫长的表演。

我们扮演的是一个普通得不能再普通的东亚家庭：沉默、规整，一天在晚餐时见一次面。照例说固定的问候语："今天怎么样？"菌子说："挺好的。"说话时并不看着对方，这是要点，否则眼睛会泄露彼此的厌烦、虚伪和轻视，如果看见了，戏就不太好演下去。我们日复一日，比赛谁先发疯，承认自己配不上这份安稳的平静。这个比赛对我不公平，因为菌子天生就寡言，即便是对森林再熟稔的老农民，在雨落下前，也摸不到菌子的踪迹。但我不怕，从大学时选了农学专业，再一路进到作物研究所工作，和植物打交道久了，我感觉自己也变成了一株植物。安静、迟缓，出太阳时挪到窗边进行光合作用，一呼一吸，吐纳生息。太阳一落，我也就立刻犯困，四肢松松软软，耷拉下去。当然，当所里的好事者探头打探消息时，我会挺起胸脯说："好得很，我们相当有默契，从小一起玩到大的嘛。绝对比外面那些野的长得好。"菌子则微微点头，菌丝娴静如娇花照水。面对外人，我们会团结一心，不给他人取笑我们的机会。

回云南快半个月后，大蒋给我打了个电话。我刚从培养室里出来，菌丝不愿意耗费力气发萌，但还维持着表面上的和谐，勉力挂了六分之一的袋壁。大蒋问我，在老家那边咋样？天儿是不是很暖和？我和大蒋在北京研究所里也不算好朋友，他突然来嘘寒问暖，让我一时有些不知来者何意。我告诉他，挺好的，云南人嘛，养菌子是老本行。大蒋说，所里新调来了人，是个研究西瓜改良技术的。我说，那你有危机感了，你的京城8428怎么样了？大蒋顿了一会儿，继续说，那人干活儿挺麻溜儿利索的，嘴也能，挺能"白话儿"①。我说，是好事，所里没几个口才好的，每年找人汇报演讲都费劲。大蒋耐不住了，直接问我，你还真以为下派挂个职，回来就往上升这好路子能

---

① 东北方言，形容人口才好，很能说。

轮得到你？我告儿你吧，就是那男秘弄的你，让你给别人腾地方呢。你也别在那弄啥破蘑菇了，赶紧找个由头回来吧。

大蒋确实是个实诚人，我听着听着，感觉脑门上一阵凉。原来是起风了，额头上一层汗被风一吹，刺刺的。氧气薄的地方，风有刀口，很刮人，我摸一把额头，担心被划出口子。我环顾四周，想找棵树挡风，挡不住也可以，根比我的脚扎土里扎得牢就行，让我能靠一会儿。然后我就又看见了王凤，她就站在一棵树后面，那是我周围仅有的一棵树了。

我知道王凤会来找我，从在老街子遇到她那天我就知道。人与人之间看似各自独立，衣服裤子一套，彼此绝缘，实际上是一片缜密编织的蛛网，哪儿一动弹，一整片网都惊起波澜。不然，哪有那么多的一见钟情或者恨之入骨。只是那些身上的线，我们肉眼凡胎看不到罢了。只是我没想到，她会这么快就找到我。

她斜靠着树，正在大口嚼果子，一把一把的，往嘴里塞。不用看，是在吃花红。云南的山里很多，相思红豆一般大小颜色，苹果的微型样貌，又酸又甜，我们小时候都爱吃。见了我，一挥手，落一地的花红，她也不管，只顾着朝我挥手，牙露两排，很黑很黄。

她喊我的小名："毛毛。"

声音松散、自在，仿佛她就是一个富贵人家的小姐，在惯常的早上，睡了一个懒懒的觉起来，看到我在一旁已经等候多时了。

我不知该怎么回应她，我离听到别人喊我"毛毛"能瞪大了眼睛嘟着脸抬起头的日子，已经过去了三十多年了。我站着想了一会儿，然后像对待任何一个可能来找我的老家老熟人那样，邀请王凤到我的宿舍里坐会儿。

宿舍的门上贴着一句英文，"welcome"，是区作研所的同事们为了欢迎我给粘的，很有心。我来的当天，他们还在单位的公号发了一条推送《中央农科院下派高级科技干部来我区挂职工作》，并在文中写"我区对中央农科院选派优秀科技干部来我区挂职工作、为我区农业产业发展提供智力支持表示衷心感谢"，虽然是套话，心里还是颇为受用。但现在想到大蒋给我打的电话，再看看这刺目的红色英文字，不免觉得可笑。王凤伸手指点点贴纸："啥？"我告诉她，外国字，这就是"大草包"的意思，恶作剧，单位有人欺负我是新来的。

王凤指头一勾，唰，从左往右，撕去大半，只剩下"me"。

不等我指引，径直穿门进厨房，桌子挡路，也不绕开，拿肚子生顶一边去。我厨艺不佳，基本靠食堂外卖解决吃饭，因此厨房里空空荡荡，油盐也没配齐。王凤快速滑一圈，一无所获。王凤又叫我一声"毛毛"，伤感与同情是真的，只是从她嘴里说出，实在是难以自容。我拉开冰箱，取出新买的"嘉华"鲜花饼，一盒塞给了她。不客气，伸手拿过就吃，饼渣子一路过客厅、卫生间，落进卧室。王凤在床前定住，歪头看我，像小时候家里养的小狗，可惜脏太多，我跨步把她拉出来，锁上卧室门，"咔"。

继续转，仿佛是她的屋子。宿舍楼八六年建的，现在看显得有些局促。王凤辗转腾挪，逛出大观园味道。这边，这边，小心点。她在我前面引路，指给我看桌布、杯子，我小姑绣给我的十字绣挂钟，还有我刚买的花瓶，插着从斗南花市寄来的红丝绒玫瑰花。"这个，很撇①！草包才买。"王凤指着花瓶，扭头说我。我开始为我做出的决定后悔，我不该招惹她。

好在停电。老房子毛病。闪都不闪，噼啪一声，剩下灯丝微微发红。黑暗海绵把声音都吸走，安静得近乎有些尴尬。王凤的精神在黑里走得多了，黑反而让她如鱼得水，让她清醒。

吃剩下的半盒鲜花饼放回桌，王凤说："谢谢。"

我摸黑又给她倒了半杯凉白开，她没喝，摆摆手，放在地上。王凤说："哪个想得到我们这点竟然会有你这么会读书的人，我羡慕你，你克到了那么多那么远的地方，跟我讲讲嘛。"

---

① 云南方言，差劲、不好的意思。

我告诉她我去过一个叫雨追的地方，那里的雨总是追在人的屁股后面，所以叫这么个名字。我那天走在路上，身后一半天空一下子就变浓浓墨水，降下令人心慌的大雨，脸前面却依然是一片柔和的景象，云暖暖的，树林子也很清亮。我害怕淋湿，赶紧往屋头跑，黑云也甩着胳膊，在后面大踏步地追。等我满头大汗时，雨停息了，我右脚踩在干爽坚实的路上，左脚则没在潮湿柔软的泥巴里。雨追就是那样，经常大雨只落下一半。

　　王凤若有所思地点点头，说："我们这点也是这样子的。"

　　我心里抽痛一下，跟她说："其实哪里都跟我们这里是一样的，小时候我们老师不也说吗，地球就是个村，不管是村东还是村西，不都是些一样的老倌老婆娘。"

　　王凤被我逗笑，又露两排牙，黑暗里倒显出白来。

　　王凤又问："你现在个还骑油摩托？哪哈带带我嘛。"

　　我说，不骑了，现在不敢骑了，在北京通勤，偶尔骑下电瓶车。上一次骑还是刚高考完的那阵儿，骑的是我小舅那辆红色的豪爵，坡子很大，我刹车捏很紧，不敢松手。后来在山弯弯处冲进一团雾，很浓，白茫茫浩荡无垠，奇怪的是里面竟然有很多的鸟叫声，就好像那雾就是从鸟嘴里滴出来的鸟鸣，又密又繁，凝结成一团。我在里面转了很久才出来，出来以后就不太敢骑油摩托了。我觉得，我的几瓣魂儿可能还留在那团雾里，当然也有可能早在那个时候我就死去了，现在就是个魂儿在你面前讲话。

故事是真的，结尾我故意想逗王凤。

王凤却说："我也是。"

如此滔滔几番话。王凤准备要走。天这么晚了，就在我这儿休息吧！客套话顺口想溜出嘴，我咬舌头尖止住。我其实想问她，现在住在哪里？有人照顾她吗？有没有在做什么活儿？但我都没有问，知道她现在过得不好的恐惧超过了那些不咸不淡不痛不痒的关心与好奇心。

临出门前，王凤回头说："我知道你不会忘了我们小时候的事。"

我浑身打了个冷战。

电仍没恢复，还是黑。我不知该做什么，该想什么，好几下忘了往肺里吸气，憋得头晕。王凤走了，但屋里还滞留着她的气味，说是流浪汉身上的那种臭，也不完全。空气本来稀薄，淡淡地轻，现在变得滞重浓厚。鲜花饼盒子上、她握过的水杯上、沙发、地板、掉落在缝里的饼渣，也都残留着食物的酸腐味、水管的铁锈味、年久失修的墙皮味，还有瓦砾、奶粉盒子、草果花、河边的苔藓、落过雨的树林、温泉硫磺热气腾腾、山顶上的风把人能前后吹透……

我于是知道王凤过得辛苦，但未必不自在。

而我继续跟菌子演戏，每日问候，菌子扭头，我也扭头就走。

到了第四十天，菌丝懒懒爬，长了才不到四分之一袋壁。按照正常理论进度，至多六十日就该布满全袋，移植进土。

我只能试试风。

云南没几家用空调，像作物研究所这样偏僻幽凉的地方，连风扇也是没有几台的。申购器材烦琐，我把宿舍里自己的电风扇抬到培养室，又去老街子收废旧电器的三轮车上买了一台旧电扇，一台冲里吹，一台冲外，两侧固定上弧形挡板，让风能流起来。旧电扇不知道是几手的，叶片转起来嘎嘎响，像老鸭子叫，老板按都按不住，野性十足。这倒是正中我的心意，风扇一叫，更像外面真正的树林子了。

然后就该是收集山里的味道。每到日暮无事，我就自己步行到环城的山中，挑拣采集气味浓郁的山花、松果、树脂一类。山苍树森，幽静蓊郁，常能遇见年岁悠久的古树，合抱宽，苍绿点点，皆入云际。云南缺水，山间不似文人画，往往流有清冽山溪，环佩叮当。但竹是不逊色的。山起伏陡峭，很应那句"上山容易下山难"，往上攀爬只是费力，汗流浃背，往下却是腿脚发软，几难成行。但一株株野山竹跟随山峭衍，上下蒙密延袤，决眦也望之不尽。古人讲，山水以相遇而胜，相敌而奇。我想，这其中还是一个有参差的道理。这边的山也是这样，不全是浓荫翳然，走着走着，往往就遇到一片开阔平衍的空地，草木很薄，但因此山风广阔，可以吹散一身热汗，耳目清明。

走得累了，我就择一净处，藉草而坐。因为四下无人，也不用再顾着文明礼仪一类，鞋子一脱，就把脚埋在草间，拨弄得脚底酥痒，很是自在。常常不知不觉间，月色就已染上衣服，树影交砌，茂密处阴阴昏昏，不知道里面藏着什么。很多人说有"巨物恐惧症"，这个山野间的沉浸，我觉得也是一个巨大物。我怕自己沉下去就再也出不来了，连忙起身，循着人声光亮处离去。

如此耽溺，收集进度就颇为缓慢，又花去一周有余，我才把装满山林气味的纱布袋子挂到培养室里。

不等我歇息，王凤又来找我了。

不是在寂寞的室外试验田，也不是在我宿舍楼下，王凤直直地站在我的单位门口，虽然已经过了下班高峰，还是有不少同事翩跹而出，频频回望。她身上浓烈的气味像一把钝刀递进来，一下下拍在我的后脑勺上。

王凤是半个疯子，但不是傻子，她知道这样做的威胁性。每一道目光都在铸造她的后盾，他们不认识她，最多也就是对她的疯癫有所耳闻，但他们认识我，王凤走后，这些目光就会变成一根根木柴，把我架在火上烤，像烤一只毫无反抗之力的鸡。

我顶着冲天的火光，拼命克制住步子，踱到大门口。

"王凤，你找我？我们路上聊。"我故作轻松地说。

王凤一路上都相当安静，安静得就像一个正常人。下了班，步行回家，疲劳、乏味、一言不发。

我把她带到了室外试验田，王凤伸出黑指头，指着田里的花，花，可丑。我点点头，不是我种的，是同事种的红花，前茬作物是芋头，现在种红花正好。王凤冲我笑，你的呢？我抬下巴指了指培养室，我种水果，热带的，芒果、牛肚子果、佛手，都甜。王凤的口水流出来，晶晶亮，她把草帽摘下来擦嘴，擦完用手搓她的哑铃铛，泥垢掉落，如黑雪纷纷。王凤说，你怕是忘了我吧？我摇摇头，没忘，小时候我们一起玩。王凤说，好嘛，那你给我八十万，我让你当土司。

我没说话。于是王凤伸个懒腰，往田里走去，脚下滑，差点摔倒，腰一挺又立住了。骂一声，冒挨我鬼扯十扯呢！那些红花，真不知道这是一个什么人，吓得花瓣夅起，面色橘红，不等王凤上手，已然蔫了十有七分。扯花不用手，王凤鞋子甩脱，拿脚趾一夹一朵，大拇指和二指做的肉剪刀。我伸手想拦，王凤朝我比个"嘘"，脚下动作更快，枝茎划出细血口子。花落一地，王凤开口："毛毛，绣花地毯，你来盖。"

晚上下了一阵雨。云南山多，雨一般都夜里下。第二天种红花的同事在办公室破口大骂破坏他花田的人，声音很大，词用得也脏，我说，淡定点，怕是风雨打的。他说，雨是你爹找的，不打烂你种的，光来搞老子。我说，我搞的是菌子，还在培养室里。他伸手想打我，被人拉住，我说，你打我也没用，不是我弄的。他呆了一会儿，念着，我认得了，我认得了，转头就离开了办公室。晚上听人说，他用烧艾草的火钳把领导头给打破了，说领导怕他，怕他的"滇红花"抢了风头。我想给王凤打电话，她得感谢我，如果不是我，那火钳就会打到她的头上了。掏出手机后，我想起王凤没有手机，有我也不知道号码，我只好给大蒋打了个。大蒋很快接了，问我在哪儿呢，我说，在单位。大蒋问，啥时候能回来？我说，回不去了。大蒋又问，咋？遇到事儿了？我一向没什么朋友，大蒋这么一问，弄得我鼻子一酸，几近落泪。我本想告诉他我被个疯子给勒索了，最后还是咽了回去。大蒋说，怕啥？有啥事我帮你，哥哥我种了这么多年西瓜也种明白了，越怂的瓜心越甜，越挨刀劈。我在电话这边摇摇头，大蒋帮不了我什么，其实谁也帮不了我。

我照例逢场作戏，照顾菌子。"风培法"颇为见效，第五十天时，米粒大小的钉状瘤点布满了菌袋，菌丝已经长满了。我脱去菌袋筒膜，把菌棒移植到大棚。畦床已经挖好，菌子喜酸，我又在土壤里洒了足量的硫菌灵消毒，菌棒表面盖上十厘米厚的菜园土，太阳暴晒过，发出暖暖的香气。

其间王凤又来找我两次，还是一件事，八十万。她走后，身上那股浓郁的混合味道还依然填满了我周围的空气。

八十万？王凤要这些钱做什么呢？不过她要做什么都与我无关。我蹲在畦床旁，折了根枝在地上划拉。银行定期连利息：三十一万三千五百；华夏财富买的基金：八万七千六百九十一块八毛九，日涨跌幅 -0.52%，累计收益率 -20.11%，没用的基金经理；微信零钱：七千八百七十六；支付宝余利宝：四万零两百三十；如果再借点钱呢？我没有什么朋友，大蒋也许最多能借我一两万。还有公积金，也能取点出来。但还是不够，这些已经是我的全部。

领导找我谈话，脑门上的伤口已经结疤，像爬条毛虫。"最近在我们这点个还适应？"

"都挺好的。"

"有哪样困难要和我们及时讲，能解决呢我们都会挨你尽量解决的。"

"好的，我会的。"

"你认得，我们这点不像你们大城市，有哪样事传得快得很，还是要注意。不然，我怎么挨你的原单位汇报呢？你说个是？"

我点点头。

我离开领导的单人办公室，又进了一趟山。

季节不太对，但凭借小时候天分的残留，还是找到了几朵菌子，白白的伞帽，细长的柄，看上去无助又伤感。

我把它们也移植到了大棚里。

我恨我的菌子，我的菌子也恨我。

土里长了半个月，几欲破土而出。云南的太阳把我的额头晒破皮，那些菌子啊，就心安理得地躺着。有时候睁眼望望我，又闭上继续睡。我用铲子吓它们，也不搭理，懒懒打一个呵欠。有一次我说："你看你这样子，又细又软，像个猥琐的逃犯。"菌子就生气，第二天再去看，气倒一片。

我做好了准备，等王凤来找我，等了一个星期，她也没来。

倒是北京那边给我来了个电话，接起来，是男秘书，我有些诧异。男秘书说，回来吧，喀喀，所里现在缺人，喀喀喀。我问他，你病了？男秘书说，蒋仲一给我砍的，西瓜刀，喀喀喀，直接就往我肚子上来。我愣了一下，问他，那大蒋呢？他说，抓了啊，不然呢？我肝都摘除了，现在可是法治社会。我说，我不回去了，我在这边挺自在的。男秘书说，你回来吧，我也要走了，回东北老家种人参去。我知道你们讨厌我，大蒋也讨厌我，我从小就不受人待见，习惯了。我不怪大蒋。有些事你们不明白，但我也不挣扎了，想明白了，等你有空来东北找我玩，我带你玩雪。

挂了电话，我点外卖叫了一份饺子。不好吃，猪肉萝卜馅的，萝卜硬得硌牙。我其实想告诉男秘书，我奶奶也是东北人。我从小就在一旁看我奶奶包饺子。自己发的面，自己擀的面皮，面粉窸窸窣窣落下，我把耳朵靠近一听，全是小兴安岭下雪的声音。所以他告诉我他是东北人，我就想起了我奶奶，想起来奶奶，我就不讨厌他了，甚至对他有些亲切。

菌子这两天长得飞快，许多蛞蝓都冒出来，咬食菇体。我一个人精力有限，捕捉蛞蝓力不从心，如果再啃几天，那我的菌子都要被吃完了。我走上街去找王凤，到处问，有没有见过王凤？大家都不知道王凤是谁。看来认识她的人都走了或者老死掉了，很多老店子都是这样失去了它的顾客，直至倒闭。直到有人说，是那女疯子吗？才有人给我指了路。

我特意挑了一个黄昏去找她，人们都说，黄昏的时候人会觉得孤独，会觉得被广袤无垠的宇宙和浩大的命运给抛弃了。我想让王凤觉得不孤独。

王凤在养殖场里扫猪粪，养殖场面积大，围栏多，她犯起病来也不怕，看来这就是她这几年养活自己的方式。我等王凤做完活，拉过她的手说："走，我请你吃好吃的。"王凤灰暗的眼睛闪了闪，顺从安静地被我拉着。走了一会儿，又撒开，反握住我的手，她说："我是姐姐，我是你老大，我得拉着你。"

快到户外试验田，我停下来，告诉她，那大棚里有鸡枞，特别鲜，你要吃就吃角落那几朵最白的。我在外面把风，免得有人来了，我们被发现。

王凤走进大棚，我站在外面看着，等着。

"菌子，"我在心里大声地呼喊，"菌子！菌子！"

我不知道我到底要我的菌子做什么，但是我知道它们能听到我，它们能挺身而出，像第一次，像每一次。它们，我的菌子，永远都站在我的身边。

突然，我听到了一阵铃铛响。是王凤的帽子吗？她倒在地上了？但她帽檐下挂的都是哑铃铛。这个铃铛，更具体地说，是像那种会挂在寺庙屋檐下的惊鸟铃，风吹铃响，惊走飞鸟，花草因此得到庇护。铃音清脆，叮当作响，一刹那间整个时间猛然向后冲去。

我确实听到过这个铃声。那时候我十二岁，王凤十四。她说带我去看她家的西山土司府。西山左边是王家山，山底有个白龙潭，夏灌溉，冬蓄水，还有热闹的蝴蝶。右边是燕云山，尽是灰白石头，苍凉冷清。三山相连，左厚右窄，恰似一根鸡枞菌。王凤带我沿着湿滑的巷道爬到村后，指着坍塌的院墙和破败不堪的木头房子说，你望嘛，这就是我家，西山王氏土司府。我看着这片废墟觉得很伤感，虽然我也不知道在伤感什么。我们看了一会儿就走了，走了两步我就听到了一阵风铃声，我回头去找没找到，只看到一块长满苔藓的石碑。

回去的路上我捡了几朵小白菌，我和菌子是多么地心有灵犀啊，我们的默契传遍了所有人的耳朵，包括王凤。我把所有的菌子都给了她，因为我知道我等会儿还能捡到更多。我们分别后，我继续在山里走，缓慢、悠闲，果然又捡到几朵鲜嫩的小白菌，但是更小，更纤细。我突然反应过来，刚才那几朵不是小白菌，而是白毒伞。

现在，它们正和我的菌子们站在一起，等待着被王凤摘下。

铃铛又响。我想起我那天其实返回去看过那块石碑，上面是残破不全的家谱。最上面写：邋，字子升，康熙十九年领兵投诚授总兵协同大师平滇……然后是：吉桂，字天香，子升次子，承袭州判任事二十五年，封徽侍郎，配段氏，封孺人绩……最角落里，有：凤，长女，字瑞初。

王凤还有一个好听的字叫瑞初，我应该是世界上最后一个知道的人了。连王凤自己，应该也不知道了。

我一头扎进大棚，看见王凤摘下了草帽，有几株白毒伞，整整齐齐地放在里面。王凤冲我笑，嘴角吊着菌子小小细细的尾巴，你看看你憨不鲁除呢，莫着急嘛，你还怕我不分给你吃噶？

我抓起帽里的白毒伞就往嘴里塞，很涩，但也有点回甜。

王凤在我旁边大笑，板扎板扎，我真呢要让你当土司。

王凤拉起我的手，我跟着她往前走，我们还是沿着当年那条湿滑狭窄的巷道往前。但没走几步，眼前豁然开朗。西山土司府背靠着蝴蝶飞舞的白龙潭，分五个层级步步登高而上。一道大龙门，由西转向北开，横梁上雕着各式云纹，飘飘乎如青空浮动。大门两边竖两米高大石鼓，一侧立牌，写"西山土司衙府"。我们迈过将军门石槛，依次又过北照壁、南照壁、西照壁，有柏树立于壁内，枝叶亭亭。大堂中间是审案台，两边是簇簇的明牢房。王凤说，这里太闷，太阴森，我们克亭子头玩。亭子八角，挂着副对联"竹色不随寒暑变，花枝常伴笑谈中"。旁边还有个石洞，奇石嶙峋，洞内有睡佛，不动声色，神色安闲。王凤说，要是睡不着，就在这点拜一拜，灵得很。我就跪下去，磕了个头。

等我抬头，看见王凤在哭，我问她，哭哪样？她说她要八十万。我问她，你要八十万整哪样？她说，还差八十万就能重修她的家，她在新闻上听到的，东山土司府也是这么修好的。我环抱住她的肩膀，莫哭莫哭，我挨你整钱，我在北京混了这么久了，我有钱。王凤说，你怕是在吹牛。我说，我没吹牛，我这个人不吹牛。王凤说，其实我认得你为哪样要给我钱，但我那天吃完菌子吐了拉了一天就好了。我说，你不是因为菌子才发疯的吗？王凤说，我从来也没疯啊，我哪一句话是讲假？

我肚子里憋了一百年一万年的东西好像一下子就碎了，像恒星衰老到了尽头，所有的粉尘、光线都不断朝着一个点塌陷、收缩，最终变成我心里一个小小黑黑的洞。

我拉起王凤开始飞跑，没跑两下，我们就摔倒了。软软的，一点也不疼。我往周围一看，是菌子。我们俩倒在了菌子上。我的菌子全部长了出来，不要命地长、发了狠地长，长到棚子上，把顶给压破了，漏进来凉凉的月光。沿着我挖的畦床无限地长，像拉拉面一样，一直延伸到了山的脚下面，把山都穿透。蛞蝓发出鸟一样的叫声，叮叮响，在啄食菌子。我也懒得捉了，这么一大片菌子，任你咬去吧啃去吧。我和王凤分别朝着两边望，望了好大一会儿，那菌子的尽头还是看不见。

王凤问我，这些是哪样啊？我说，这些都是我的菌子。王凤说，怕不是吧，菌子咋个长得像银河一样又宽又长，一片天都装不下。我说，那这就是我们两个的银河。王凤咯咯地大笑起来，喊我站起来："走！走！我们走得银河上面，想克哪点克哪点。"我跟着她笑："我挨你讲，我爱我的菌子，我的菌子也爱我。你、我、菌子，我们三个都疯喽，我们三个是癫人！"

笑得累了，我仰面躺倒，天色苍苍，月亮是一匹白马。

野刺梨

雨，疯马似的，闷着头往下冲。也不怕迷路，尽往那叶子缝里、鞋舌头里、人后脖颈里钻。

烦，真烦，直播到一半，网又断了，留半张模糊的脸扯在屏幕上。从窗里伸头一望，原来雨水把墙都泡白了，绕前几棵清香木，香气被雨水压得扁扁的。

平日也总是这样的，那网络跟老鼠似的，诡踪不定。想牵根线拴住，那不行，密密的林子把路割得断断续续，别说拉线，连人想顺顺坦坦走也难呢。当然也不至于隔绝，每家每户都发一只"黑猫"，三根胡须直直地朝天竖着。忌慢，动不动就不干活，只得不停地断电、重启，次数多了，插口磨得铮亮，倒还有几分精神。

眯眼看一眼，离下播还有整一小时，还不能走，不然又得少得几个"火箭"。再说，不为着打赏，这下播也不是你想下就能下的。每天四小时，只多不少。做主播，最重要就是一个态度。让观众养成了习惯，你一日不在，生活就缺了一块似的，这就培养出你的"死忠粉"了。就跟谈恋爱似的，哪那么多一见钟情？不过都是日久生情，习惯了罢了。

按着老法子，断电、重启，指示灯忽闪忽闪地抖着。果然，还是不行。伸手摸摸，机器热热发着烫，这便是已经尽力了。远方有雷声，把空气撕开又闭合，闷闷地响。再等下去，也无用了。闭着眼在地上转两圈，还是得给人观众个交代。拿梯子，胳肢窝里夹一把雨伞，手机稳稳当当地揣衣服兜里，三两步上了房顶。雨直往身上砸，撑开伞，护住手机，把无线网络连接切换成流量。左上角，小圈不停地转，先跳出来个"4G"，旋即又跳成个"3G"，心里催一声快，手往脸上胡乱抹两把，擦掉雨水。

人脸还是在屏幕上拉扯着，直播间弹幕消息飞快地滚过。

来不及看清，在聊天框里连忙打一串字："抱歉各位亲人，今天突然有事，明天加播两小时~"

一切都轻车熟路。

淌水似的，直播间观众人数迅速地清空了。不知怎的，心里一下清爽了不少，像糊着的一层油，也在这雨水中被洗净了。抬头望望，起伏的林子凉凉绿绿，雨水轻盈地占领了一切。

阿黎会唱歌，这不算什么。在这云南的地界上，哪座山没一个清亮的嗓子呢?

但阿黎又不一样，从大山旮旯里唱，唱出来的却是缠绵旖旎的粤语歌。"提琴独奏独奏着，明月半倚深秋。我的牵挂，我的渴望，直至以后。仍然倚在失眠夜，望天边星宿，仍然听见小提琴，如泣似诉在挑逗……"

直播间里路过的，刚想划走，一看介绍："云南姑娘，大山里的女孩儿。无声卡，原声演唱。"滤镜一下子加了几层，随手点个爱心。来回几次，也就有了常客。再往后就可以点歌，鲜花一毛钱，蓝色妖姬九块钱，小金人十二块钱，比着刷礼物，价高者得心仪歌曲一首。

再往后，再往后阿黎也不知道。是听说有人可以赚更多，只要满足榜一大哥的心愿。但那岂不是变了味？把这平台当什么了。是，不少人提起女主播，脸上就露出意味深长的笑。阿黎知道的，耳朵没听见，心尖上已经碰到了。就像叶子堆底游过一条蛇，冰冷滑腻。但阿黎很快就告诉自己，不是这样的。自己是正经读过书的，平台就是一个学校里的大礼堂。进来的观众花钱买门票，仅此而已，天经地义。自己和她们不一样。

既是这样，那自己显得有些奇怪也是自然且必须的了。比如黑草帽子，圆圆整整，总戴在头上。钱不值，集市上五元一个，随便挑。爱惜得却好，从不用作其他，比如装点随手摘的沙窝窝果啦，汗淌得紧就摘下来擦一擦脸啦，它的同伴一般都是这样，渐渐身形走了样。大热天，腾腾的水汽从地面往上冒，还穿新皮鞋走路，路上碰到赶街人，会招呼一句："今天阿黎还去唱歌呢？"

新皮鞋，碰着土里钻出来的石头就踢踏响，一路踢到了街子上。

今天本不打算来的，阿黎的惯例是这样：周一到周五，帮着拾掇完地里的活就直播，周六上街子上做表演，至于周天，地需要休息，人也需要休息，就在家闲闲地躺了。

今天是周天，正逢着出菌子的时节，买的人多，卖的人更多。乌乌泱泱，浑浊的人味儿熏鼻子。本不该来的，但有啥法？前天母亲的男朋友"长杆子"又撞上门来，远远就望见，左摇右晃，喝得烂醉，又细又长的身子要从中断掉似的。母亲也不乐意，隔门喝道："你也算是个人？天天来闹。"

却闹得更凶，站门口吆喝，说阿黎和她妈拿了他的钱，又说靠女儿卖唱赚了钱便抛弃老情人之类。

说得难听，阿黎执起火钳，从房里抢出来，又开大门，正好迎着。长杆子望见，怪叫一声，迈大步跳脱开。母亲见势头不好，慌忙拉住，将二人都拽进屋里去，又把大门插上。

屁股往木凳子上一压，这就安下身了，任你诅咒骂娘，浑然不动，只一句：还钱来。具体多少钱，不说，什么时候借的，不记得，反正就是你们娘儿俩用过我的钱，就得还来。母亲供佛似的，备下热茶热饭，请起来，掸干净破衣烂鞋。吃了茶饭，扯过母亲手里的几张票子，裹成圈塞裤兜里，紧紧地走了。

但要上街唱歌，也来，不问要钱。天擦亮就站屋门口等着，牵头老毛驴，一边一个大竹筐。人一个，驴一个，在清晨露水里抖。放进门扒两口饭，兀自把东西往竹筐里搬。音箱二，麦克风二，麦克风架一，塑料小板凳三，连着几瓶水缠着七七八八的电线，毛驴背又塌下去点。盘坡转径，绕山路，行百八步，停下来喘，拍拍腿肚子，继续提腿走。

街子上挤得很，大背篓小背篓靠在一起，有谁买的折耳根被挤得掉地上，转眼就踩得稀碎，散开一股子鱼腥味。卖鸡枞花的、卖奶浆菌的，还有卖"马皮泡"的，全都靠路边一条摆过去。左边人挤过来，往右躲，踩烂人朵菌子，被骂一句："瞎眼啦？"右边伸出个板板车，满满当当地置着些小孩儿玩具，往左让让，踩掉人鞋底，又被骂一句："急着死呢？"

但没事，人越多，摆摊子的人就越高兴。挨到一空地，赶忙齐齐地散开设备。音箱是拉杆的，大容量电瓶，100 磁高音喇叭。麦克风也不含糊，U 段信号，连接稳定，不串音。长杆子撑起身子，把占领的空地外扩一圈。母亲一手扶麦克风支架，一手扶手机，正摄着阿黎的上半身子。电打开，刺刺啦啦活润几秒，打开嗓子就亮起来。

"拦路雨偏似雪花 / 饮泣的你冻吗 /

这风褛我给你磨到有襟花 /

连调了职也不怕／怎么始终牵挂／

苦心选中今天想车你回家／

原谅我不再送花／伤口应要结疤……"

歌声凉悠悠，一下人就围拢过来，直播也开着，弹幕呼呼刷，真热乎。

歌声颤动着，像小石头不停地投进水中，又结实，又清晰。

约唱了四五首，打赏数渐渐多了起来，人群之中，露出几个黑脑袋，在蓝色玫红色包头巾里十分扎眼。迎面就是一句："唱支《好吃不过矿泉水》来听听！"

阿黎嘴唇打皱，想骂人，却发不出声来。一黑脑袋接着说："这歌都不会唱，还吃什么伙食，你不会我来教你！"一面从裤兜里掏出自己的手机，一面鬼喊起来：

"好吃不过矿泉水／啊溜溜！

好亲不过姑娘嘴／啊溜溜！

轻轻摸着就淌水／啊溜溜……"

接着又喊："妹子莫害羞！跟我学一遍就会。"

哄笑声好大，几个黑脑袋笑得直点地，蓝包头巾、粉包头巾，还有几个花白脑袋也在里面笑。

"唱得好给你钱哩！"

好像一块大石头砸进缸里，手机直播间一起炸起来，热气球玫瑰花直升机，扑扑通通在屏幕上跳，弹幕不停地滚动："唱！唱！唱！"

何时这么热闹过？长杆子乐得直拍手了。抬头迎上目光，眯眯眼正盯着她，色得流水。转身想走，又被什么绊住脚了，一用力，咚的一声跌在地上，原是麦克风的线，正把脚缠得紧。阿黎喜欢粤语歌，那些短促的入声发音散发着香甜的气息，即使是酸涩的苦情歌，里子还是松松软软的。她唱着歌，就会觉得自己的生活不那么坚硬了。但现在那份坚硬还是打到头上来，让她明白那种松软丰腴的东西始终是远处的生活。

侧头看看，街边篮子里的鸡枞花，也真个大，抬头望望，天空好大一片蓝。这天也真怪，那预备作雨的云，竟一朵也不给留着。

阿黎自觉一个月没唱歌了，但实际的时间，也只过去几日而已。那天晴过后便总是雨，把叶子养肥了，泥土灌饱了，连时间也像干木耳似的泡发了几倍，一小时可当十小时用。也许，本来这山上的时间就是另一套规矩，要不怎么经常有人进山了就不回来？或许只是在山林子里捡了几朵菌子，又不小心被刺梨粘住了脚，但外面的人已等不及了。

有时也想唱，但将要开口，白花花的颜色就在眼前翻。

母亲虽也问，慢慢挨床边来，说要叫人去把那几个起哄的抽一顿，又说粉丝很热情，账号里又添了不少礼物云云。阿黎也轻应着，不过声音没什么精神，怎精神得起来呢？每天把麦克风架好，到了晚上还是呆呆地立着。母亲便想同她笑："是不是把心勾痒痒了，不想唱歌，想嫁人了？"

"嫁人有什么好，我一辈子不想嫁人。"

"不嫁人你不怕吗？"

"怕什么呢？"

"孤零零一个人，打雷下雨都自己在屋里挨着。"

"打雷就看雷，下雨就等着山里出蘑菇。"

"有人欺负怎么办呢？"

"没人欺负，你不也从外面找个男人回来欺负自己么？"

母亲无言以对了。闷闷地缩在凳子上用手指绞衣服。

等母亲不在身边看着，阿黎就拿起手机看留言。有起哄互骂的，手一划就略过，有说支持加油的，就点个红心。然而有个留言很郑重似的，说："阿黎的歌声还是和以前一样美，和莫奈的《睡莲》一样美，可惜了。"

可惜了？

仔细看那人的头像和昵称，竟然是自己的大学同学肖羽。还是用的她学生时代最喜欢的画家怀思的画做头像，《克里斯蒂娜的世界》，那个女孩还是匍匐在草地上，绝望地望向远方的家。然而肖羽，此时应该早已去到了她向往的大洋彼岸，早晨起来就冲一个澡，然后坐在高脚椅上优哉游哉地吃巧克力松饼。之后如果心情好，就会自己开车去上班，路上遇到晨跑的白人邻居，就摇下车窗说："Hey! What's up!"久而久之，就会改变外国人对中国人性格内向、不喜欢社交的印象……

这些当然都是肖羽告诉阿黎的，在两人同样困窘的学生时代，肖羽经常和阿黎一起趴在桌子上，一边聊天，一边分吃一包故意碾得稀碎、让调料得以均匀涂抹的"小浣熊"干脆面。直到毕业那天，阿黎才明白人与人之间的困窘也是等级分明的。与肖羽关系僵硬的父母，经常以不给生活费来威胁肖羽回家相亲的父母，还是在肖羽的激烈抗争下，支付了她远行的航费。而自己，依旧只能回到家乡，否则连一块睡觉的床板都负担不起。阿黎知道，这种等级分明将随着时间的推移愈加明显，但她谁也不怪，只是顺从地跟随着生活。如果实在要说有什么愿望，就是不要让肖羽知道现在的自己。

但这个愿望还是破灭了，肖羽也许是误打误撞，也许是神奇的无孔不入的大数据推荐，把阿黎再次推到了肖羽面前，而肖羽，满脸痛心地说"可惜了"。

阿黎想多说点什么，又忍住了，最后回两个字，"谢谢"。

顺着摸，把扣子一颗颗扣好，捋把头发，凑到镜子前。正是雨季，好多人忍不了湿，满脸冒疱，自己的脸却愈加光泽，白瓷一样，泛着柔柔的光，也许因为自己本来就是水生植物，比如，肖羽所说的，睡莲？好笑好笑，竟想这种事，就算自己是植物，也就是个山里的野刺梨，遍地随便长，谁都不稀罕搭理你，得自己日夜吸土里的水，晒天上火辣辣的太阳，才能奔条出路。

不等照完，母亲前脚垫后脚地过来了。也许嫌热，上身只松松套一件汗衫，下垂的乳房往外透着。这情景原是见惯了的，只母女俩住着，无所谓害羞，也无所谓面子了。然而今天却似乎是更皱得厉害，脸上、臂膀、肚皮，皮肤都起皱，像渴死的山茶花，这倒与母亲的一生相称。阿黎薄薄地又为母亲感到几分悲哀了，等母亲照完，端条凳子放门口，俩人一起闲闲地吹风。

刚刚清凉了身子，手机响起提示音，有人回复留言。

在"谢谢"的下面又跟了几排字："不客气：），你真的很棒啊！原来在学校每次听你唱歌，都觉得你不当明星真是可惜了。其他同学私下里也都夸你来着。"

私下里。阿黎心里突然一阵紧锁。私下里，其他同学都怎么看待自己的呢？一个凭借努力读书考出大山的励志榜样？太辛苦了，太辛苦的东西听着都让人眉毛打皱。一个读完书无法在大城市立足而灰溜溜回老家的失败者？太残酷了，残酷到让人觉得世界是一整块如此坚固如此绝望的巨石。唱歌挺好的。一个唱歌有天赋的大山女孩，不需要专业的学习和昂贵的设备就可以打动人心，上帝显得没有那么不公。

"对了，你一般都什么时候直播？我让咱班同学都来支持你啊。"

来看自己的直播？台下的观众变多当然更好，但想到其中很多熟悉的面孔，他们还会给自己应援，把亮闪闪的礼物往台上撒，喊着：阿黎我爱你！而自己就要热情洋溢满眼感激地回应：谢谢各位大哥大姐！阿黎不愿意。

打七八排字，描述自己那天是如何在街子上受了流氓戏弄，又是如何没有心思唱歌之类，临发送又觉着矫情，全删掉，回一句："这几天比较忙。"在话题继续牵扯自己的生活之前，阿黎先发制人："你呢？在国外的生活怎么样？"

随即又马上收到了回复，是守在手机前等待着吗？又或者这个话题让肖羽充满了表达的渴望。"嗨，早就回国了，现在在北京人艺，帮着写写剧本，偶尔也上台过过瘾，瞎混呗！你知道的，我就是喜欢这些东西。"

阿黎当然知道的，肖羽上学时就经常参加学校的戏剧社，整天嚷嚷着打碎第四堵墙。阿黎不懂戏剧，但剧社里的人让阿黎觉得放松。说白了，谁都对世界不服。那时候，阿黎也不服的。

现在这个时节，做戏剧的话，也许不太稳定乐观吧。这样的猜测竟让阿黎感到些微喜悦，随即又被对自己的鄙夷压下去。"那你一定很辛苦吧，听说北京压力很大的。"

那边回："一般一般，世界第三。反正猫肥体润，饿不死。大城市很宽容的，咋样都是活着，没那么多人管你。像我这样的怪人，要是回我老家，还不得被唾沫星子淹死。"

肖羽那种玩世不恭又自信满满的笑又浮现在记忆里，阿黎突然感觉对自己的鄙夷又多了一些。

话题最终还是来到了阿黎身上。对面发来一条私聊消息："阿黎，你最近有空吗？人艺有一个新话剧，本子是我主笔的，你有空的话，我请你来看看。我们也好多年没见了，现在我每次去后海都还想起我们当年一起骑单车轧马路的时光呢。"

不是不想去，也不是一点也不想念旧日好友，但嘴巴不听脑子指挥，谎话一下子就流出来："抱歉啊羽羽，过几天我要去演出，估计没时间去找你玩了。"

对面似乎一下子兴奋起来："你要去哪里演出啊？我去支持你！"

阿黎从没发现自己的脑子如此灵光，几秒钟的时间无数种说辞可能带来的后果已经在脑海中一一预演，最终阿黎谨慎地选择了这一种："是跟着省里的艺术团出国演出，没什么自由活动时间，羽羽你就别麻烦了，办签证啥的也麻烦。而且马上就要出发，时间也来不及吧？"

对面安静了一会儿。"期待，期待，我就说我们阿黎是金子总会发光的，你一定要继续唱下去，有一天大家肯定能在卡内基音乐厅听到你的歌声。"

阿黎想问，卡内基在哪？还是忍住了。

对面接一句："听说还常有大音乐家会坐在下面呢，他们能真正欣赏你。"

力气仿佛一下子回到身子里，就好像袜子上本来穿出了几个破洞，走一步路，嫌一步丢人。被几针上下一补，又兜得住拿得出手了。能让别人相信的谎言，也能让自己相信。

起身转进门，长板凳一翘，母亲差点屁股摔下来，问："搞哪样？"阿黎说："唱歌去。"母亲高兴极了，帮着架麦架，清背景，忙活开来。"黑猫"闪两下，网络弱得很，打开直播软件，声音有，人却没有。母亲急得叹气，阿黎也不恼。

高处就会有信号，有什么好着急的？

屋顶上一览无余，会晒得人掉皮，阿黎往林子跑。母亲在后面喊："热得很！"哪里会热，到树上去，凉快着呢！

上大树危险，每棵树都有自己的品性和相貌，有的树干裂纹比阿奶脸上的皱纹还深，有的大片大片裸着树皮，再有的，就更丑一些，凹进去几大块，像被几十头野猪顶过。爬不同的树，就得有不同的法子，永远要观察再观察，小心再小心。树下冒蘑菇，树根泥土凸起个土包包，这就千万不能上。尤其是盘根错节的大林子，看着硬邦邦，一受力就倒，摔死人。有科学家，文学家，教育学家，但还没有爬树学家。在深深密密的丛林前，谁都是脆果子，刚新新地生出来，对身边的一切都不了解，不小心就得把自己砸破。

但阿黎是生在树上的野猴子，从小手脚还没伸长，就往那高高的树枝上蹿。不光爬，还在树枝间跑起来。小小的身子慢慢往树枝尖尖上移，随着晃动上下左右地摆，等大树稳下来，腾地一跳，去哪里了？一顿找，阿黎又在另一棵大树上冒出头来了，大人急得要死，拿梯子绑绳子要把她捆下来，上去近了一听，阿黎躺在那儿唱歌呢。

阿黎现在是大人了，哪根树枝还能禁得住这么蹦。但也无妨，顺着树干往那高地方蹿。网络信号果然好多了，时不时还能有个"4G"，阿黎把手机摄像头对着天，自己倚在旁边唱自己的歌。风凉凉的，吹来树胶的香味，吹来被虫吃烂的叶子的涩味，时不时，还会有淡淡的臊味，那就是有野动物走过了。天上有许多云，低低地压着树顶，要是真像电视上放的，神仙都住在云上，那现在自己离神仙多近呢，要是伸手，说不定还能拽下个老神仙来。歌盘着山路绕，夹着些野鸟的叫声、虫子的啜啜声、大树沉沉的呼吸声，渐渐地，分不清哪是阿黎唱的，哪是树林的声音了。

过了饭点，长杆子又来。桌上碗筷，都不及收，剩几块炸得金黄的洋芋，三五只小黄鱼，半碟辣椒面，这待会儿便都会进长杆子肚里了。好在长杆子每次觍着脸来蹭饭，都有意无意避开正点，等阿黎母女都快吃完才来，也得多亏他，家里从不曾有剩饭菜，顿顿都给你打扫个精光。阿黎嫌烦，早早地躲了，在自己屋子里耍。隔着门板听见，长杆子问母亲，阿黎唱了没？母亲说，唱了。家里网不好，去林子里爬树上唱的。还说，哪天还是得去找人拉条网线，花点钱就花点钱，总比人摔着好。长杆子说，树上唱也好，吸得到新鲜空气，景色也望得清楚。唱歌的钱抵不上拉线的，再说，阿黎在这个家还能唱几天，你想好，我才能陪你一辈子。母亲说，保佑我的阿黎找个好人家。

阿黎的心冷得直打战了。

不知怎的，又想起肖羽说的"卡内基"来。从没去过音乐厅，但里面一定亮堂得很，那大灯起码得有一百瓦。烧得人脸发烫，身上也烫。直烧到心里，烧到头顶，脑门上噌噌地往外冒汗。再听不下去，右手操扫帚，左手又开房门，抢到长杆子身前，对着那大白面脸盘就是一扫帚，不及反应过来，已把长杆子戳倒在地，桌椅都翻了。母亲喊："阿黎！"就手想扯，阿黎只一拨，拨将去，让母亲："你毛管！"母亲便又一屁股坐回板凳上。再看那长杆子呢？被戳得麻了，在地上咿咿呀呀叫，也不挣扎起来，就在那里滚，跟个撒泼的小孩子一般。阿黎看他在那扑腾，愈发恼了，就地下提起来，长杆子倒也配合，顺着力也就爬起来，被搡着往门外一丢，嘴里骂着娘，脚下自已走了。

母亲说："也可怜，自个儿养活不了自个儿。"阿黎便说："谁离了谁也不会饿死。"又说："我看人眼水（眼光）太差，不晓得哪年能遇着个好人。"阿黎回："找头牛做伴最好，老实、能干活，快老死了还能拿去卖钱。"母亲的巴掌就要呼上来，阿黎翻筋斗似的蹬一脚，跳着跑了。

第二天，阿黎就去了县城。

面包车换班车，班车换面包车，到地都大中午了。县城街上背篓几乎见不到，取而代之的是彩皮包、大黑双肩包，挤倒是不挤了，心里反而有些拘束，感觉自己像个水果摊上的泥洋芋，有点不合时宜的样子。前后左右望望，想快点走，又不知道是哪条路。脑子里就记得个大门，左边挂一块长长的白底黑字牌子，写着"阿卓县第一初等人民中学"，右边墙上挂几排金色的小方牌子，写着一些也不知是谁的人名。然而还好，想起来当年门前总停一下的1路公交车。哪条公交线路都会改，这一路往往是不会变的。一路摸着来到校门前，正赶上下午上课，走读的学生不多，零零散散往里走。跟着进，被保安迎头拦下。

阿黎说："我找一下向老师。"那保安警惕地看着："哪个象老师？我们学校没有姓象的老师。"阿黎说："怎么会没有呢，就是那个教音乐的向老师啊。"想了一会儿，保安说："哦！就是那个会唱古诗的向老师啊。我还以为她是语文老师呢。"阿黎说："就是她，她以前教过我。"

保安眼睛正过来："你以前在这上过学？"阿黎说："上过啊，九年义务教育，我都学了。音乐课学得最好，总代表班上汇报表演呢。"保安又侧过脸去："音乐课没用，学了净耽误学习。"阿黎想对两句，又自觉有些理亏，自己音乐课好，又怎么样了呢？保安冲她摆摆手："你走吧，向老师早几年就不在这儿教了，学校升学率年年降，哪还养得住。听说已经调到省里去了，专门教那家里有钱打定主意学音乐的学生，要我说，这音乐就不是我们小县城人能玩的东西，还是读书是正路！"说罢盯着阿黎看，还有点老师威严逼人的意思，看得阿黎竟有些羞愧，就像数学课被点起来，回答不上问题，站那里脑子光嗡嗡震。转身想走，又被保安叫住："你要想找唱歌的人，去国风影剧院呗，那肯定还有。"阿黎道了谢，走开几步，听到身后那保安在唱诗："京口瓜洲一水间，轻舟已过万重山……"这不就是当年向老师教大家唱的吗？唱挺准，每个音都在调上，挺难得。当时一个班，几十个脑袋左右晃着，总有那么一半人七扭八歪地唱飞，惹大家发笑。阿黎于是想，难怪在这里当保安了，原来也是上太多音乐课的缘故。

　　不敢再耽搁，要是晚了在县里住一夜，那几天的饭伙钱又得搭进去。脚下加紧赶，嘴上也更勤快着问路，倒也一会儿就碰到了影剧院前。那热闹景象，还真把阿黎吓个一跳。中间一溜烟熏火燎的，烤烧烤的、炸洋芋的、烤饵块粑粑的，人坐在烟子里面吃得直冒汗。两岸全是商店，大多是卖鲜花的，老板在店门口坐着，拿剪刀嗷嗷咔咔地把玫瑰根部剪成斜尖尖，之后又往蓝颜料桶里一插，坐旁边悠悠地耍手机。倒也心大，也不怕烧烤烟子把花给熏蔫了？剪剩下的茎啊叶啊的，在路上堆一排小山丘，跳着踩着走过去，就进影剧院大厅了。

大厅里倒是冷清，灯也不开，凭着外头的日光照着点亮。阿黎进去了，也没什么人搭理，转半圈看见两个人在那贴海报，以为是演出，凑近一看，上面写"阿卓古城开发规划高级研讨会"。阿黎问："这里有唱歌的人吗？"那两人兀自把胶水往墙上糊，也不转头。阿黎思忖一会儿又问："这里有做表演的老师吗？"一人回头说："这里啥人都有，就是没你要找的人，快走吧，一会儿我们要打扫会场了。"阿黎很无奈地走出去，不一会儿又折回来，手里拿一包"大红河"，递到那两人面前说："我想找个影剧院的老师，演啥的都行。"

按着指示绕到影剧院后边，果然有一间教室，纸糊牌子上写"阿诗玛音乐教室"，旁边还贴一女孩的画像。阿黎有点新奇地看着那牌子，这时有人走出来，看了阿黎一眼就让她进去坐。迎面一面大镜子，映着阿黎的脸，吓得吸口凉气，那人说："别害怕，这里之前是舞蹈练习室。"想到这面镜子之前曾经塞满过那优美修长的身体，阿黎觉得高兴，站在镜子前照。那人站在背后问："你想学什么？"

阿黎说:"在县城找你们唱歌的老师太难了。"那人笑笑,说:"以前不难,俄罗斯芭蕾舞剧团、北京歌舞团,都来我们这演出。"说着坐在门口的木椅子上,拿起一把小提琴拉,左手五个指头像安了弹簧似的,在琴弦上跳。忽然又忘了下一句,手往桌子里一捞,掏出一本乐谱,又坐下拉琴。仔细看看那人,深眼窝,带点鹰钩鼻,脖颈长长的,还真有点像小提琴。

阿黎露出了一点笑:"我在电视上看过,人说学提琴可贵了,还得去外国学。"

小提琴说:"我就是去国外学的,汉诺威音乐学院,听说过吗?"

阿黎摇摇头:"以前没听过,现在听过了,以前只知道卡内基音乐厅。"

小提琴停下,看着阿黎的脸。

阿黎继续说:"我想去那儿演出。"

小提琴咂咂嘴说:"这可不容易啊。不过在以前,我们这里也不赖,那时全国的剧院都得人工拉幕,演出开始前有人拿个小喇叭'嘟嘟嘟'吹,傻气得很,我们这就直接上吊杆自动幕布了。设备就更不用说,不比那卡内基差。"站起来把提琴放回架子上,阿黎这才注意到,墙上挂着好几把乐器,吉他、二胡、葫芦丝、巴乌,还有比吉他小点、比笛子长点,不知道叫什么的乐器。小提琴拿下把吉他递给阿黎,阿黎摇摇头说:"我知道不容易,但能让我和很多人一起上去，跟着唱一唱也行。"

小提琴若有所思地说："这倒是可以试试。"说完又看着阿黎。

阿黎有些不好意思了，凑到墙边，装作看乐器。

小提琴继续看着阿黎的脸说："我知道你，你唱歌很好的。"

阿黎忙转过身："你认识我？"

小提琴说："你可以先在我们这做一次小演出，效果好我们就给那边打电话，说不定他们就会邀请你过去。"

这时又从外面走进来一人，头发半白，上了点年岁。小提琴便介绍说："这位是我们的李老师，以前是剧院乐团的首席。你先回避一下，我和老师商量下给你做演出的事。"

阿黎只好退出去，透过玻璃看里面，两人在很激烈地说着什么的样子，脸上带着很严肃的表情。阿黎一边小声哼着歌，一边有意无意往里瞟，小提琴一侧脸看见阿黎，就不严肃了，眼睛一弯，对着阿黎笑。

阿黎在门外等得无聊，拿出手机，看到肖羽新的留言。

"今天去Ｐ大学演小剧场，你猜我遇到谁了？"

"遇到谁了？"

"原来教我们外语的刘老师！你还记得吧，她当时在课上给我们讲《鲁滨逊漂流记》，说 go to sea（去海上）

还是 go home（回家去）是所有人一生都在面临的选择。她选择了那种充满冒险与生命力的'海上'生活，才能站在全国最顶尖的学校成为我们的老师。啊，刘老师，我永远的女神！"

阿黎突然很想告诉肖羽，自己现在也正在去海上的路上，不过打出字来还是变成了"那真是太好了，为刘老师高兴"。

花白头发的李老师招招手，让阿黎进去，对阿黎说："可以倒是可以，不过做一场演出起码得上万块。"

阿黎吓一跳，问："这些钱都得我出吗？"

李老师摆摆手："这就要看你的水平啦，票卖得好，翻几倍赚回来。"

阿黎便说："好。你等我明天拿给你。"

李老师点点头就走了，好像很忙的样子。小提琴有些惊讶地问："你有那么多钱吗？答应得倒痛快。"

阿黎便说："我自己做直播赚了一些的，一部分拿给家里，一部分自己攒起来的。"

"攒起来要留做什么吗？"

阿黎想了一会儿："以前也不知道攒钱起来做什么，现在知道了，也许就是为了今天做演出。"

小提琴便哈哈笑起来，眼睛更弯了："卡内基一定会邀请你的，你是真正的音乐家。"

日头渐渐沉了，阿黎想回，小提琴说："不着急走，趁今天剧院没活动，我带你去舞台上试试场子吧，别到时候抓瞎，白浪费钱。"

阿黎想了想，说得没错，直播前都得调试下设备，何况在这大舞台上演出。

舞台不大，但全铺着红地毯，踩上去沙沙的，一点声音都没有。幕布紧紧闭着，想起小提琴说的什么"全自动吊杆"，觉着这幕布红得更沉了。小提琴左手拿一把葫芦丝，右手提两瓶酒，在舞台的中央坐下，招呼阿黎过去。"喝两口吧，上台前大家都这样，一是给自己壮胆，二来气也唱得更足。"阿黎接过咚咚地两口喝了，肚子里一声声冒泡，惹得小提琴笑得更欢了。

吹起葫芦丝，阿黎跟着曲子唱，不知是这两杯酒下肚真能提气，还是这正经舞台就是效果好，那歌声直在自己身边绕，仿佛自己是那红河中央的小沙洲，滚滚的河水都从四面八方、头顶脚底涌过去。阿黎感觉自己这才是睡醒了瞌睡一般，惺忪着二十来年的眼睛张望着这世界。

阿黎醒来时发现小提琴正赤条条一个，躺在自己身边。

阿黎紧张地跳起来，脑子里又嗡嗡震，小提琴醒来又看着她笑："昨晚你可唱得真好，我现在觉得卡内基都配不上你了。"

脑子里终于抓住了一点实在的线头，阿黎说："我得赶紧走了，还得回家拿钱。"

小提琴叹了口气，露出很后悔的样子。

阿黎心里一紧，说："你们不会是骗我的吧。"

小提琴也坐起来，挺直了身子说："我们当然不会骗你，你别看我们剧院现在不火了，当年确实和世界各顶级机构都有合作的。但……就算你在这里办了演出，卡内基也不一定会邀请你。"

阿黎倒吸一口气，慢慢往下咽。

小提琴说："你也别着急，其实我还有一个办法，只是看你敢不敢了。"

阿黎问："什么办法？"

小提琴说："我们在这里等卡内基邀请是没用的，人家国家知名大剧院每天忙得很，我们得亲自去到人家面前，推销自己。推销，你懂吗？现在都得靠推销。"

阿黎不作声。小提琴继续说："我知道你有点不相信，但我不会骗你的，当时教我提琴的老师就在卡内基工作，我们去他一定会为我们说话的。"

阿黎说："那得更多钱吧。"

小提琴笑道："你攒钱不就是为了做演出吗？"

阿黎穿好衣服，上上下下拍打整齐，走出了国风影剧院。

回到家的时候，阿黎发现自己裤子上不知道在哪里粘了几个刺梨，隔着裤子摩擦着腿部的皮肤，痒痒痛痛的。

阿黎想，这是一个好预兆。

她想起之前有一天，肖羽带了一瓶刺梨汁，两人一人一半，一口一口地喝了。

肖羽说，这刺梨汁是她小舅从国外带回来的，很有营养，一个刺梨抵五百个苹果呢。

阿黎说，那都是老外骗人的，这刺梨我们家漫山遍野都有，根本没人吃，喂猪喂鸡都不够格。

肖羽一瞬间脸就通红了，难以置信地看着阿黎。

阿黎忙解释，不是说刺梨不好，刺梨真的很好的，只是在它本来生长的地方太普遍了，就没什么了不起的了。你看它一出国，不就值钱了吗？大家不就发现它真的很有营养了吗？

肖羽没再说什么，但阿黎想，肖羽一定都听进去了。她之后如此激烈地想要出国，不就是想让自己也变成一个在外国的刺梨吗？阿黎很少有事情懂得比肖羽多，但在关于刺梨的事情上，她相信自己一定是对的。

过了几天，阿黎又进了县城。

临出发前，把自己的直播 ID 改成了"野刺梨"。翻留言，一下就找到那个连续留言了好几条的肖羽，跟着再加一条回复："我即将出发去卡内基，回来给你带礼物。"

这回她也背了一个大黑双肩包，但心里还是觉得自己有点不合时宜，这回不像水果摊上的泥洋芋，倒有点像菜板上的荔枝了，薄薄地冒着汗，期待着赶紧被人拿起来放到玻璃果盘里。

阿黎走到"阿卓县第一初等人民中学"前，保安已经换了人，心里淡淡觉得有些可惜。但还是走到前说："麻烦你跟另一个保安师傅说，我要去卡内基唱歌了。"保安愣了好大会儿，问："跟哪个保安说？我们这有好几个保安。"阿黎说："就是会唱诗的那一个，你跟她说向老师的学生，她就知道了。"保安点点头，看着阿黎离开。

一路直走到国风影剧院，在门口花店买了枝蓝色妖姬，十五块，就一枝，拿玻璃纸紧紧地包了。蓝水顺着花茎往外渗，阿黎突然明白啥叫"蓝色妖姬"了。

绕到后面的"阿诗玛音乐教室"，小提琴正坐里面，阿黎把包往桌子上一放，说："这是两万块钱，我就这两万块钱，再多没了，所以我就只能去这一次。"

然后小提琴又带着阿黎上了一次台，阿黎说："或许这是我在这最后一次唱歌了。"

小提琴温柔地摸着阿黎的头发，说："这当然是最后一次，以后你就要去美国、英国、德国、意大利……你根本没工夫回来这小县城了。"

……

再次醒来时，小提琴没躺在身边。阿黎四下找了找，自己的那个黑色大双肩包也不在了。

阿黎来到"阿诗玛音乐教室"，大门紧紧地关着，纸糊招牌已经撤掉，就剩一个女孩的头贴在墙上。凑着玻璃往里看，还是好大一面镜子，照着自己的脸。墙上的那些乐器不知道什么时候都消失了，阿黎使劲回忆，也想不起来昨天来的时候那些乐器是如往常一样挂着呢，还是都已经被收起来准备和它们的主人一起跑路。

在县城里等了两天，也没等到有人回来。报了案，警车"呜呜"地往家送。让车子隔几里地的时候停了，自己抬腿往家走。

母亲正拢在蜂窝煤炉前吃烤洋芋，拿一个递给阿黎，皮烤得焦焦的，弄一手黑。阿黎揣着洋芋咚咚咚往林子里跑，蹿上树，闭着眼瞎唱。阿黎突然想起刘老师说的那个鲁滨逊的故事，在孤岛上，也许鲁滨逊日日夜夜都在咒骂上天，如果没有把自己造物成一个海洋生物，又为什么要让波涛把他送到大海中央。其实最终不是鲁滨逊选择了海上的生活，而是人一旦去过了海上，就再也回不到最初的家了。

伸手一摸，裤子上又粘一个刺梨。细细密密的刺牢牢地扎在布料的纤维里，怎么都不放手。阿黎在树上唱了一会儿，觉着今天树林分外安静，侧耳听听，四下里除了自己的呼吸声，一片沉寂。

鳄鱼慈悲

那时候，全身都清爽，去哪儿都好说，顺着风顺着水，前脚后脚摆两下就到。

六十颗尖牙亮闪闪，溪潭闲游，懒洋洋漂着，也吓得人头毛耸起，脊背发颤。熊猪鹿麋，肥我肚腹，什么好汉显贵，也难与我争风头。

可惜，我顺着水活，俯着地活，我按着老天安排的动物的命活。我贪吃，我凶猛，我也怕死。

终究好像还是愈来愈老，一口牙脱落又长脱落又长，穿起来数一数得有三百余颗。到处都是人，到处都下雨，水里越来越冷。我不得不游，往南游，往太阳成天晒着的地方游，往都是和我一样的老东西的地方游。

不过还是给你一句忠言，不要傻愣愣躺水边望天发呆。抹平水面，我鼻膜一闭就潜到深深处。离你只有一丈远了，你还在那痴人说梦语，想着你的文凭利禄。你再不起身飞跑，我就要一跃而起撕得你四分五裂七魄散尽。你那脂肪肥厚难以吞咽的，我就含在嘴里等它慢慢化为肉糜。

　　快跑吧！

　　老池隔三岔五就去趟地质公园，公园在山上，老地质厂改的。说是山，矮矮一座土包，吱吱呀呀，漂了几百年，撞上场雨掉两块石头，碰着次地震塌一片山坡，越来越矮。到最后，道观石头梯子下面就贴着河。冬天刚下过雨，面上蒸一层水雾，有鱼味、草味，还有折戟沉沙的铁剑味。但水干净，不怕冷，扯下衣服就往河里跳，游起来比走快。半天看不见，以为淹着了，路上人正要喊救命，老池头就冒出水，隔老远打招呼。

　　咿咿呀呀的声音，是小图，在岸上紧紧追着，生怕爷爷被水吃了。满五岁了，还不开口讲话，这年纪实在晚，急得到处跑医院。身体样样都好，哪台仪器都这么说，为什么还不讲话，哪个医生也说不清。"是太聪明了才不讲话哩，等长大点你们就晓得了"，邻居一个个都这么讲，小图咯咯地笑，像是听懂。然而有一个汤老师，年轻时的地质队工友，会手上嘟嘟嘟拉手风琴，嘴里唱《喀秋莎》，因此得一"老师"尊称。时常钓了鱼送来，跟老池说："娃娃怕是胆子小么不敢讲话，鱼胆汁涂在眼皮上就好了。"

　　一日又来约钓鱼，拉着拽着一路奔到河中央，脚下踩条细长船，公园里常见到的那种，也不知道汤老师去哪里

217

搞来的。这条河是很熟的,蹉跎河,上面就是地质公园,游过无数回了,哪里有旋哪里有缠脚水草都一清二楚。

钓到中途,汤老师一双眼睛定住,盯着水。几分钟后,抬手一指:"那那那……"声音跟手一起哆嗦。远远一看,一双金灿灿核桃眼,中间一瓣黑洞洞裂缝,盯得人头皮炸裂。崎岖粗糙的身子正缓缓撕开河面。

河里竟然会有鳄鱼?站不稳了,脚下跟着水波一抖,差点没一头栽进水。汤老师一把拉住,把桨塞到手里。"沉着点,你来摇船。"

"快跑吧!"

"往哪里跑!跳下船更是一条死路。"

"使劲划啊!"

"这辈子就交待在这儿了。"

"河里的鳄鱼!"

"河里的鳄鱼!"

河面一点点拉开到近处,鳄鱼背脊一沉,没入水中,进攻的姿势。小船疯狂晃,跟着人一起嚎叫,汤老师哭一声,膝盖软,跪在船上。"鳄鱼神仙欸,今天放过我,再也不钓鱼了。"然后人不动,鳄鱼不动,连风也不动,所有东西都杵在原地,一起静静地发了会儿呆。河面底下一声响,水波朝着对边远远地荡开去。

两人腿抖着站起来,手指甲都全抠破,船舷上刻几点血印子。摇船到岸上,看见躺一条死鱼,肚子被戳几十个尖尖小小的洞，鳄鱼嚼过的。鬼使神差地，二人捡起，一路提回去。收拾一番，鱼胆挤破，手指蘸点，往小图眼皮上少少地抹了。然后小图喊："爷爷！"好大声，像玻璃一样透亮。

一个好故事。

到处逢人说："鳄鱼是慈悲哩。"

有人爱听，抱起小图亲两口，学着鳄鱼张开大嘴，不吓人，嘴臭得倒是让人嫌；有人不爱听，嘲两句："云南的河里都有鳄鱼么，我家床上躺着的怕是玛丽莲·梦露哦。"还有年轻的，有文化，点点头："鳄鱼的牙齿其实是很低效的捕食工具，牙根牙龈发育不如人类，撕咬猎物时经常脱落……"

其实谁在乎呢？老人老故事都多的是。

但高兴是真的，抱着小图到处跟人说："鳄鱼有大慈悲哩。"

当然，这些都是很多年以前的事了。

现在一夜乱梦，睁眼醒来，就在心里问自己：今天应不应该死了？

云南风和花一样又多又密，一整夜都在吹，吹得空气薄薄一层，地也干干，把自己的好瞌睡也都吹跑了。死——真是一个干巴巴、光秃秃的脆片片，稍微用力一捏就碎了，活着与死好像也就隔着窄窄一个指甲盖的距离。

其实谁都想过死这个问题，但原来总以为，灯是一盏一盏灭的，今年眼睛瞎一点，明年耳朵聋一点，像一块老陈皮，慢慢地干死。到自己真正老了才知道不是的，人其实是"啪"一声，所有的灯就关上了。

就像医生说，自己是得了什么肌肉萎缩硬化症，外国话叫欸爱儿爱死，自己也听不懂，什么爱来爱去。小图倒是哭，医院里巴巴地忍着，一进家门就哭得惊天动地，也真是的，那么大的人了，还趴在爷爷腿边抹眼泪，边抹边说："爷爷，你放心吧，一定能治好的，我不回上海了，就留在家里陪你。"不回去上班怎么行？没出息的东西，这么多年爷爷咬牙供你上地质大学，也算继承了咱家地质队员的光荣传统。你自己也苦啊，一实习就得上山上工地，鞋里一下雨就灌满水，也舍不得买双新的，爷爷看着都心疼啊。终于熬见点光明了，你就要做逃兵？什么硬化症，什么瘫痪不能自理，都是医生唬人的。不这么说，医院能赚到钱吗？把小图连骂带哄赶走，静静坐在板凳上，舌头在嘴里不受控制地乱跳。老池自己也知道，医生说的是对的，阎王爷已经"呼"的一口，把自己的火都给吹灭了。

现在每天都是这样开始的：五点半，不消人叫，眼睛自己睁开。扶床坐上五分钟，给点时间，让一身迟钝的血，慢慢压到脑袋里。吃药，杯子外面总洒一片水，这双手就是不听使唤，一拿点什么东西，就跟摸着钻机似的，嗡嗡嗡震颤个不停。摸索出几片盐酸二甲双胍，配合胰岛素控制血糖，咽了；再挤出两片硝苯地平缓释片，吃了二十年了，继续咽；最后还有七扭八歪不会读的外国药，贵得很，但医生说，不吃瘫得更快，还是忍痛咽了。

然后是每天第二重要的事，熬米布。白花花的大米，像一碗雪，放太阳下晒。早上是好太阳，温暖不刺激，晒什么都舒服。八分干，正滋润，往研磨机里倒。机器和自己一样老，十年前买的，给小图熬豆浆喝。一插电，研磨机开始破口大骂，比卖腌酸菜的嗓门大。赶紧拿抹布隔着手，按住疯狂的研磨杯。等每一粒米都粉身碎骨凉透了，又往热奶锅里一倒，来回搅个彻底。

腿有点颤，手却不抖了，端了往人家送。得赶快，五六点才是老年人的时间，再过两小时，满天满地都是年轻人，上班的、上学的，一阵阵风。要是被看到自己往人老太太家送东西，不知道被笑成什么样。

老太太的香也正是这个时候点起来：保温饭盒往一楼防盗栏里斜斜一塞，袅袅的烟就从窗户里钻出来，仿佛敲着人鼻子眼睛喊，李老太太起床了！李老太太信道教，那真庆观香火有她几十年功劳。每日清晨三炷香少不了，另还有花、灯、果、水，都拣新鲜干净的供，一整套的讲究。八十七岁，耳清目明，自己独居，事事不靠别人。和老池呢？虽然不是老伴，但过的，谁又说不是一样的日子。就比如现在，清晨念完功课，开窗就把米布拿进去，悠悠地吃了。吃完洗干净，晚上又装进饭菜，还是老地方，等老池取走。谁也不说谢，谁也都说了。八十多岁的人彼此是不需要说话的，叽叽喳喳地交换对世界的看法是年轻人的爱好。只要这样就好了，五点半起床吃药，送去米布，晚上五点半再拿走晚饭。中间必须隔着点距离，是表示客气，也是必须遵守的礼仪，这是老一辈的讲究。

接下来就该去完成自己的养老金认证，半年一次，风雨无阻。认证一次可以领六个月的养老金，算一算，又能给小图攒下点饭钱。小图总说没时间做饭，吃外卖，一顿二三十，贵不说，还不干净，说也不听，只能尽量多支援，吃外卖也吃点好的吧。不过自己已经打算找个时间了结自己，这样再去认证，好像有点欺骗国家的意思。脸红一阵，但想想小图，还是厚着脸皮去吧。

社区办事处，之前去过的，离家五站地。1路转12路，圆通山下，转头再走两百米。不算远，车上有人让座也可以不坐，看人如释重负地又坐回座位上。到公交车站，站定，抬表一看，正好七点半。算着到那边整八点，刚开门上班，人少，心里有点高兴，自己安排得好。直到连续过了五辆6路车，飞过去三十几个黄衣服兔耳朵的外卖员，看表看得胳膊酸成山楂棒，才意识到不对。问一个西装夹皮包，不知道，刚来的；问一个买菜老太太，嘴里吐不出囫囵话；直问到一蓝校服大书包，肩膀歪歪学生，才得知：地铁开了，1路车从此不打这儿过。

那地铁，知道的，没有十年有八年，蓝色围挡到处搭。两条车道变一条，没有事故也堵车。挖挖挖，挖得自己脸上的褶子又深又多才上场。但那学生说：地铁好啊，又快又好看，破公交又挤又臭，每天坐车烦死人。老池问：地铁多少钱？要看去哪儿啊，跟坐公交一样。去圆通山。那顶多两块钱？不过爷爷您打辆出租车吧？坐地铁您这公交卡不能用。打车？那怎么行，上去下来，起步价，车屁股冒不出半米烟，八块钱交出去。还是坐地铁，问着来到地铁口，扶梯一部，往上不往下。只得走楼梯，十六级一组，四组层层叠叠码整齐，大理石台阶闪亮亮滑溜溜，怕摔倒，手扶着栏杆一路搓下去。到了平地已然走出汗，脑门儿一层湿，鼻子喷着厚厚的气去问路，到圆通山怎么走？二号线转四号线，世博园方向，坐两站，人民医院下，金银殿方向上，再坐两站，白马寺下，到了 B 口出，出去就是圆通山。

明明白白记住了，买过票，再下楼梯，还是滑溜溜大理石，闪得人眼花，真是浪费，这么好的地，拿来让人随便踩。左边一列，向前开，右边一列，向后开，往哪转，忘记了。赶紧问人。老爷爷您去哪儿？圆通山。密密麻麻站名扫一遍，这没有到圆通山的。刚才人说有，转一次车就到。转几号线啊？又忘了……老池涨红了脸，什么时候这样糊涂了。不敢再问，自己找，好好想想，刚人工作人员说了，金银殿。之前带小图年年去的，十块钱一次撞大钟，边撞旁边老板边念叨：一撞学习进步中状元，二撞家庭和睦有人念，三撞……钟声真好听，嗡隆嗡隆的，拖长长厚厚的音，一只大鸟似的，慢慢往天上飞。小图爱学习，听到状元两字就高兴，自己也高兴啊，兴许将来小图真是状元呢，自己就顺着金沙江一路游过去，告诉所有人，然后呢？然后不能再想了，地下一点阳光也没有，但地板座位车厢却到处亮堂堂，让人眼睛发昏，不认识的字，不认识的人，伸长了脖子什么也看不到，头晕得很，早上没吃降压药吗？双腿有点抖，乘务员过来帮忙了……

等一双脚踏进社区办事处，心里才真真实实地踏实下来。还是那位女姑娘，带点黄的头发蓬蓬盖住脑袋，白衬衫翻来覆去穿，领子都跟老头子的眼皮似的耷拉下来。脚上也还是那双平底黑皮鞋，接水走路都悄无声息，有公家的庄重。有人往皮椅子上一坐就眉眼一沉，露出标准式样微笑说：您好，请问需要什么帮助吗？

还好，社区办事处还是老样子，老样子是最好的。

"我来签字，养老金那个，每年都要弄的，我一年没落过。"

还是标准式微笑："爷爷，今年已经改革了，在家里直接用手机认证就可以了，不用像之前那样来现场签字了。"

看出难处，递过来一手机，有婴儿雪花膏的气味，是时髦的手机样式，一个苹果被耗子咬一口，自己没有，街上经常见人拿着的。"爷爷，您没手机用我的吧。"

"点开那个，白底绿字的那个图标，人社在线……"

一时间，老池又走丢了。没巴掌大的屏幕隔出四五间大厅，走进去，又破开格局建六间小屋子，全都奇形怪状，漆绿墙铺红毯的。有够曲折隐秘，风水不佳，跟年轻时住的地质队房子没法比，排排过去，几家几户，清白敞亮。而且怪得很，一企鹅冲着人抛媚眼，还有不知品种的白狗，比京巴脸尖点，在那儿扯着脸皮笑。

办事处姑娘说，在第三页。又开一新门，进门两排彩色英文大字，四壁里红橙黄绿待人挑选，有一蓝底白天隔间，隔出一点清凉，忍不住点进去，姑娘忙大惊失色：干吗啊您，这是支付宝，管钱的！忙缩回手，脸上仿佛被人打一巴掌，火烧火燎，别人的钱，真不像话。"微信、淘宝、小红书、知乎、闪耀暖暖……"每个字都认得，连在一起又都不认得。好似一架架中药排过去，满门天兵天将下凡，神态威仪，不晓得名姓但晓得背后有大神威。

"好，眨眼睛。"

两块眼皮死沉死沉，拿一张脸的力气磨开，屏幕亮得很，看着看着眼前一片黑。

"向左转头。"

头动一下，感觉脚底下打滑，快坐都坐不住，好像在蹚水过河，河里全是心惊肉跳的石头。

"爷爷点点头，慢一点。"

老池觉得脚下的河水很深很深，说是河又好像浮在空中，飘飘忽忽的。那手机小小的白光就在下面，跟条缠脚的水草似的，拉着自己往下沉。手机这玩意儿究竟谁发明的？完全害老年人的东西。自从人人拿个手机，出门车也打不到了，大冬天招手招得犯关节炎；买东西也受罪，小摊子不乐意找零钱，翻着眼睛嘟嘟囔囔。自己知道自己老了，早就跟不上时代了，想学也学不会，眼睛看一会儿就花，手指又粗又笨，总戳不到地方。旁人看着着急，自己心里更着急，气得想把手机远远地甩了，甩到西门桥外西山外西天外，谁也捡不回来……

下面怎么传来小图打喷嚏的声音（鼻炎又发了吗？）、纸张哗啦啦翻页的声音（快十一点了作业还没写完？），还有打电话的声音，很远很远（爷爷，这个假期我不回去了）。一直往下沉啊，跟着手机那白光沉，沉了很久很久才想起来，自己会游泳的啊。双腿使劲蹬，光出力不见动，又一口气憋住了，终于冒出头来。

"爷爷，您没事吧？怎么脸色这么差。"

缓过神来，摇摇头："没事没事。"

"好了，爷爷，这就验证完成了。以后啊，您在家喊您孙子孙女帮你弄，很简单的，他们一看就会了。"

说着好，走出门。必须走路回去，不过几站地，自己走得动。无论如何，大马路是实实在在的，之前往左转，今天总不能往右转吧。走路吧，走路，踏踏实实，身体不会轻飘飘。"康康无糖食品店"还在那儿，改天来买点鸡蛋糕；那个米线店老板还在骂娘，多倒点醋就不高兴，一辈子小生意；小小的文具店拉下了卷帘门，为什么关了？小图放学都会在里面逛一会儿来着，当时不该说孩子的，那没嘴的白兔子橡皮，多买几块怎么了——可是不对，小图读的是二小，这文具店怎么写"实验小学文具部"，总不能连学校也搬走了吧。不对，不对，自己又糊涂了，不该经不住闹，带小图去吃"啃的鸡"，一边炸鸡翅热乎乎，一边可口可乐冰凉凉，回家就又吐又拉，医生说，急性肠胃炎，小孩子不能喝冰的。以后再也不敢啦，但以后，早知道以后小图离自己这么远，当时就放开吃。哎呀，多少次做梦梦到小图在外边出事就吓醒，如果还是小时候，在学校门口，一出来就喊：爷爷！猫似的，两下蹦到三轮车上。就是那个小学，天天在门口接，可是三轮车呢……

之后是如何倒在地上，又是如何被送医院，不停有蓝口罩凑到眼前问：您家人呢？您子女怎么联系？您这个肌萎缩性脊髓侧索硬化症已经让您出现感觉障碍了啊，再不手术治疗，过几天吞咽和呼吸都困难的啊。赶紧把您家里人叫过来，您这个没人伺候是不行的！

都是些消毒水味，那些苦苦的话，就不提了吧。

只说说回家的事就可以了：开了板板扎扎几十盒药，两塑料袋，一手一个提到家门口。不过三层楼，一双拳头在捶打心脏，左勾拳右勾拳，人老了就是这样，一旦病了就再也好不全乎了。呆站在门口喘粗气，缓过来了就插钥匙开门。怎么捅都捅不进去，你手往左，钥匙孔往右，你往右，它又往左，跟你玩抓鬼游戏。越着急越使劲，越使劲手越僵，最终僵成个鸡爪，彻底拿不住钥匙，乒乓落地。

拿手背敲门，咚咚咚咚，咚咚咚咚，想等着小图一边喊：来了！一边在家里手忙脚乱地关电视，小孩子把戏。

没人开啊，一遍遍敲。

嗐，没有人，哪里有人呢？1路公交车站没有了，养老金表格也没有了。还真是绳拣细处断。现在自己得这病，过一久瘫了，吃喝拉撒都躺在床上，到时候才真叫一个求生不得求死不能。害了自己，更害了小图。下楼，把两袋药全丢进大垃圾桶里，去你的吧。

老池就是这个时候，决定自己该死了。

两脚的人总说老马识途，其实我们老鳄认路也不差。这片地界，很多年前我也来过的。有一年冬天，太阳像岸边呆羊似的，一口就被阴沉沉的天吞进了肚，个把月都没拉出来。冷啊，冷得我想睡都睡不着。一闭眼，身体里的血就刺刺啦啦地结冰碴。那时候我妈还活着，她告诉我应该赶快睡觉，睡着了就万事大吉等春天。可是血里的冰碴戳得我里里外外都疼，我怕我一睡就再也睁不开眼了。所以趁着大家没注意我就一只鳄往南游，往每天都是春天的地方游。皇天不负有心鳄，我还真找到了这么一个地方。

暖和啊，在河里睡过整个夜晚。太阳一出来就能划开手脚，抖掉身上的水，整个身子都松松的。名字都不晓得的野植物，铺天盖地长，叶片几十个齿像铁锯，割一下恐怕连我也得掉一层皮。花也凶猛，流石滩处处刀锋，无人同行便滚落而下头破血流。绒蒿偏大束大束，缀满满故意引得生物看，完成无数次诱杀。这样的地方没有人，没有人的地方就是我们鳄鱼的好地方。说来惭愧，那时候我还年轻，很怕人。长长细细的竿子，头部一个套网，上下一挥，就套在我们嘴上，把眼珠子甩出来都甩不掉。然后大棒上身，骨头敲碎在肉里，皮撕下来风干。所以当我听到人的声音时，立刻吓得潜进河里，只敢留一半眼睛在水面上。

一重山，一道沟，不算太宽，但下过雨，满满地给淹了。一个中分头说："池队，有个样在对面，现在怎办呢？"被叫池队的那个人，腰间摸一把，我怕他又拿出那种神秘发火光盒子，连忙游开几米。但他好像只是摸出什么吃食，往嘴里一塞说："汤之文，你又想偷懒了？蹚过去呗，还能咋办？"扭过头，又对跟在后面的一男一女说："李娟、邹海，你们都没问题吧？"一男一女点点头，拉着手一起下了水。泥巴水，浑得很，那几个人一下去，两下淹到他们的胸。老青蛙咕咕噜噜排一串卵，浓稠发腥，又黏又韧，水也冲不开。我看着心烦，轻轻张口把它吞了，无声无息。那些青蛙卵倒是命大，一直顺水漂到那几个人身边。女人脚下一打滑，半个头没进水里，再起来，满脸挂串卵，慢慢往下淌，"哇"的一声就吐了。前面传来那个叫池队的叫喊："衣服举高点，湿了等会儿可没的换！"

上岸继续拿量尺测，密密麻麻打点，留下密密麻麻的脚印子。有那长的，一连几公里。边打点，那个叫池队的边嘱咐："邹海，油漆记号可做好啊，明儿别转到别的山沟沟里，我还得去大马蛇肚子里掏你。"

我一路跟他们三座山，真要命，不知道这几个两脚人到底来干什么，这么拼。虫声稠密，炸耳朵，烧柴的栎树龇牙咧嘴长得比他几个人高。两个人一组抬大箱子，一前一后背抵背，一步步往下蹭。中分头嚷嚷："咱们这么不要命值吗？最后全凭他们绘图的，手一抖，歪一下，几座山头过去了。算了吧，这条线别追了，填图唬过去。""那能行？"池队两巴掌拍他脑袋上，"我们地质是良心活，水平咋样心要尽到。"不敢闪躲，中分头涨红着一张脸，手上石头敲得更响。"人家寨子里农民怎么说我们来着？""远看像逃难的，近看像要饭的。""别听他们瞎说，我们这是为祖国寻找宝藏！广播里怎么唱的，娟儿？""是那山谷的风，吹动了我们的红旗，是那狂暴的雨，洗刷了我们的帐篷……背起了我们的行装，攀上了层层的山峰，我们满怀无限的希望，为祖国寻找出富饶的矿藏……唱!"说实在的，那女的歌声实在不咋地，但是她越唱越起劲，越唱越起劲，脸上涨满了红，鼓动得我也忍不住拍了两下水，激起半大不小的两朵水花。那个叫池队的很警觉，立刻往我这边走近了，我急忙潜进水里，飞快地逃走。

几天后的晚上，我晃晃悠悠又游到了那几个两脚人的营地。也许是我心里下意识想靠近他们也说不定，这山里的一切都太自然了，只有他们几个是外来者，带着外面世界某种奇怪的激昂和辽阔气息。两脚人搭的板房娇气又寒酸，不用风吹，自己倒。之前还红着脸唱歌的女人坐在地上一直哭，哭得嗓子哑哑，以后唱歌肯定更不好听了。中分头也在一旁偷偷落泪，手里还拿着个锤子不停倒。那个叫池队的终于低着头（我还以为他像公鸡一样只会抬着脑袋叫呢），对那女人说："李娟，邹海这事是我对不起你们。如果邹海不是为了来找我，也不会摔下去。你放心，邹海我一定给你找到，我找不到我让我女儿儿子给你找，还找不到我孙女孙子给你找。"哗，这种来大山里吃青蛙卵背大石头的事，竟然还要让自己的后代辈辈儿也来干，这个人真是石头心肠啊。我离家前，我妈就经常跟我讲，下辈子不要做鳄鱼，怎么样得当个天上飞的，自由自在。

不过我不太同意，我现在一只鳄鱼，也挺潇洒的。

下定决心之前，老池已经陆陆续续计划好了，自杀嘛，最重要的是别影响到别人。自己无牵无挂一身肉，上秤称不出几两钱，别人还是要生活的。往大马路上躺，自己咬牙闭眼舒坦了，司机可是要倒霉。也跳楼呢，气喘吁吁爬上去，喊一嗓子蹦下来，谁要是路过真晦气。一摊肉泥在眼前，几个月别想吃饭。思来想去，还是淹死好。

老池爱游泳，野的。以前在地质队出野外学会的技能。新鲜生猛地往脑袋上拍几捧水，冰冰凉，新鲜生猛地脱光光，剩一条裤衩，同样新鲜生猛地往水里一扎，扑哧扑哧换气。花白白头发，松垮垮脸皮，一双瘪水袋垂到肚子，身边划水的，都是同辈老太太老先生。还是新鲜生猛，蛙泳的蹬一次腿漂五秒钟，游得久；自由泳双边换气，一双鞭子腿，游得快；还有"挺尸泳"，软趴趴面朝天，不管不顾随着水漂，有岸上路过的，吓死人，以为是老年人失足落水。老池是其中一条老鱼，资历久，水是自己老伙伴，哪儿深哪儿河面下有旋，都清楚。尘归尘，土归土，老池就在水里走。别人只会说一句：今天怎么这么大意，老池啊，老池，马失前蹄啊。

清清白白，谁也不碍。

到了这一步，关键的关键在于体面。扣上件灯芯绒马甲，乃是针针线线于缝纫机下一双脚不停踩出来的手工品。系那条皮带，丝丝纹理透露着山牛生前的坚韧强壮，放两寸收一寸，围着腰量的，比什么都合适。裤子换三五条，还是这条好，三防斜纹毛涤裤，不太贴身，但挺括。压两条笔直笔直裤线，会见外宾也不过如此。到时脱了整整齐齐叠在岸上，等人捞起自己找到衣服套好，也还是一个体面。

现在就出发，要一切如常，要不动声色。同样熬米布，轰轰嗡嗡杀光一缸米。煮得稠稠的，送到李老太太窗户边。"若此者，了自心一念之诚，出世上三途之苦，履长生之道路，脱苦海之迷津，既无前愆之可忏，也无后过之可悔……"念早课的声音。老池想，有神仙是好，比李老太太头发黑脸盘亮的好多都走了，现在自己也熬不住喽，李老太太因为心里装着个不讲话不露面的神仙，还是能铆足了劲活下去。

转身要走，李老太太开窗叫住脚：慢点走。

第一次透过窗户看里面，清澈透明，几个包鼓鼓囊囊地捆了放地上。

老池问：你这是要出去旅游？

李老太太说：上真庆观，在家修了几十年，现在可以入门了。

摇摇头，不明白：怎么个说法？

招呼老池进屋，拿拖鞋、倒热水，也不嫌烫，用手直接端面前，人老了，手上的皮跟心外面的皮一样，很厚的铠甲。老池接过水，还没吹，李老太太说："我不想瞒你，赤松子来遇我了。"

"赤松子？"

老太太又拿出一块茶饼，敲下些碎茶叶放杯里："你喝茶吧？水没味。那天我照常点香呢，那火苗却一下子跳起来，不害怕，就小小一个，从火机上跳起来，跳到电视上，跳到柜子上，我怕它把被子给点着了，就到处扑。结果呢？那火苗一下子跳进了我眼睛里。我想着，完了啊，这回眼睛该瞎了。"

老池插嘴："该去医院看看，你医保那些钱留着干吗？"

李老太太说："看什么？你看我像瞎了吗？那火苗一跳进我眼睛，我就不在这地方了。到处白茫茫的，有大颗大颗的雨，第一眼以为是玻璃珠子，叮叮当当往下掉。顺着低头一看，整个大地起起伏伏，风一片一片的，甜香松脆。赤松子就在我旁边，金灿灿的，让人看不清。他说，你已经得了。"

老池问："之后呢？"

李老太太笑了："得了就是得道了。我第二天就去了真庆观问师父，人说，你来吧，你已经超脱了。"

老池走出楼已经快中午，回头看一眼，楼道口黑洞洞，不停传来一些细碎的声音，像涨潮，不断把这栋楼里深微幽暗的心思往外翻。一直都知道这单位房子里住的都是老人，但到现在才真的知道住的都是老人。

拍拍腿，一路来到地质公园。两排塔柏直直立两旁，修剪得少，不像先前轮廓分明。但也还是直直，绿得灰秃秃，太阳晒着更有一种气节，表示虽老四季犹青。从上次晕倒在大街上后就一直没来，几月不见，这地儿比自己老得还快些。土工布七扭八歪铺一地，秃子头上贴膏药，难看。余下则是空空，片片白石板。

斜行至河岸，山愈矮了些，水沿河岸打个弯，又潺潺流过。一伸脚碰着凉凉河水，扑扑打两下，水这才被搅得活过来。没游两下，换气偏头，看见一人，站岸上手脚伸缩开合，收放来去。游近点一抬头，一张脸，浓眉耷眼皮，不就是汤老师吗？垮着一工作服，裤子缝歪着，脚上一双劳保鞋脏得不像样。

爬上岸，身上水两把抹掉，汤老师说："吃烟吃烟。"腰间摸一下，啥也没有，还是假装递过来。"下次给你尝好的。"

打火机"咔"地喷火——这是老池拿嘴演的。

汤老师于是拉老池走。"你看看，你看看，他们把雕像都搬走了，明年这就是熊猫馆啦。"

衣服还在岸上，风一吹，直打抖，咬紧了牙听。"人屁股要给熊屁股挪地方啦。"

一句好笑的话，老池笑，汤老师不笑。

大地球模型还立着，扁扁的圆，伸手想转，发现是石头球。怪怪的，总记得这地球仪是动的，大片蓝，大片绿，又是那么圆，转起来呼呼响。

屋里更一眼看得透，仅仅是些玻璃柜，百个洞，千层灰，剩些发锈铁牌牌——三四块又黑又硬枣泥糕，写：柱状节理；大鸟鸟巢凹个洞，写：气孔状玄武岩气泡囊；外婆家灶台偷的柴火，写：碳化木——都是些不值钱的，不是自己一锤一凿采样的不在乎，随手就丢了。以前，以前也是有好些宝贝的。碧悠悠祖母绿矿，树干粗；夜光石、夜明珠，粉闪闪黄闪闪；还有一米直径菊花石，三亿年芳龄吓死人。进来就挪不动步，谁能想到黑黢黢的地下有那么多好东西。

正看着，突然来了人，电脑包安全帽。隔段距离，汤老师侧身深藏进小门。等那人路过，伸出拳头抵在那人腰间："干吗的?!"来人吓得一哆嗦，以为闯了阎王地，嘴里直发抖："好人，好人，烧热气球的。""果然是特务！别想在地质公园搞破坏！"特务？啥年代了？转过头来，好嘛，俩老头。立马变张脸，操起马普："你们干吗的？没事赶紧走！这儿还要搭热气球呢，再不走报警了啊。"老池着急："小同志，别计较，这就回去。"

老池水里游，汤老师岸上走。水藻连着岸，滑溜溜叫人脚心大腿痒。蹬两下，碰着一凉冰冰直挺挺硬东西。什么玩意儿？闷水伸手一掏，一块好钢整体锻烧，比普通锤头锤柄长一截，抡起来，砸地上，声儿厚重结实。不知道谁新买的就丢了，真是一把好地质锤。

差点呛着水："汤之文！地质锤！"

汤老师抹抹眼睛。

"嗨呀，真的，能砸花岗岩！"

愣一会儿，汤老师突然大声说："队长，目标地层已找到！"

以为逗人玩呢。汤老师那边却认真起来。抬腿、伸手，蹲在地上手攥紧，左右交替使劲，做出拉准绳的样子。

老池见了好笑："汤之文，你演电影呢？"

那边却回："池队，干活呢，开啥玩笑，绳子我拉好了，你敲样吧。"

这是真疯了？扯两下胳膊："之文，干吗呢？回家去吧。"

低头，像是听懂，抬头："回哪儿去？剖面还没测呢。赶着点早干完吧，九个月没回家了，我爹我妈肯定想我呢。"

老池望望人，仿佛多看两眼这就不是汤老师，而是一个莫名其妙疯掉的别的人。

见不说话，汤老师对了老池，两排牙齿笑出来，跟原来十七八岁刚入队时一样："赶紧的吧，晚上回去抢不到肘子了。"

行，干就干，野外大山大河跑了四十年，今天再跑它一回。但说好，干完咱就回家啊。

爬上岸来，抡起刚捡的地质锤，噗噗噗往地上砸。新东西，是好用，钢的质量也比以前好了。地面几下就一个大坑，扬起的土糊满脸。汤老师一旁越看越高兴，抢过地质锤就往石头上砸。"队长，我今天就让你看看，我才是能文能武，李娟文化比我高，力气没我大，那个什么邹海，大字不识，白使力气……"

老池说："汤之文，你真的疯了。"

那边回："队长，你看你大白天光个膀子吊个裤衩，小心告你流氓罪！"

使劲向石头上砸啊！砸水疱、砸骨刺，砸那些年野外得上的关节炎，砸大楼、砸商场，砸被抛弃了的这身臭皮囊，砸光荣砸愤怒，砸爱砸悔，砸他个七荤八素天旋地转廉颇老矣尚能上马收拾旧山河。

砸到满身狼藉再无一丝力气，汤老师彻底老实了。风穿过树，吹得很凉快。脑子好像醒了些，想起打个电话给家里，喊女儿开车来接。老池继续下水，望岸上那车载着汤老师顺畅地滑走，好像又看见云南四千里群山，重重叠叠，奔涌而去。

我是世间心灵最柔软的生物。我是一只鳄鱼。

相比残忍、凶猛、阴险之类的词语，我更建议你们形容我为慈悲。

我是鳄鱼中的异类，因为我这一生游去过太多地方。我见过会被风吹干的鸟，坚定、洁白，越飞越小，直至在空中化为乌有；我海中跳水，"啪"一声，卷起几千公里外的翻滚海浪。虽然之后，我那珍贵又美丽的皮肤被海盐侵蚀得又痛又痒，肠胃也被烧得干瘪发皱。但相比起我的同类，我活得久而又久，一代代的鳄鱼死去，我仍活着。我宽阔，我快活，我无穷无尽。

我对一切身处痛苦之中的生物充满真切的同情：生下来就后肢虚弱，迁徙时被兄弟姐妹踩烂耳朵的角马；年老体衰、被年轻狮子咬破脊背的公狮；被父母像死鱼一样抛来抛去的人类女孩……我不愿意它们死，但我更不愿意它们就这样活。

所以我吞食。我深深地潜在水面之下，靠近它们，观察它们。我出水换一次气就能够潜泳三个小时，这足够我细致地观察。直到它们从肺里叹出一口气，做好告别的决心后，我就一跃而起咬住它们的脖颈。让它们躺在我柔软的舌根之下，走向美好的尽头。世上有不可计数之苦，重若泰山，我吞食一切。

但我同样苦，生在这倒霉的世界上就没有什么东西能逃过苦。我吞得越多，那些苦就越积在我的身体里，像河底的烂泥巴一样，把我压得越来越沉。我累了，我老了，我开始学会了慈悲。你们都知道的，所有东西到了某一天都会学会这个。

那是几年前的一个晚上。一个小孩跑到我的河边哭。说爸妈都离开了，现在是没人要的野孩子。数学成绩也很差，总是考不及格，敲破脑袋都学不会。哭啊哭啊，哭得浑身发烫，把眼泪都蒸成雨雾，捂得我差点喘不过气。我潜到面前，等待那口气从胸腔里探出，就一口咬断那小孩的脖子。但那小孩一直哭啊哭啊，边哭边咒骂大山、石头和桥梁，说一些惊险又庸俗的事。什么喜欢的小爷爷在山里摔得尸骨无存啊，什么妈妈画图画得眼睛瞎了啊，什么爸爸几年不回家，听说早就在外面有了别的小孩啊。我活了太久，吞了太多苦，早已见怪不怪，但我仍旧喜欢听故事。何况那些故事里，好像有一些我曾亲眼见过的。我越游越近，把我的眼睛浅浅地露出来。那小孩很快就发现了我，吓得立刻止住了泪水，肠胃抽搐，打了个嗝。我用尾巴蓄力，准备漂亮一击。那小孩说："可以不要咬死我吗？爷爷奶奶还在家里等我。现在家里只有我了，爷爷奶奶很可怜的。"很奇怪地，我尾巴突然僵住了，于是我缓缓沉到水下，放那小孩跑走。

过几天那小孩又来了，还拉着两个老人类。我不敢露头，虽然都是老幼，他们毕竟人多势众。那小孩对着空无一物的水面喊："鳄鱼鳄鱼，我带着爷爷奶奶来看你啦。祝你吃饱、健康、长寿。"声音又大又亮，很快活的样子。两个老人类也笑。

好啊，小孩，我也祝你健康、快乐，比我活得更久，有比我更广阔的自由。从你之后的每个动物，我都会给它们一个机会。

就像我也给了你奶奶一个机会一样。

那之后没两年，你奶奶也来了我的河边。她静静地看我，我也静静地看她。我闻到了她身上疾病的糜烂味和死亡将近的气息，但我还是摆尾示意她可以走。但她步入我的河，慢悠悠地，一摇一摆，她说"我太老了，我活够了，我不能拖累老池和小图"。我用我长长的嘴将她推回岸边，她又晃晃悠悠地走进来。如是三次，我只好温柔地把她拖入水底。

别怪我，小孩。也是从那时候起，我才知道"老"是苦里面最苦的，其他的苦，我给一个机会，也许就会像你一样，隔段日子笑着回来。但老不会，它没有转机和变化，即便我给了机会，明天也不会又大又亮地到来。

所以当我看到你爷爷时，我一点也不意外。我知道，他也只是被"老"给打败了。我轻轻地用我的牙齿向他打招呼，如果他能听懂鳄鱼的语言，他还会听到我对你的问候。

入水。

老池深吸一口气。

最后一次游水了，选个泳姿。蛙泳？自己最熟练的，但不好看，老青蛙似的，不够潇洒。蝶泳？水花哗哗哗的，倒是有气势，但手臂不像年轻时那么有力量了，恐怕划不了几次。还是自由泳吧，名字也吉利，自由自由，死亡可不就是彻彻底底地自由了吗。

胳膊慢慢往胸收，水抱满怀。提肘，看天上有根线，当初专业教练教的，现在看起来，吊着自己真像跳梁小丑。转肩，别跟水较劲，感觉自己是一尾鱼，大波浪往哪边游往哪边。换气别抬头，越拼命往上身子越沉，稍微偏一偏头，半边脸埋在水下，吸饱这一口气，不要管下一口。

这样熟练，这样标准，还是赶不上，好日子落入西山。

光越来越沉，游得太久，老池感觉自己开始忘事。自己为什么要在这里？为什么要游泳？游到哪儿去？能游到哪儿去？汗水颗颗流下，当然，也许只是水珠。

河水顺着往前推，河道整个前后被切开，天空矗立在中间，好像一面透着蓝光的镜子。这就已经游到世界的尽头了，虽然从没见过，但这就到头了。

整个河道变成一个窄窄的斜坡，自己正漂在尖尖上。下面一片茫茫，雾气蒸腾，往下看，透出山的剪影，内部混沌，轮廓分明，隐隐有烟火，好像是真庆观。远远看着李老太太提溜着大包又往外走。"哎呀哎呀，赤松子对不起您啊，这把年纪了我还想着那个老东西，我还不能入门啊。"

谁在山下面等着？好像是小图。站在那里喊："爷爷，你走得太慢啦！一会儿糕点店就关门啦！"也真是的，这么大了还爱吃那又甜又腻的生日蛋糕，小孩子口味。

也许自己可以再试试？每天努力锻炼，按时吃药，咬咬牙把手术做了，或许真的不会瘫？自己还有那么多技术啊。现在地质队那些小年轻，离了仪器电脑就不会干活。自己得教他们啊。不管那些技术员怎么吹牛，到了野外，最靠得住的还是自己的眼睛和脚。还有李娟，嗨，真对不住你。小图也是，要是爷爷走了，这世上你就一个人了。

老池突然不想再往前游了，转身想回去，身体却不听使唤。肩膀、手臂、大腿的肌肉都在乱跳，手指的僵硬慢慢扩散到全身。

预感到自己即将土崩瓦解，老池努力睁大眼睛，大口大口吸气，呛进肺里好几口水。

那双金灿灿的核桃眼又出现了。水面做了它的布帛，原本平整的河被撕成了条条缕缕。是鳄鱼，河水里的鳄鱼。自己的脚好像被什么东西轻轻剐蹭了一下，痒痒麻麻的，应该是那鳄鱼的骨刺吧。不，也可能就是鳄鱼的牙，那密密麻麻的板牙。

"我想活！"老池在心里喊很大声。

用力划水，比这辈子任何时候都用力。抱水、打腿、抱水、打腿，一次比一次更流畅，一次比一次更结实。

鳄鱼和老池越挨越近，直到每一片鳞片和每一寸皮肤都紧紧相贴，老池闭上了眼。

泳裤骤然崩裂，漂在水里像死去的枯水草。松垮的皮渐渐与鳄鱼的鳞甲融为一体，变得坚硬、有力，带着冷血动物旺盛的冰凉。指甲变长，变滑，变得光泽平坦，终于不用每次剪指甲都锉出血来。被胰岛素注射器刺破几千次的肚皮、被钻机砸断又愈合的腿骨，还有牙齿、舌头、眼珠、喉管、肺叶……甚至连知觉、记忆都全部破裂、融化，然后又重组，凝固成形。

老池睁开眼，松针般的瞳孔已经可以直视太阳。那条鳄鱼不见了。但没关系，老池可以慢慢去找它，或者慢慢去忘记。反正现在尾巴一摆就可以冲刺，反正现在无怨无憎无挂无念对万事万物都慈悲。

反正，老池可以一直游下去，好像从来就是一条鳄鱼。

黄牛皮卡

一

当吉妈毕摩的女儿吉妈竹梦开着长城牌柴油皮卡跌跌撞撞地回村时，人们没有看见货厢里曾经站立着的那头老黄牛，以及副驾驶座里同样衰老的吉妈毕摩。

人们的目光远远地绕着皮卡车转了几圈，才小心翼翼地想到货厢里那块大黑布下面凸起的一大一小两个东西是什么。

虽然吉妈毕摩从来没有给村子带来什么实质性的帮助，但老人们更多地带着一种对明天即将到来的忧伤预感说：

我们的白云村失去了最后一位毕摩。

二

吉妈毕摩的眼睛是什么时候开始看不清的？谁知道，要不是他带着送葬的队伍走错了地方，闯到了住在寺旁的寡妇家，大家以为他还是那个光喝水就能连唱三天经文的大祭师呢。冬天，吉妈毕摩的身上五颜六色，大红色毛衣，袖口飞着几根毛线，外面套个黄灿灿的棉衣。更冷些，再有一件天蓝色马甲。走在路上，远远就能看见。村里小孩见了，凑到跟前："新媳妇出嫁吗？"有时候被大人听见了，便驱散小孩："去、去、滚一边去。"吉妈毕摩也不生气，摇头说"没事，没事"。次数多了，小孩也不起哄了，过了新鲜劲。反倒是大人们张着嘴笑，轻轻地问："还是看不清吗？"

眼睛确实不行了，白色的肉障一天天多起来，但吉妈毕摩的耳朵逐渐代替了眼睛。雨水还没到，村里有老人腰酸背痛，龇牙咧嘴地来了。吉妈毕摩挨着那人的关节听听，又摸到门口，倚着门，把耳朵侧着，回来便告诉那人："你的老毛病了，还是辣椒煮肉汤，烫烫地喝下去。"来人半信半疑："可这头顶上的太阳还大着呢，怎么就又发风湿了？"吉妈毕摩说："乌云就在山后头呢，嗡嗡地响着。"来人四周望望，青山环绕，阳光灿烂，哪里有乌云的半点影子。但心里这样想，嘴上不敢再争辩，再说就太不尊重毕摩了。怏怏地回去，到了晚上，雨水果然落了下来。

村里老人们便说，吉妈毕摩眼睛上的那层白肉是神灵的考验。在最早的时候，能够当毕摩的人都是得先遭大灾难，死里逃生，才取得做毕摩的资格。神灵收去了吉妈毕摩的眼睛，才会把能够听到神鬼声音的耳朵赐给他。有出门读书、打工的年轻人，见过世面，说："才没有什么神鬼，那就是一种病，叫白内障，人老了，就会得。"于是劝吉妈毕摩："快去看病吧，再晚就瞎了。"吉妈毕摩说："没病，没病。"也不动身，仍旧把耳朵当眼睛使。私下里几个脑袋低着，"老封建"，吉妈毕摩像是听见，在村里听到有人从外面回来就远远地躲开。等人走了，吉妈毕摩又侧着头，耳朵伸着，迈大步往前走。

吉妈家的毕摩是世代家传，到了吉妈维义这里只有一个女儿，吉妈竹梦。吉妈毕摩便想教一个徒弟，白毛红冠的大公鸡，前后花费了三四只，婚丧、疾病、节日、播种的知识浅浅地教了一些。待到考查得差不多，准备传授作毕、司祭等事时，人走了。经书倒是一本不少，就是经书旁的野猪牙项圈跟着人一起失踪。村里有人在扑克牌桌上遇到，就回来告诉吉妈毕摩："再另找个徒弟吧，这个人不是做毕摩的料。"哪那么简单？吉妈毕摩杵在门口发呆，把毕摩传下去的事成了一块心病。竹梦倒不急，从大核桃树上下来，小猴儿似的跳到面前说："爹，你把那些法器都传了我，我替你给人作毕。"吉妈毕摩看着女儿的衣兜，鼓鼓的，塞满了还没熟的绿核桃，咧嘴笑开了。这小女生下来就讨人喜欢，母亲走后更是被吉妈毕摩宠上了天。人都说，吉妈家的女儿过得比哀牢山上的橙子还甜呢。毕摩传男不传女，小女虽聪慧，可自己能敌得过白云村百年来的规矩吗？想到这里，吉妈毕摩脸上的笑又消了下去。

终日伴着吉妈毕摩的，除了女儿外还有头家里的老黄牛。竹梦母亲还在世的时候，这牛就在了。带去山上吃草，听人一声唤，就摇着尾巴缓缓地走过来。大旱天，地上一滴水也不见，草全都枯黄，母亲赶着牛走一里地也不见绿。母亲累了，撒开绳，大黄牛还呼呼地摇着尾巴，往前走，隔两步，又回过头看。母亲跟着大黄牛，走了一会儿，一块绿地隐隐地在山阴处露出头来。之后母亲也不再跟着了，到点把绳子解开牵出门，就听着大黄牛脖子上的铃铛一路响着走上山去，又响着回来。

竹梦母亲走后，牛脖子上的铜铃铛就被解了下来，收进了柜子里。牛反刍，铃铛叮当叮当响，听着让人伤心。

吉妈毕摩眼睛坏了，黄牛不再出门，整日守在家里。竹梦上山割草，走远些，站在土丘上看不到回家的方向。竹梦一路走，一路哭，背篓里的草掉了一半。天色沉下去，再走不回去就要被山里的豺吃了。也是在这时，铜铃铛的声音悠悠地传来，叮当叮当，拖着长长的尾巴。往左走，声音小，往右走，声音大些。听着铃铛声回到家，大黄牛懒懒地躺在牛棚里，一下一下，嚼着草。竹梦说："是妈妈，妈妈的吉尔（精灵）在铃铛上，带我回家了。"吉妈毕摩摸着满脸泪的女儿，好一会儿没说话。转身进屋，打开柜子，铃铛好好地躺在里面，铜质赤色，闪暗暗的光，正微微颤动着。吉妈毕摩把铃铛又挂回到黄牛的脖子上，大黄牛高兴似的，打着响鼻，喷厚厚的气。

吃过晚饭，也不开灯，吉妈毕摩和竹梦在地上展开身体，把耳朵紧紧地贴住地面。吉妈毕摩说："西山阴面有大动物跑过。"竹梦说："开往省城的火车今天晚点了。"翻个身，两人继续听，吉妈毕摩说："村东头的母猪产仔了。"竹梦说："载货的卡车过去了两辆。"再晚些就不能再听了，黑夜里的声音密密麻麻，听久了人心里发毛。

竹梦是什么时候开始不再出门的？每日在家安静地坐着，看鸟在天上飞，一圈又一圈。吉妈毕摩想，女儿终归是长大了，自己毕竟没有辜负死去的妻子。直到竹梦的肚子一天天大起来，吉妈毕摩才意识到自己的确是老了。吉妈毕摩看不见，但总归听得到，村里人对竹梦议论纷纷。房前，房后，老的，年轻的，许多声音，一齐作响。吉妈毕摩挨到门口。"背着人干了多么不要脸的事！林子里都睡出个坑来了，又白又亮……"吉妈毕摩顿时脑袋发涨腿发软，浑身冰凉地折回屋里，忽然又气愤地走出来，但声音又没有了，仿佛有意说给他听的。

吉妈毕摩那天的举动叫全村人都吃了一惊。他拿着一把九眼铜法扇——那本是用来超度凶死之魂的，在村子东头最大的核桃树下，把一个人的脸划出了十几道血口子。那人如往常一样坐在树下，纳凉，嘴里滔滔不绝："我都看见她白色的三角裤啦，那晚上月亮大，我看得清清楚楚。她爹眼睛瞎了，我可没瞎……"吉妈毕摩不知何时来了。"你再说一遍？"那人一哆嗦，转过头来，见吉妈毕摩头歪着，恢复了神气。"我又没瞎说，我就是看见了，怎么能做不能给人说？"吉妈毕摩像发狂的野牛一样冲了过去，双手四下抓扯，碰到那人脸时，吉妈毕摩竟然笑了。那天看到这一幕的村里人说，他们的毕摩已经被魔鬼附身了，那人的脸被血糊得严严实实，像个鬼。

白云村那天晚上非常热闹，人们过节似的都站在路上，看着县医院的人七手八脚地把竹梦抬上担架，塞到救护车里。吉妈毕摩却表现出惊人的镇定，安静地跟在后面。人们猜测也许是他看不见竹梦瘪下去的肚子和一裤子的血，也有人说是救护车尖利的警笛声损害了他过于灵敏的听力，让他彻底断了与外界的联系。

过去了不少日子，核桃树上的绿皮核桃逐渐变皱变硬，散出淡淡的香气。吉妈毕摩一个人回到了白云村，曾经罩住他眼睛的白色肉障没有了，吉妈毕摩重新用眼睛走路，用眼睛做活，耳朵又变回了耳朵。白云村的老人便又说，这是已经通过了神灵的考验。年轻人听见，啐一口，狗屁的神灵，没有神灵，这就是白内障，去一趟医院几分钟的事儿。

眼睛恢复了，吉妈毕摩给人作毕的次数更多。有时人不请，也自己前去，坐长凳上唱长长的经文。人问起："竹梦呢？"吉妈毕摩说："她天资高，去圣山上念《献物经》了，保我们白云村风调雨顺、人畜兴旺。"

<h1 style="text-align:center">三</h1>

竹梦当然没去念经，背着大背囊，坐上火车，摇摇晃晃，到北京去了。

几年后回来这天，正是火把节。清晨，河上的薄雾像蒸汽一样还没有退去。女人们通宵未睡，到山里去捡松香，用簸箕、脚盆子之类的东西装回来。小孩子就跟在大人后面转，用剥了皮的柳条打溪里的水。

吉妈毕摩的女儿吉妈竹梦坐着白色的"比亚迪"，颠了一路，发动机轰轰响，到家门前已经和土黄色的道路融为一体。听到声响，吉妈毕摩顺着一把木梯子从自家土掌房的屋顶爬下来。梯子年久，摇摇欲坠，又似乎并不服老，像吉妈毕摩一样。在吉妈毕摩和梯子一起剧烈地摇晃两下后，竹梦下车，过去扶住了梯子。吉妈毕摩下到地面。"回来了？"他往车后座看了一眼，车窗黑黑的，看不到里面。

竹梦没接话，拉开车门，打开后备厢，五颜六色的购物袋一起倾泻出来，随着竹梦一起流淌到老土掌房里。

饭是在屋顶上吃的。

在白云村，土掌房的屋顶是主要活动场所，一家连一家，下面房子的屋顶即为上面房子的场院，顺着山坡层层而上，直达山顶。早些年的时候，每逢婚丧嫁娶，村里人便在房顶上招待宾客。直到有一年屋顶塌下来死了人，当地政府才下令不许再在屋顶上进行大型活动。但也偶尔有青年男女，趁着夜色在屋顶上对歌调情。

"我在北京天天想着这口坨坨肉，怎么回来味道不一样了？"

"口味高了。"吉妈毕摩吸一口水烟筒，"咕噜咕噜"，缓缓发出一串冒泡的声音。

竹梦不说话，闷头吃，"唔嘛唔嘛"，重重的，故意弄给吉妈毕摩听。

"难得回来了，明天去庙里，给你喊喊魂。"

"不用了，现在哪个还信这些。"竹梦不想去，神庙要是有用，自己家是毕摩怎么不平安喜乐呢？

"你大爹家的娃娃得病，去了省城都看不好，他们请我明天去庙里，你也顺便一起去了。"吉妈毕摩自顾自地说，往地上敲了敲水烟筒，起身离开。

留下一句："北京太远了，走那么远魂会掉。"

竹梦憋着气，第二天一早扒了早饭就出门。神庙是村里前几年重新修葺的，之前在风波中被砸掉的神像头，重新镀了金，又给装回去，更添几分庄严。竹梦脱掉鞋，光着脚跟着父亲踩了十几级台阶，进了大殿。不到四十平米的空地上，稀稀疏疏就坐了五六个人，大爹抱着孩子跪坐在正中央。

"吉妈毕摩。"大爹喊，声音闷闷的。

吉妈毕摩在佛前跪下，拜了三拜，拿出毕摩尔布（法帽）、毕摩特依（经书）、毕句（神铃）、吾土（签筒）等一众法器，面向几人盘坐。

"吉妈毕摩。"大爹再请。

吉妈毕摩用树枝在地上插出一个小小的图谱，开始念诵音韵繁复的经文。

签筒咚咚咚响了几下，大爹一家的哭声低低地传来。

"各有各的命啊。"吉妈毕摩说完，走到竹梦面前坐下，口念经文，舞扇摇铃。铃声在竹梦脑海里不断敲击着，竹梦恍惚了。竹梦突然想起母亲，小时候吉妈毕摩半个月不在家都是常事。家里的活全在母亲一人身上。母亲的腰，总是弓着，直到去世没直起来。

回到家里，天色已经黑了，吉妈毕摩养成了日落而息的习惯，家里只有牛棚吊着一盏昏暗的灯。

"一头牛，需要什么灯？"竹梦抱起一捆草料，丢进牛棚。忽然又想起小时候铜铃铛指路的事，抱歉似的，把草料拿起来，重新又轻轻放下去。

"牛是大牲，有灯光，就看得见前面要发生的事。"

"牛看得见，你点盏灯看不见么？眼睛本来就不好……"

"人有时候还不如牛，人能知道自己面前的路该往哪里走吗？各有各的命。"

要在从前，父亲说的这话是顶有趣的，但到如今，竹梦已觉得有些乏味了。"我回来待不了太久，北京一堆事等着我处理。爸，我好好和你说，和我一起回北京。一个人，在这个小地方，谁来照顾你？"

吉妈毕摩叹一口气："我走了，白云村怎么办？我是村里最后一个毕摩了。"

"你也不想想为什么你是最后一个？大家都不傻，爸。"竹梦带着埋怨。

吉妈毕摩看着牛，不说话了。算算日子，大黄牛如今也有二十多岁了，眼神浑浊，仿佛有雾，在牛棚里咯吱咯吱地嚼着干草。

"要去北京也行，但走之前我想你带我去轿子雪山看看。轿子雪山是我们的圣山，我是毕摩，还一次都没有去过……"

四

关于吉妈毕摩要去轿子雪山的事，竹梦怀疑是父亲蓄谋已久的计划。

凌晨五点，白云村的鸡还没醒，吉妈毕摩就爬起来，洗漱打点，一阵叮咣乱响，全不顾竹梦还正在被窝里流口水呢。推开家门，天边竟已经有了一线光亮，屋子里立刻都涂上一层白光。竹梦被闹醒，帮忙收拾，其实索性吉妈毕摩自己动手的好，经书法器乱糟糟塞在一起，哪一件不得吉妈毕摩自己重新动手呢？松香的味道还不时刺激着鼻孔，吉妈毕摩不知从哪里弄来一大捆新鲜苜蓿喂牛，低声哼唱着经文。

当吉妈毕摩拉着牛站在家门口时，竹梦整个人都陷入巨大的困惑之中。

"爸，你这是？"

"它也老了，我和你一去北京，它就彻底孤单了。这次，我们也带着它去轿子雪山看看。"

"爸，您别开玩笑了，哪有人带着牛去雪山的啊？真是老糊涂了吗？"

吉妈毕摩的态度却异常坚决，听完竹梦的话，他就转身往回走。"我不去了，年纪大了，身上哪点哪点都疼。你回北京吧。"

两人耗着，竹梦在院子里的葫芦秧上抓到了一只蛐蛐，肚子滚圆，她摸了摸它的翅膀，上面绿色的花纹湿漉漉的。

又过了半个钟头，竹梦拿出手机，打了电话："喂，是李哥吗？我竹梦，吉妈竹梦。我还得麻烦你件事，我不是找你租了辆比亚迪吗？等会儿你开辆小皮卡过来吧，顺便把比亚迪开回去。对，皮卡，对，就是那种……"

对于白云村的人来说，这个早晨可能是他们近些年来度过的最奇特的早晨了。吉妈毕摩一家，坐在一辆皮卡车上向着几百公里外的轿子雪山前进。车厢里面，站着一头为他们付出了二十多年辛劳的大黄牛。每路过一户人家，就停车讨要几捆干草，等出白云村的时候，满满的干草垛已经把大黄牛围住了。

竹梦说："爸，你说得没错，人是比不上牛。我们在前面开车，它就在后面兜风吃草。这就是各有各的命。"

吉妈毕摩笑了，看着车窗外，他熟悉的村庄一节一节地往后抖落下去。

几乎整个白云村的人，在这个闪着阳光碎金的早晨，都看到了一头大黄牛威风凛凛地站在皮卡车上，晃晃悠悠地离开了村庄。

白云村周边的土地并不十分肥沃，但吉妈毕摩非常喜欢。放眼望去，高原的土地像被火烧得通红。每年六月二十四是火把节，以前在这一天吉妈毕摩就站在村子的空地上，为大家主持祭祀。人们用松木做火把，先在家中照耀，再拿着火把挨户巡走，边走边向火把撒松香，最后会将火把插在村中或村前村后的空旷地带。土地、房屋、天空，都是红彤彤的。

盘山路九曲十八弯，看着山顶近在眼前了，绕着一走，又是半个小时。不着急，要离开了，每个草洼都有看头。路过岔路，吉妈毕摩便下车，摇铃铛唱上一段。第一响是问候山间神灵；第二响是唱给枉死生命，山里的、水里的、路上的，有遭了意外的都得安慰；第三响指明方向，活人走丢听见寻着路，死人徘徊听见去往生。天气热，戴着高高的法笠，纯白羊毛帽套，吉妈毕摩头上的汗一颗颗往下滚。

路上遇着多事的人，按两声喇叭，摇下车窗："卖牛去啊？多少钱，给我吧。"竹梦踩一脚油门，别着过去："这牛比你老，你买不起。"皮卡车引擎轰轰响，像是助威。

开出去差不多一百公里的时候，车厢里的黄牛用头顶的角不停地轻轻撞击货厢，脖子上的铃铛颤颤地响。

"大牛怎么了？"竹梦看着后视镜，被牛拱乱的干草在空中飞舞。

"停一停吧。"

竹梦把车靠着应急车道停下，和父亲站在路边吹风。

往前看，大概一百来米的地方，挂着路牌，绿底白字——"阿卓县"。

"好多年没去县城了，进去转转吧。"父亲看着阿卓县的方向，言语中竟有几分憧憬。

"我不去。"

父亲依旧没有将目光收回。"北京太远了，走了之后就不会再回来了。"

竹梦转身回到车上，重重地关上车门，发动了引擎。

一百多米之后，皮卡车下了岔路，驶向阿卓县。

进了阿卓县天气就有些飘雨，云南西边就是这样，十里不同天。黄牛淋了雨水之后变得兴奋起来，吧嗒吧嗒地嚼着草。县城里楼房已经多了起来，犹如一座座水库孤独地矗立着，偶尔黑色的轿车呼啸着从身边蹿过，又消失在雨幕中。多年不见的县城，竹梦已经不认识了，那些间隔闪过的广告牌让她觉得异常陌生。那个人怎样了呢？十七八岁，给她摘了满满一怀山茶花，颤颤地递到跟前，脸一红，转身要跑，被竹梦一把拽住，现在想起来依然觉得有些好笑呢。

皮卡在一家小卖部门前停了，对于这样一辆奇怪的车，女主人显得缺乏热情。她一边打着哈欠一边嘟囔着问："买什么啊？"

"拿几瓶矿泉水。"竹梦说。

"哦。"女店主拢着乱糟糟的头发，起身走到货架后面。

一伸手，竹梦就看见，无名指上套着个翡翠戒指，翠绿色，杂点雪花。想起那个晚上，那人说，一辈子是你的，把戒指塞到竹梦手心里，冰冰凉，和洒在林子里的月光一样。

"这店之前不是陈老板的吗？怎么换人了？"竹梦打开冰柜，小牛奶、绿舌头、绿色心情，还有认不出商标的杂牌货，左挑右选，心不在焉。

听来人问，女店主打量了竹梦一番，才说："你是他朋友？你还不知道吗？他瘫床上两年了，一直是我在守店，我是他老婆，有事和我说一样的。"女店主把矿泉水放在柜台上。并不忙着结账，城小人少，已经很久没有人再愿意倾听自己的故事，说一句："命真苦啊！""命真苦"三个字是勋章，过苦日子并不可怕，如果一直有人授予自己这个光荣的称号的话。如水的回忆淹没了她，自己的那位丈夫总是在夜晚偷偷跑到楼顶，朝着北方眺望。在踩断了顶楼铁梯两根生锈的踏板，终于从五楼坠下，摔在了早点摊的塑料棚子上。没死，高位截瘫，天天在家里哭爹喊娘。自己进货看店，累一天，晚上还得抱着头，哄男人睡觉，吵出精神衰弱。

竹梦主动递过钱，女店主的手有些颤抖，不知是因为悲痛，还是睡眠不足。

女店主邀请："他就在家，你们去看看他吗？"

吉妈毕摩见过陈江的，那晚救护车尖利地叫一路，把竹梦救了回来。竹梦躺在病床上，换了干净的衣裤，眼泪直往外冒。吉妈毕摩问："到底是谁啊？你说吧，我不怪他。"竹梦嘴唇动动，吐出两个字："陈江。"吉妈毕摩带着病历本去了，提着一篮子芒果回来。怎么样？竹梦想问，问不出口。芒果一切两半，吉妈毕摩和女儿一人一半。"好了你就走吧，去坐长火车。"竹梦急了："我走了，你怎么办？"吉妈毕摩摸摸耳朵："我刚问了，眼睛做手术马上好，我能照顾自己。"

竹梦又想笑，说出"孩子"两个字时，陈江吓得转身跑，摔了个狗啃泥。他总是跑，能跑到哪里去呢？

"去看看他吗？"女店主又问。

竹梦支支吾吾，吉妈毕摩从皮卡车里下来，说："没啥事，我们就不去了，还得带家里的牛去轿子雪山哪！你回去和他说，吉妈家的今天来看他了，以后就走了，再也不会来了。"

两人上了皮卡车，黄牛不知何时把屁股撅到货厢外面，拉了泡牛粪。

等女店主看见地上的粪便对着皮卡车破口大骂时，竹梦、父亲和他们的大黄牛已经远得只剩下一个圆点了。

阿卓县再出去一百里地，雨就停下来了。一路上大黄牛一声不吭，只在吃草时打两个响鼻。

吉妈毕摩说："都挺好，各人有各人的命。"

竹梦看着前面的路，平整、笔直，这一段是云南难得的坝子。

吉妈毕摩把头靠着座椅后背，用一种近乎儿童的声音询问道："梦梦，啥时候才能看到轿子雪山呢？"

拨弄两下导航，液晶显示屏上显示前方有一个叫"白果"的地方。

是个小山洼，石头比树多，大块小块，灰白黑白，到处堆。几片玉米地突然伸出来，故意地绿，杂着几个房子零零星星地散在山坡上。吉梦的母亲就长眠在这里，孤单得很，但也得了长久的安静。吉梦说："去看看妈吧。"吉妈毕摩直点头："当然，当然。"

竹梦知道，父亲吉妈毕摩很早就把自己的寿衣置办齐整了。他总是有这个担忧，生怕自己死后别人不能按着毕摩的规矩给他办事。和他争论，把寿衣扔垃圾桶里，吉妈毕摩又捡回来，洗干净，叠好藏在柜子里。吉妈毕摩总说，死亡没什么可忌讳的，早晚有那么一天，他也会穿上这身装扮，埋进地底。来年，坟头会被绿草遮盖，变得生动活泼起来。

吉妈毕摩是对的，至少在母亲坟前是如此。除了绿草，母亲的坟上还开出些野花，蜜蜂在上头嗡嗡地飞，倒还添了点热闹。

竹梦和吉妈毕摩在母亲坟前磕了头，吉妈毕摩说："对不起你，赤脚走了那么远嫁给我，脚底都磨出了血。去了还要再走几百里山路，在这里一个人孤孤单单的。"

坟头的草晃了晃，回应似的。竹梦想起母亲去世时，头发垂在床边半截，风从窗子缝里钻进来，也是这样地飘。

吉妈毕摩盘腿坐下，开始喃喃地唱起了经文，当年自己也是这样唱着《指路经》送走的妻子。别写错呀，妻子紧紧地交代，有了名字灵魂就不会消散，但一个白云村女人的名字，一生会有几个人叫一叫呢？县里下来人教写字，妻子眼睛闪闪地想去呢。多后悔呀，自己给人作毕，出了远远的门，农活、竹梦、不停上门的乡亲，妻子眼里的光又暗了。最终妻子攥着照片去了，那是她唯一的一张彩色照片，背后用蓝黑色钢笔水写着几个清秀的汉字：诺别沙依。绿线扎七匝，缝一小布袋，篾刺插起放进篾箩，吉妈毕摩悠悠地唱着经，摇起毕摩法铃，丁零丁零，一路沿着先祖迁徙的路线，引着妻子的灵魂回家了。

吉妈毕摩不停地落泪，说："对不起你，我要和梦梦去北京了，以后离你就更远了，你好好的。"

竹梦把货厢打开，牵着大黄牛走了过来。"妈，今天我们全家都来看你了，老牛也来了。我们一起去轿子雪山，看圣山的神仙。我们可高兴着呢，你也高兴。"

能不高兴吗？母亲坟前的金雀花笑开了。

再上路，离轿子雪山就只剩下几十里地了。在路上远远地望着，云雾腾腾，白色的山峰高高地耸立在湛蓝而沉静的天空中。顶端洒一圈阳光，显得轿子雪山愈发洁白而耀眼。

停车，歇息，大黄牛静静地，朝着轿子雪山的山尖注视着。

突然前腿一屈，倒在车板上，"丁零——丁零"，大黄牛脖子上的铜铃铛清脆、响亮。粗粗地喘最后的几口气，眼睛里盈满了泪水，闭上了。

竹梦和吉妈毕摩合力把它从货厢里弄了下来，放在路边的红土上。

竹梦说："也许我们就不该带它出来，不然它也不会死。"

吉妈毕摩用打火机烧了一点草木灰撒在黄牛身上，从行李里拿出一根竹根，割取谷粒大小的一粒放入灵桩之中，跪坐在大黄牛身边，吟诵着经文。

吉妈毕摩说："雪族子孙十二种，我们和牛都是雪的后代。这一世它也值了，死之前看到了一眼圣山，很多人还不如牛啊。"

作毕结束，吉妈毕摩把净灵的法器收好，坐上了皮卡车，说："我们回去吧，不用再往前走了，我已经看到了。"

五

皮卡车掉了个头，开始返程。竹梦把车窗打开，空气里充斥着庄稼和这片红色土地的味道，吉妈毕摩静静地坐着，不知道在想些什么。轿子雪山白色的影子渐渐远去，竹梦觉得自己正变成一只大鸟，她、父亲吉妈毕摩、黄牛、皮卡车，都在轿子雪山的这条路上，开始顺风飞了起来。

吉妈毕摩在返回的途中就去世了，这一天是火把节的第三天。

图书在版编目（CIP）数据

孔雀菩提 / 焦典著 . -- 北京：新星出版社，
2023.8
ISBN 978-7-5133-5145-4

Ⅰ．①孔… Ⅱ．①焦… Ⅲ．①小说集－中国－当代
Ⅳ．① I247

中国国家版本馆 CIP 数据核字 (2023) 第 095764 号

孔雀菩提

焦典 著

责任编辑	汪　欣
特约编辑	蒋屿歌　陈梓莹
营销编辑	张丁文　刘治禹
装帧设计	李照祥
内文制作	田小波　张　典
责任印制	李珊珊　史广宜

出　　版	新星出版社　www.newstarpress.com
出 版 人	马汝军
社　　址	北京市西城区车公庄大街丙 3 号楼　邮编 100044
	电话 (010)88310888　传真 (010)65270449
发　　行	新经典发行有限公司
	电话 (010)68423599　邮箱 editor@readinglife.com
法律顾问	北京市岳成律师事务所

印　　刷	山东韵杰文化科技有限公司
开　　本	850mm×1168mm　1/32
印　　张	8.5
字　　数	157千字
版　　次	2023年8月第一版　　2023年8月第一次印刷
书　　号	ISBN 978-7-5133-5145-4
定　　价	49.00元